中公文庫

# 恋ほおずき

## 完全版

諸田玲子



中央公論新社

目次

# 恋ほおずき

完全版

# 章ノ壱　初　蛙

初蛙脛に飛びつくもちゃそび屋（孤鶴）

【一】

空は薄曇り。風はまだうすら寒い。

春とはいえ、こんな日はそそくさと家路につきたくなるものだが、江戸市中は行き交う人々でにぎわっていた。辻々から聞こえてくる太鼓の音に合わせて、拍子をとる若衆や、おどけた手振りで練り歩く老人もいる。

二月（陰暦）のはじめの午《うま》の日は初午《はつうま》で、稲荷神社の祭日である。子供の祭でもあるので、終日、子供たちは太鼓や笛を鳴らして浮かれ騒ぐ。

江戸で目につくものは「伊勢屋稲荷に犬の糞」と言われるように、伊勢屋の看板、犬の糞に負けないくらい、江戸には稲荷神社が多い。お稲荷さまは地所の守り神、商売繁盛の神様でもある。町内にはたいがいひとつふたつは稲荷があった。大名屋敷や大身の旗本屋敷、大商人の家の庭隅にも祠《ほこら》が祀《まつ》られている。

「お嬢さま、お足元にお気をつけなすって」

浅草八間町の清水稲荷の境内で、弥助《やすけ》は女あるじの江与《えよ》に声をかけた。

「おまえこそ、ほら……」

薬箱を他人《ひと》さまにぶつけますよ、と言い返そうとしたとき、駆けてきた子供が弥助の腰にぶつかった。弥助は担いでいた薬箱にふりまわされてたたらを踏む。

その格好がおかしくて、江与は声をたてて笑った。

「爺《じい》めをお笑いなさるとは、お嬢さまも小意地がわるうございます」

「そのくらいでなければ、この稼業、やってはゆけませんよ。さ、帰り道にどこぞで甘茶でも飲んでゆきましょう」

「そいつはありがてえ。お嬢さまは気前がようございます」

「おやまァ、調子のよいこと」

主従とはいえ、江与の家に女房ともども二十年近く住み込んでいる弥助である。今では家族の一員と同じで、互いに遠慮はない。

二人は人混みをかき分けて、鳥居をくぐった。

往診の帰りに稲荷神社へ立ち寄ったのは、初午のならいとして絵馬を奉納するためだ。が、もうひとつ、気がかりな患者の快癒《かいゆ》を願う目的もあった。

気がかりは毎度のこと。それ以上に、江与はいつも心のどこかで、自分の稼業に迷いを感じている。迷いながらもつづけているのは、やめられない切実な思いがあるからだ。

「おいとさん、立ちなおってくれるといいけれど」

患者の顔がまぶたをよぎって、切れ長の目がさっと陰《かげ》った。眼光が弱まると、勝ち気そうな顔が一転して淡い憂いに包まれる。目元の泣きぼくろのせいか、ふっくらした口元のせいか、江与は柔和な女の顔になった。

それもほんの一瞬——。

「わたしとしたことが。取り越し苦労はやめましょう」

眸《ひとみ》を躍らせ、唇をきゅっとひき結んだときだ。前方で叫び声が聞こえた。数人の子供たちがひとかたまりになって騒いでいる。

「喧嘩らしゅうございます」

弥助が首をのばした。

近くへ行ってみると、五、六人の子供が七つ八つの粗末な身なりをした男児に殴る蹴るの暴行を加えていた。

「泥棒野郎め」「返せ」「逃げようったってそうはいかねえぞ」などと口々に言い立てる声が聞こえる。喧嘩の輪からはなれて、ひとり泣いている幼子がいた。

出会いがしら、殴られている男児が泣いている子供から太鼓か笛でもかっぱらったのだろう。見ていた子供たちがすかさず制裁を加えた。

往来の人々は遠巻きにして眺めているだけで止めようとしない。

「そのくらいにしておきなさい」

うずくまっている男児の背中を大柄な子供が蹴りあげるのを見て、江与は人垣から飛び出した。同時に、はっと目をみはる。

申し合わせたわけでもないのに、同じように進み出た男がいた。

「そのへんで勘弁してやれ」

かけた声も重なっている。

三十か、それよりひとつふたつ若そうな精悍《せいかん》な侍《さむらい》だった。

子供たちはいっせいに動きを止めた。江与に叱られたからではなく、男の姿を認めたせいだ。子供でもひと目でわかる。銀杏髷《いちょうまげ》に紋付羽織の着流し、腰の二本差は言わずと知れた八丁堀《はっちょうぼり》の旦那——奉行所の定廻《じょうまわ》り同心《どうしん》である。

江与は眉をひそめた。後ろめたいことがあるわけではなかったが、できればかかわりたくない相手だ。かといって、今さら引き下がるわけにもいかない。

「もう大丈夫ですよ」

男児のそばへ駆け寄って抱き起こしてやる。

「さあ、盗んだものをお出しなさい」

男児はふところに隠していた玩具《おもちゃ》の笛を手渡した。江与は年長の子供に笛を返してやる。自分の財布から銅銭を取り出した。

「飴《あめ》でも買ってお食べなさい」

子供たちが駆け去ると、取り巻いていた野次馬の輪もくずれる。

「弥助。薬箱を」

「へい」

男児の鼻血を拭いてやった。塗り薬を手際よく手足やおでこの傷に塗ってやる。

「二度と他人さまのものを盗んではなりませんよ」

男児はうんともすんとも答えなかった。が、おとなしくされるままになっている。逃げだそうとしないのは足でもくじいたのだろう。立ち上がろうとして顔をしかめた。

「弥助。この子をおぶっておやりなさい。薬箱はわたしが持ちます」

薬を箱に戻し、蓋を閉めたとき、

「拙者《せっしゃ》が送ってゆこう」

侍が口をはさんだ。

「こいつとは顔見知りだ。なあ、坊主」

男児はそっぽを向いた。

侍は眸を躍らせた。一見したところは気むずかしそうに見えるが、江与に向けた目は思いのほか人なつこい。

「こいつは平吉《へいきち》と言っての、手癖がわるいゆえ蛇骨《じゃこつ》長屋の連中が手を焼いている」

蛇骨長屋は浅草寺の西南に隣接する町の長屋である。

「さようでしたか。ではお願いいたします」

江与は裾《すそ》を払って立ち上がった。きびきびした立ち居ふるまいは江与の身上、侍は感心したように見つめている。

弥助が薬箱を担いだ。

「金創医《きんそうい》か」

侍は訊ねた。金創医とは外科医のことである。

「いえ……」

「子供医者か」

「へい。子供も治療いたします」

江与の代わりに弥助が答えた。

もっとなにか訊ねたそうな素振りをしたものの、侍は「おい」と男児に声をかけた。着物の裾をまくって地べたにしゃがみ、背中を向ける。

　江与は目を丸くした。当然ながら小者かお手先の人間を連れていて、その男におぶわせると思ったのだ。が、それらしき従者はいない。お武家の、しかも奉行所の役人が、路上にしゃがみ込んで自ら長屋の子供をおぶうとはおどろきだった。

「親切に言ってくださっているのです。おぶってもらいなさい」

　自然に手を添えるかたちになったのは、同心の気さくな態度につられたせいかもしれない。男児を侍の背中にのせ、乱れた着物をととのえてやる。ついでに銅銭をひとつ、男児の袖口へすべりこませた。

「よし、平吉。行こう」

「ご足労をおかけいたします」

　なにやら我が子を託したような気になって、江与は丁重に辞儀《じぎ》をした。

　歩き出す前に、侍は今一度、江与に目を向けた。

「訊くのを忘れた。そなた、名はなんと申す？」

「江与、と申します」

「さすれば江与どの。言っておくが、子供に銭《ぜに》をやってはならぬ。以後、心いたせ」

　言い捨てて去ってゆく。

後ろ姿を見送り、江与は若い娘のように頬をふくらませた。

「ほんのぽっちりだもの、いいじゃありませんか。ねえ弥助。かわいそうに、怪我をしてるんだし、あのなりではどうせろくなものを食べてやしませんよ」

弥助はいいともわるいとも言わない。

文句を言ってはみたものの、江与も同心の言い分が正しいことはわかっていた。相手は手癖のわるい子供である。銭をめぐんでやるのは簡単だが、一回こっきりの親切ごかしが悪童のためになるとは思えない。

「八丁堀の旦那ってのは堅物《かたぶつ》ぞろいなんだから。融通がきかないったらありゃしない」

そのくせなおもひとりごとを言ったのは、なんとなく侍が気にかかっていたからか。

弥助をうながして稲荷神社をあとにする。

太鼓の音、笛の音《ね》、子供たちのはしゃぎ声……。大小色とりどりの幟《のぼり》が、町のそここではためいている。

いつのまにか雲が流れて、薄陽が主従の行く手を照らしていた。

【二】


「初蛙《はつがえる》脛《すね》に飛びつくもちゃそび屋……てんですが、へへ、どんなもんですかね」

梅蔵《うめぞう》は小鼻をふくらませた。

「初蛙に、もちゃそび屋か。ふむ。なかなかおもしろい」

六左衛門《ろくざえもん》は薬研《やげん》をひく手を止めて頬をゆるめた。

もちゃそび屋は玩具を売り歩く振売《ふりう》りのことである。

「さいでしょう。通りすがりにちっこい蛙がもちゃそび屋の貧相な脛にとりつくのが見えたんでさ。冬眠から目覚めたばかしで、うっかり柳とまちげぇたのか、いいや、こいつも遊びてェのかな、なァんてね」

「ではわしもひとつ。子蛙の迷い込みたる青畳《あおだたみ》、というのはどうじゃな。似たような色ゆえ、うっかり踏みつぶしそうになる、厄介な客人じゃ」

「なある……そいつァいいや」

玄関脇の小部屋には数人の患者が待っていた。

治療部屋には六左衛門と梅蔵。のんきに下手な俳諧《はいかい》なんぞひねっている。

襖《ふすま》を開け放しているので、治療部屋からはせせこましい庭が見えた。南天、牡丹《ぼたん》、芍《しゃく》薬《やく》、木槿《むくげ》……ごちゃごちゃと並んでいるのは、いずれも愛《め》でるためではなく薬用として植えられているからだ。庭隅にはこの季節、花も実もないほおずきが群れていた。

ほおずきを植えたのは江与である。

「青畳……青畳ねえ。古女房デンと居座る青畳、てなァ、え？　季語がない？　古女房は暑っくるしいから、夏の季語かと思ったんですがね……」

梅蔵はぺろりと舌を出した。

梅蔵は浅草田原町一丁目界隈《かいわい》を仕切る岡《おか》っ引《ぴき》で、六左衛門は江与の父、本道の医者である。

本道の医者は漢方医だ。道三流や考証学派などいくつかの流派があり、近年は名古屋玄医を祖とし、腹診を重視する古医方《こいほう》が隆盛だった。江与の家の表玄関には「古医方」の看板がかかげられ、表側の治療部屋では六左衛門が患者の治療にあたっている。

六左衛門の趣味は俳諧だ。俳号は凍鶴《いてづる》。見かけも鶴のように痩《や》せている。

一方、梅蔵の俳号は孤鶴《こづる》。こちらは鶴とは似ても似つかない。背が低くがっちりした、いかつい顔の親分である。

奇妙な師弟のなれそめも、風雅と言うにはほど遠かった。六左衛門のなじみの患者が不審死を遂げた。梅蔵が調べにあたったことから懇意になったのである。以来、梅蔵は六左衛門の弟子を自任していて、暇を見つけては上がり込み、俳諧をだしに油を売ってゆく。

「先生。さっきから伊兵衛さんがお待ちですよ」

おときが文句を言いに来た。おときは弥助の女房で、若い頃は産婆をしていた。今では江与の助手をつとめながら、賄《まかな》いを一手にひきうけている。

「さてと、すまぬが親分」

六左衛門は頭の上に指を二本、立てて見せた。

「へいへい。あっしはこれで」

梅蔵は腰を上げた。

江与のいる茶の間にも、六左衛門と梅蔵のやりとりが聞こえていた。茶の間は治療部屋の隣にあり、薄っぺらい板壁があるきりである。

「まったく、親分は長《なが》っ尻《ちり》なんだから」

廊下でおときがぶつくさ言っている。

「おとき。親分さんにお茶でもさしあげましょう。お呼びしておくれ」

声をかけると、不服そうに顔を覗かせた。

「よろしいんですか」

「こっちは古医方とはちがいますよ。わたしのほうは患者がいないから大丈夫」

江与の治療部屋は裏手にある。患者がひっきりなしに出入りする表玄関とはちがって、裏口は人通りのほとんどない路地に面していた。表看板はいかめしい書体、こちらはやさしい女文字で「中條流《ちゅうじょうりゅう》婦人療治」と染め抜いた長のれんがかかっている。

中條流は、表向き、妊婦や子供の病をあつかうことになっていた。が、平たく言えば堕胎医である。

幕府は正保三年、江戸幕府ができてまだ五十年もたたないうちに、江戸における堕胎を禁止した。寛文七年には子堕《こお》ろしの看板が厳禁となり、延宝期には堕胎医と依頼人の双方を処罰する触書《ふれがき》が発布された。

だが産婦人科と小児科を建前とする中條流を黙認したため、子を堕ろす女はいまだにあとを絶たない。これまでのところは、お上《かみ》も見て見ぬふりをしていたが……。

梅蔵は表と裏、双方の治療部屋の真ん中にある茶の間へ腰を移した。江与のいれたお茶を美味そうにすする。

「はねっかえりの嬢さんはどんな具合で……」

「相変わらずですよ。今頃はきっと、門前町あたりで小間物屋でもひやかしている頃でしよう」

「三味線《しゃみせん》の稽古も？」

「熱心に通っています」

この家には六左衛門と江与、それに弥助おとき夫婦の他にもうひとり、家人がいた。江与とは八つ、歳《とし》のはなれた妹である。

「ところで真弓《まゆみ》嬢さんはいくつになったんでしたかね」

「十六になりました」

「だったら縁談が舞い込む頃合だ。おっと。縁談ならその前に女先生か」

一家に二人医者がいるので、六左衛門は六左先生、江与は女先生と呼ばれている。

江与は苦笑した。

「いやな親分さん。わたしに嫁ぐ気がないのはご存じのくせに」

「そりゃま、そうにはちげェねえが。惜しいねえ。これほどの別嬪《べっぴん》が、なにも好きこのんで子堕ろしなんぞ……」

「親分」

江与ににらまれ、梅蔵は首をすくめる。

「あんなことがあったんだ。あっしだって女先生の気持ち、わからないわけじゃあねえんでさ。わかっちゃあいても……」

「そんなことより、どんなのができたか、わたしにも聞かせてくださいな」

催促されて、梅蔵は空咳《からぜき》をした。「初蛙……」と、見かけに似合わず気取った声を出したときだ。

裏で戸の開く音がした。梅蔵の子分が呼びたてている。切迫した声からしてただごとではなさそうだ。

「なんだ、がなりたてやがって」

梅蔵は真っ先に飛び出した。

江与もあとにつづく。

若造の粂次《くめじ》が真っ赤な顔で息をあえがせていた。

「なにごとだ」

「なにがあったんですか」

口々に訊ねる。

「たった今、番屋から知らせがありやしてね、肥後蠟《ひごろう》の女中が首をくったそうで」

肥後蠟と聞いて、江与は顔色を変えた。

「もしやおきくちゃんでは……」

「へい。そのおきくって娘なんで」

「知ってるんですかい、おきくを」

梅蔵はすかさず探りを入れてくる。

江与は目を伏せた。

「ご近所ですから、顔くらいは」

肥後蠟は老舗《しにせ》の蠟燭屋で、同じ一丁目にある。といっても一丁目は広いので、近所というほど近くはなかった。

梅蔵はピンときたはずだ。それよりまず、江与のおどろきようを見て、なにかあると気づいたはずである。むりに問いただそうとしないのは、いったん口を閉ざしたら梃子《てこ》でもしゃべらない江与の気性を知っているからだろう。

「粂次、行くぞ」

三和土《たたき》へ下りようとして、梅蔵はちっと舌打ちをした。履き物がない。

「表へまわってろ」

粂次を追い立てたところで、江与の目を見る。

「先生。忘れないでおくんなせえよ。あっしはいつだって女先生の味方ですぜ」

わるいようにはしないから知っていることがあったら教えてくれ、梅蔵はそう言いたいのだ。

「わかっていますよ」

江与は梅蔵の目を見返した。

梅蔵は疑わしげに顔をしかめ、あわただしく出て行った。表玄関から、岡っ引に挨拶《あいさつ》をする患者たちの声が聞こえる。

江与は自室へ戻り、気力が失せたように腰を落とした。

おきくちゃん、そんなに思いつめていたんなら、どうしてあのとき逃げ帰ってしまったの――。

まだほんの子供に見えたおきくの顔を思い浮かべる。

おきくが訪ねて来たのは数日前の、初午の午後だった。なんと言って店をぬけだして来たのか、路地を行ったり来たり、裏口を眺めて逡巡《しゅんじゅん》している娘に気づいて、家のなかへ引き入れた。

おきくが涙ながらに打ち明けたところによると、手代《てだい》の新吉《しんきち》と惚れ合って、過ちを犯してしまったのだという。ややこができたらしいと、おきくは顔を赤らめた。

こんな小娘にややこが……？

歳を訊ねると、十五になったばかりだと答えた。見かけよりは大人だが、いかにも垢《あか》ぬけない。おきくも、新吉とやらいう手代も、口べらし同然に田舎から奉公に出て来たという。ろくに食べさせてもらえず、朝から晩まで仕事に追い立てられる。そんな二人が郷里の話をしてなぐさめ合っているうちに、わりない仲になってしまった。

　使用人同士の恋愛は御法度《ごはっと》である。まして肥後蠟は老舗の大店《おおだな》。事が主人の耳に入れば、二人とも即刻追い出されてしまう。

「新吉つぁんはようやく上掛けをまかされるまでになりました。もう少しの辛抱で、一人前の蠟燭職人になれるんです」

　蠟を臼《うす》ですったものをヘバという。これを紙縒《こより》に塗って固め、上掛けをかけてゆく。はじめは臼に流した蠟をすりこぎでする仕事しかやらせてもらえない。手の皮がむけ、まめができる。何年も単調で辛い仕事に耐え、新吉は主人にも気に入られるようになった。

「今、ややこを産めば、新吉つぁんの苦労は水の泡になってしまいます」

「それで子を堕ろす薬がほしいと言うのですね」

　江与が水を向けてやると、おきくは怯《おび》えたように尻ずさりをした。

「あなたの若さなら、体に傷は残りますまい。けれどおきくちゃん、ややこを水に流せば、心に傷が残りますよ」

　二人の仲を許してくれるよう、店の主人に頼んであげましょう。江与が言うと、おきくは文字どおり飛び上がった。

「そんな、とんでもないことです」

厳格な主人は、日頃から口をすっぱくして使用人の風紀を説いているという。それなら薬を、としかたなく承知すると、今度は銭がないとうなだれた。

「代金ならあるとき払いでよいのですよ」

「けど、あのう……まだその、はっきりとは……」

結局、心が決まらないのだ。ああ言えばこう言う、おきくの態度はどっちつかずで煮え切らない。

「それではとにかくもう一度、新吉さんと話してごらんなさい」

その日、おきくは逃げるように帰って行った。

あれからずっと気になっていた。が、こちらから出向くわけにはいかない。そんなことをすれば、妙な噂がひろまって、おきくはますます追いつめられてしまう。

案じていた矢先の出来事だった。

なぜ命を絶ってしまったのか。新吉に打ち明ける勇気もなく、かといって子を堕ろす決心もつかず、悩みに悩み、眠れぬ夜を重ね、袋小路に入り込んで、どうしたらいいかわからなくなってしまったのではないか。

頼る者のない娘が哀れだった。

なにもしてやれなかった自分が腹立たしい。

中条流ののれんを見て、世人は後ろ指を差す。中条の医者だと打ち明けると、だれもが決まって眉をひそめた。たしかに、罪深い稼業である。

けれど——おきくのような娘には、いったいだれが手を差し伸べてやるのか。

江与は唇を噛みしめた。

せめて肥後蠟の見えるところまで行って、おきくに別れを告げたい。万にひとつ新吉に逢えるようなら、ひとことでいい、おきくの切ない思いを伝えてやりたい。

「おとき。出かけて来ます。あとを頼みますよ」

応《こた》えを待たずに草履《ぞうり》を履く。

路地から大通りへ出たところで、真弓と出会った。遠目で見ても艶《あで》やかな娘は、またなにか買い込んだのか、風呂敷包みを抱えていた。

「あら、姉さま、これから往診？」

真弓ははずんだ声をかけてきた。

「いえ、ちょっとそこまで」

「お絹さんやお春さんとね、西仲町の松葉屋へ行ったんです。噂通りの大繁盛。ね、笄《こうがい》やら紅《べに》やら元結《もとゆい》やら……それはきれいなものばかり。姉さまにも分けてさしあげます」

「またそんなに買い込んで。お上ににらまれますよ」

近頃、倹約令が頻繁に発布されていた。天保のご改革とやらで、贅沢はひかえるようにと町役人からもお達しがあったばかりだ。

そもそも六左衛門と江与の稼ぎでは、五人の口を養うのがやっとである。知ってか知らずか、真弓は平然と派手な着物を着て、稽古事に通っている。

「心配はいりません」真弓は口をとがらせた。「父さまも姉さまも辛気《しんき》くさいことばかり」

愛くるしい眸でにらまれれば、小言を言う気も失せてしまう。

江与はため息をついた。

真弓のせいではない。甘やかして育てたのは他ならぬ六左衛門と江与である。遠い日、家人が死に絶えた廃屋《はいおく》で泣きじゃくっていた幼子の姿が目に浮かぶ。

「ともかく先に帰っていらっしゃい」

真弓と別れて歩き出す。

ふっと、おきくを思った。

わがままいっぱいに育った町医者の娘と、田舎出の気弱な奉公娘。同じような年頃の娘たちの明と暗――。

紙一重で決まる運不運に思いを馳《は》せながら、江与は肥後蠟へ急いだ。

## 【三】

蠟燭屋肥後蠟の前には人垣ができていた。前垂《まえだ》れ姿の手代や丁稚《でっち》、襷《たすき》掛けの女中たちが、あわただしく出たり入ったりしている。

江与は通りの向かい側から店の様子をうかがった。

おきくとは一度逢っただけだ。が、藁《わら》にもすがる思いで助けを求めようとした娘の心情を思うと、痛ましさで胸がつぶれそうだった。

——おきくちゃん。彼岸《ひがん》ではややこを産んで、母子ともに幸せになれますように。

せめて枕辺に香華《こうげ》をたむけたかったが、店のなかへ入るのは遠慮があった。やむなくその場で合掌する。

きびすを返そうとしたときだ。

店内から数人の男たちが出て来た。

岡っ引の梅蔵がいる。つい今しがた江与の家へ梅蔵を呼びに来た子分の粂次もいた。つづく二人は町役人と番頭か。

江与の視線は最後のひとりに釘付けになった。

あのお侍さまは……。

初午の日、清水稲荷で出会った侍である。

この日の侍は、過日とは別人のように険しい顔をしていた。唇はへの字に結ばれ、眉間《みけん》には深いしわがきざまれている。

侍は梅蔵とふたことみこと言葉を交わし、番頭にも声をかけた。町役人と連れだって帰ってゆく。

物陰に身を寄せ、江与は二人をやりすごした。

自分が中條流の医者だと知ったら、あの侍はどんな顔をしようか。

まずは目をみはる。次に不快をあらわにする。たとえ顔には見せなくても、心のなかでは眉をひそめる。そして世人のご多分にもれず、胸の内でつぶやくのだ。子堕ろし医者の顔なんぞ見とうもないわ——と。

いっそすっぱり話してしまいたい。と思う一方で、知られたくないとも思った。

知られようが知られまいが、いいじゃないの——。

いずれにせよ、自分とは住む世界のちがう男である。

梅蔵は番頭とまだ立ち話をしていた。

話が終わると、粂次を従え、店をあとにする。

「親分さん」

　頃合を見はからって声をかけた。

「そろそろ呼び止められる頃じゃないかと思っておりやしたよ」

　梅蔵は苦笑した。

「おや、ご存じだったんですか」

「あっしの目は節穴じゃあねえんで。おい、粂次」

「へい」

「先に帰ってろ」

　粂次はひょこりと頭を下げた。股引《ももひき》を穿《は》き、井桁《いげた》模様の着物の裾をからげた後ろ姿が遠ざかってゆくのを見送りながら、江与は梅蔵と肩を並べた。

「おきくちゃん、やっぱり自分で命を絶ってしまったんですか」

「蔵《くら》の梁《はり》にしごきをかけて首をくくったそうだ。なんでそんなことをしたのか、だれも心当たりはねえとさ」

　梅蔵は横目で江与を見た。

「ほんとうに、なにも思い当たることはないと……」

「ああ。だァれも。なァんにも」

江与はほっと息をついた。おきくの自死については、さまざまな憶測が飛びかっているにちがいない。けれど少なくとも、ふしだらな娘だとさげすまれる心配はなさそうである。

新吉がどうしているか訊ねたかった。梅蔵に頼んで逢わせてもらうというのはどうだろう。いや、そんなことをしたら、なにもかもぶちこわしてしまう。

新吉に一人前の蠟燭職人になってほしいと願ったからこそ、おきくは身を退《ひ》いたのである。よけいな差し出口をすれば、おきくの願いを踏みにじることになる。

「おきくちゃん、寂しかったんですよ。生きてゆくのが辛くなったんでしょう。ひとりぼっちで、朝から晩まで働きづめで……」

「そんなことでいちいち死んでたんじゃあ、命がいくつあっても足りませんや」

梅蔵は不服そうに鼻を鳴らした。

江与が肥後蠟へ駆けつけたことで、事情をうすうす察したはずである。しつこく問いただそうとしないのは、おきくの死が自死である以上、今さら腹の子の父親の名を聞き出したところでどうにもならないと思っているからだろう。

二人は黙って家路をたどった。

別れ道で、江与は思い切って訊ねた。

「さっきのお侍さまはどなたですか」

「さっきってェと」

「肥後蠟の前で立ち話をしていた……」

「ああ。北町《きたまち》奉行所の津田清之助《つだせいのすけ》さまでさあ。あっしは清之助さまのお父上の清右衛門《せいえもん》さまからそもそも手札をいただいておりやしてね」

江戸の治安を守る町奉行所は、南町と北町に分かれ、一月交替で訴訟を受け付けている。両奉行所には与力《よりき》と配下の同心がいて、雑多な任務にあたっていた。定廻り同心は各々六名ずつ。江戸市中を巡回して、犯罪やいざこざに目を光らせている。

たったの十二名で江戸八百八町《はっぴゃくやちょう》の隅々《すみずみ》まで目が届くはずもなく、同心は自分の担当地域に助《すけ》っ人《と》を置いて人手不足を補っていた。

岡っ引は同心に雇われた、いわば私的な助っ人である。同心から小遣《こづか》い銭《せん》程度をもらうだけで、お上から禄《ろく》をもらっているわけではない。

梅蔵は女房に楊枝屋《ようじや》をやらせていた。強面《こわもて》で嫌われ者の岡っ引が多いなかで、お人好しで義理堅い親分として町人から慕われている。父・六左衛門の俳諧仲間でもあるので、江与も梅蔵とは気のおけないつき合いをしていた。

「そういえば、津田清右衛門さまという旦那にはお逢いしたことがあります」

「清右衛門さまは去年お亡くなりになったんでさ。それで清之助さまが家督をお継ぎになられたんで」

同心は世襲ではないが、それは建前上のことで、実際は親の跡を継ぐ者がほとんどである。清之助も元服を済ませたあと見習いに上がり、数年前からは、清右衛門が補佐役の臨時廻り、清之助が定廻りと、父子そろってお役をつとめていた。

「ま、あっしみてえな使い古しじゃたいしたお役にも立たねえが、お世話になった清右衛門さまのご子息とありゃあ、もうひと働き、しないわけにはいきやせん」

清之助の旦那をご存じですかい、と訊き返されて、江与は目を泳がせた。

「存じあげている、というほどではないのです。初午の日に清水稲荷で偶然、お目にかかっただけですから」

かっぱらいの男児を助けたいきさつを話して聞かせる。

梅蔵は顔をほころばせた。

「そうですかい。平吉の野郎をねえ」

「親分もご存じなんですか」

「蛇骨長屋の悪たれ小僧といやァ、たいがいのもんは知っておりまさァ。清之助の旦那はああ見えて子供がお好きなんで。うちの坊主どもも——ほれ、あっしの孫ですがね、旦那にはよォくなついておりやすよ」

梅蔵は目を細める。

清之助は少なくとも二十代の後半になっているはずだ。妻や子もいるにちがいない。もっと訊きたかった。が、根ほり葉ほり訊けば梅蔵に勘ぐられる。第一、相手は奉行所のお侍である。知ったところでどうなるものでもない。

「来月は傳内《でんない》先生の別宅で句会があるそうですよ」

話題を変えた。小山傳内は蘭方医《らんぽうい》で、父の俳諧仲間である。

「となりゃあ、腕によりをかけてつくって行かねえとな」

「お役目のほうも忘れないでくださいね」

「へいへい。老先生のお仕事のおじゃまはいたしませんよ」

二人は左右に別れた。

同じ田原町一丁目でも、肥後蠟は東本願寺へ出る手前の西北のはずれ、梅蔵の家は三島明神《みょうじん》に近い南方で、江与の家は西仲町に隣接した北東にある。表通りから一本入った裏道に表玄関、もうひとつ裏手の路地に裏口のある長細い二階家だ。

裏口へまわると、夕餉《ゆうげ》の煮炊きの匂いが流れてきた。

二階から三味線の音が聞こえている。

妹の真弓は、台所の手伝いもしないで、習い事のおさらいをしているらしい。音曲のたしなみもそれはそれでよいけれど……。

妹には妻になり、母になってほしかった。子堕ろしを生業《なりわい》とする自分や、ややこができたために死を選んだおきくのような道だけは歩んでほしくない。

　きゅっと唇をひき結び、江与はのれんをかき分けた。


【四】


　江戸の二月は水ぬるみ、寒気も影をひそめて、日に日に春めく。吹き渡る風にかすかな梅の香を嗅ぎ分ける頃になると、江戸市中の人々は一様に浮き足立った。

「そろそろ六阿弥陀詣《ろくあみだもうで》にゆかねばの」

　朝餉《あさげ》の席で、六左衛門が言った。

　春の彼岸には、散策がてら江戸内外六つの寺の阿弥陀仏に詣でるのが、江戸っ子の楽しみとなっている。江与一家もその日は医家の看板を下ろして、阿弥陀詣をすることにしていた。

もっとも、六左衛門が五十半ばを越え、弥助おとき夫婦が六十と五十に手が届こうという年齢になってからは、くまなくまわれば七、八里もある六阿弥陀詣はきつくなっている。今では近場の寺を五つ六つまわり、最後に菩提寺《ぼだいじ》で墓参りをする手ぬき詣だ。

それでも亀戸《かめいど》村の梅屋敷《うめやしき》まで足を伸ばして臥龍梅《がりょうばい》を眺めたり、湯島《ゆしま》天神へ立ち寄って鶯《うぐいす》の声に耳をかたむけたり、日頃、病を相手に身をすりへらしている六左衛門や江与には格好の息ぬきだった。

「今年は真崎《まっさき》稲荷へ行って、甲子屋《きのえねや》の田楽《でんがく》を食べましょう」

真弓が提案した。

隅田川の川岸にある真崎稲荷は風光明媚な場所として知られ、春のこの時季は梅見客であふれる。境内には茶屋や料理屋が並び、なかでも甲子屋の田楽は名物だった。

「お稲荷さまと阿弥陀さまは赤の他人じゃが、それを言うなら亀戸天神も湯島天神も同じことか。ま、俳諧でもひねりながら川岸を歩いてみるか」

浅草寺の北方には寺がひしめいている。阿弥陀仏にこだわらなければ界隈の寺をまわり、真崎稲荷で田楽を食べ、そのあとは渡し場から向島《むこうじま》へ渡って梅見をしてもよい。

「姉さまの梅花の小紋、わたしに貸してもらえませんこと？」

真弓の頭はもう、着るもののことでいっぱいらしい。

「これでは六阿弥陀詣ではなくて、ひと足早いお花見ですね」

江与は苦笑した。

「花より団子、阿弥陀より田楽」

「おまえさん。そんなこと言うとバチがあたりますよ」

おときに叱られて、弥助は首をすくめる。

一同は和やかな笑い声を上げた。


ところが楽しみにしていた阿弥陀詣の日、江与はひとり、家に残るはめになってしまった。以前一度治療をしたことのある武家の奥女中から、相談事があるのでお訪ねすると伝言が届いたのである。

お屋敷勤めでは気ままに外出できない。この日は彼岸、代参に出るのでそのついでに立ち寄るという。いやとは言えなかった。

「姉さま、おかわいそう。お断りになればいいのに」

江与の小袖《こそで》を着て、帯は黒繻子《くろじゅす》の吉弥《きちゃ》結び、髪をいつもより派手な島田に結った真弓は、頬をふくらませた。

梅花の小紋は木綿《もめん》小袖で、古着を染めなおしたものだ。真弓が着ると、姉が着たときの凜《りん》としていながらどこか寂しげな風情《ふぜい》とはまたちがって、華やいだ美しさがあった。

「そうはいきませんよ」

六左衛門に袖無《そでなし》羽織《ばおり》を着せかけてやりながら、江与は言い返した。

「むりをしてまでおいでになるのは、よほどお困りになっておられるのです。そんなお人を見捨てるわけにはゆきません。阿弥陀詣は来年だってできますよ」

「はいはい。姉さまのおっしゃるとおりです。そうだ、田楽、お土産に買ってきてさしあげます。楽しみに待っていてくださいね」

そうこうしているうちに、弥助おとき夫婦も顔をそろえた。

おときが早起きしてつくった弁当を、弥助が柳箱に入れて担いでいる。

「夕暮れになると冷え込みます。あまり遅くならぬようにね。それから真弓。川岸のぬかるみには気をつけるのですよ」

幼い頃に母を亡くした江与は、六左衛門の身のまわりの世話から真弓の母親代わりまでつとめていた。

「お嬢さま、ご心配はいりませんよ。このおときがついております」

腰が痛い膝が痛いと年がら年中愚痴《ぐち》をこぼしているおときが元気に胸を叩いて、一行はがやがやと出かけて行った。

江与は手早く台所をかたづけ、茶の間に腰を据えて、小山傳内から借りた医学書を開いた。難解だが、近頃ではなんとか読めるようになっている。

ほんとうを言えば、長崎へ行って蘭方を学びたかった。長崎という言葉には辛い思い出がある。それでも行きたい。むろん、女が蘭方医になるなど叶うはずのない夢だ。第一、父や妹を置いて行けるはずがない。

午前《ひるまえ》に六左衛門の患者が二人、表玄関へやって来た。屋根から落ちて腰を打ったという大工と、風邪で寝込んでいる亭主の薬をもらいに来た女房である。大工の湿布を貼りかえ、女房には薬を渡した。

くだんの奥女中は、午を少し過ぎた頃、息をはずませてやって来た。人目を忍ぶため、少し先の路地で伴の者たちを待たせ、駕籠《かご》を下りてここまで歩いて来たという。

裏口を入って、ようやく被《かず》き物《もの》をはずした。

「お久しゅうございます。お元気そうでようございました」

江与はにこやかに挨拶をした。苦難を分かち合った患者の元気な顔を見るのは、なによりうれしい。

「その節は世話になりました。お陰でこうしてお勤めをつづけております」

感慨がこみあげたのか、女も目を瞬《しばたた》いた。

名を勝代《かつよ》という。旗本家の奥女中である。勝代は貧家の生まれで、幼い頃に両親を亡くし、親類の家へ引き取られた。そのあと武家の養女となってお屋敷奉公に上がったが、二年前の宿下《やどさ》がりの際、幼なじみのやくざ者に手込めにされて子を孕《はら》んでしまった。

このとき勝代に泣きつかれて子堕ろしの薬を煎《せん》じたのが江与で、勝代は快癒して、無事、屋敷へ戻った。

「あのまま子を産んでおりましたら、お屋敷も養家も追い出され、縁者にも見捨てられて、わたくしは生きるすべをなくしていたにちがいありません」

手込めにされたからといって言い訳にはならない。なぜそんな男の呼び出しに応じたのかと問いただされれば、なつかしさのあまり、と答えるしかなかった。いったん悪評を被《こうむ》った女は、お屋敷勤めはおろか、まともな仕事には就けない。

江与は勝代を自分の診療部屋へ通した。

伴を待たせていると聞いたので、単刀直入に訊ねる。

「ご相談とは、どのようなことでございますか」

勝代は膝を進めた。

「実は同僚、と言いましてもわたくしよりずっとご身分のあるお方なのですが、蔦江《つたえ》さまと仰《おお》せのお女中さまのことなのです」

蔦江は役者に熱を上げ、子を孕んでしまった。この役者は近々上方へ移ることになっており、蔦江にさんざん貢《みつ》がせたあげく、修業を積んで帰るまで待っていてくれと歯の浮くようなことを言って、路銀や上方での生活費いっさいを巻きあげようとしているらしい。調べてみると、同じような約束をした女が幾人もいるという。

「蔦江さまはいまだに役者の言葉を信じ込んでおられるのです」

ややこを水にするというのは、蔦江の考えだった。

――あのお方が一人前になって戻るまでは、産むことはかないませぬ。

むろん、親兄弟には言えない。このままお屋敷勤めをつづけ、役者へ送金をつづけてやるつもりだと、蔦江は泣きの涙で勝代に打ち明けたのだという。

「男女のことには初《うぶ》なお方で、わたくしも捨ててはおけず……」

どうしたものか、勝代は江与に知恵を借りに来たのだった。

話はわかった。が、即答できる問題ではない。せっかく授かった命、助ける方法はないものか。

「その役者ですが、ややこができたことを知っているのですか」

「いえ。知らぬそうです。蔦江さまは修業の妨げになってはいけないと……」

「でしたら、まず話してみてはいかがでしょう」

「話したとてどうにもなりますまい。役者と言いましても、ろくに稼ぎのない下っ端なのです。それに、蔦江さまはご存じありませんが、以前にもお子ができ、棄《す》てられた女がおるとやら」

勝代の言葉に、江与は眉をひそめた。

甘い汁だけ吸って、厄介になったら棄てるとは、なんという男か。そんな男がのうのうとしているとは断じて許せなかった。

「どうしてもと仰せなら、やむをえません。薬を煎じてさしあげましょう。むろん、その前に一度おいでいただかなければなりませんが」

子を堕ろすには、ほおずきの根やざくろの皮、朝顔や牡丹の根などの煎じ薬を服用する。江与は主としてほおずきを使っていた。患者によって体つきや体力、妊娠時期のちがいがあるので、診察をしてからでなければ薬は渡せない。昨今ではいいかげんな中條が多いので、産婦まで命を失う場合があって、世間の悪評を買っている。

「蔦江さまに、早急においでになられるようにとお伝えください」

ぐずぐずしていれば薬の服用だけでは済まなくなる。そうなるとからたちの針や毒草を差し込んで胎児を殺したり、妊婦の体に強い刺激を与えたりしなければならない。日を置くにつれ、危険は増す一方だった。

「承知しました。それではよろしゅうお願いいたします」

　勝代は席を立とうとした。

　江与は呼び止めた。

「お待ちください。ひとつ、うかがいたいことがございます。役者の名をお教え願えませんか」

　芝居小屋を訪ね、役者に逢ってみよう——。

　せめて腹の子の仇をとってやりたいと、江与は思った。

　梅蔵から急な呼び出しが届いたのは、六左衛門一行がそろそろ帰って来ようかという黄《たそ》昏《がれ》時だった。

　知らせを持って来た粂次に留守を頼んで、江与は田原町の自身番《じしんばん》へ駆けつけた。

　入口の腰高障子が開け放したままになっている。手前の座敷で数人の男たちが話し込んでいた。家主や店番、番人にまじって、梅蔵の渋面《じゅうめん》が見える。

　奥の板間では十五、六の若い男が膝をそろえていた。青ざめた横顔をうつむきかげんにして、歯を食いしばっている。町人髷がゆがみ、縞《しま》木綿の着物が泥にまみれていた。

　江与の姿を認めると、梅蔵は待ちかまえていたように表へ出て来た。

「あいつぁ肥後蠟の手代で、新吉ってんで」

番屋の奥へ顎《あご》をしゃくった。

「いったいどういうことですか」

「ほれ、先だっておきくってェ女中が首をくくった……。あれからこっち、新吉が荒れておりやしてね。店じゃあ、一日の仕事を終え、おまんまを食って寝るのが決まりなんだが、こっそりぬけだしちゃあ、門前町あたりで飲めない酒を飲んで、おまけにごろつきに喧嘩をふっかける。で、こてんぱんにやられるってな具合でして。番頭さんが庇い通してきたものの、これ以上は庇いきれない、ひとつ灸《きゅう》を据えてくれと頼まれたんでさァ」

それでこらしめのために新吉をお縄にして、自身番へ連れて来たのだという。

「ま、相手はごろつきじゃああるし、たいした喧嘩でもねえんですがね、真面目一方だった新吉が妙なふうになっちまったのはおきくの事件以来だと言いますし、ここはあっしより女先生から叱ってもらったほうが効き目があるんじゃねえかと……」

梅蔵は意味ありげな目で江与を見た。

江与はうなずいた。

おきくのことは悔やみもし、嘆きもしたが、終わったことだとばかり思っていた。だが、そうではなかったようだ。

新吉は平常心を失うほどに打ちのめされていたのだ。心を許し合った相手が、書き置きひとつ残さず、ある日突然、自死してしまった。若者はなにを信じたらよいかわからなくなって、自分を虐《いじ》めようとしたのではないか。

おきくが死んだとき、どんな手段を使ってでも、新吉に逢って話をするべきだった。今さらながら悔やまれる。

「ここじゃあ話もできやせん。先生はそこの社《やしろ》の境内で待ってておくんなさい。すぐに連れて参りやす」

梅蔵に言われて、ひと足先に三島明神へ向かう。

神社の境内も春めいていた。あの木この木、新しい命が芽吹こうとしているからか、夕暮れの人けのない神社でさえ、どことなく華やいでいる。

新吉は境内へひとりで入って来た。江与を見ると当惑して足を止め、それから意を決したように歩み寄って、ぺこりと頭を下げた。

ごろつきに喧嘩を売ったというが、どこにそんな勇気があったのか、見たところはおとなしそうな若者である。江与に向けた目にもすさんだ色はなかった。

「わたしの稼業ですが、親分から聞きましたか」

訊ねると、けげんな顔でうなずく。なぜ中條の医者が自分を呼び出したのか、わけがわからないのだ。

「あなたをここへ呼び出したのは、おきくちゃんが自死したわけを、わたしが知っているからなのですよ」

　新吉は息を呑んだ。視線は江与の顔に吸い付いている。

　江与は心を決めた。こうなったら、ありのままを包み隠さずに話すしかない。若者には耐えがたい事実だろうが、なにも知らないまま苦しんでいるよりはましだろう。落ちるところまで落ちて、そうしてはじめて、人は立ち上がることができる。自分もそうだった。

「おきくちゃんのお腹《なか》にはややこがいました。水にしたいと、わたしのところへ相談に来たのです。新吉さんには一人前の蠟燭職人になってもらいたい。だから、今ややこを産むわけにはいかないと言って。おきくちゃんの若さなら、体のほうは大丈夫だと思いました。いつかまた子が産めると。それで薬をさしあげようとしたのですが、受け取らずに帰ってしまいました」

　新吉の顔は蒼白だった。かろうじて絞りだした声はふるえている。

「なぜ……なぜおきくは、ややこのことを、黙っていたんだろう」

「心配をかけたくなかったからですよ」

「そんな。一人前になったら所帯を持とうと約束していたのに……」

新吉が晴れておきくと所帯を持つまでに、どれほどの歳月がかかるか。少なくとも五年、いや、十年はかかるにちがいない。大店の奉公とはそういうものだ。

「おきくちゃんはあなたに、なんとしても独り立ちしてほしかったのです。けれど、大事なややこを水にすることも、かわいそうでできなかった。今は、彼岸で母子ともども、あなたを見守っておりますよ」

　新吉は地べたにしゃがんで慟哭《どうこく》した。

　背中をさすってやりたい、手を添えて立たせてやりたいと思ったが、江与はそうはしなかった。涙を流しきったあと、どんなふうに生きてゆくのか。それは新吉自身が決めることである。独りで立ち上がって、独りで歩いてゆくしかない。

「ここで仕事を放り出したら、おきくちゃんの死はむだになってしまいますよ」

　あえてきびしい口調で言って、江与はきびすを返した。

　通りへ出る手前で、一度だけ振り向く。

　新吉は江与に背を向けたまま、すっくりとたたずんでいた。夕陽が若者の体を包んでいる。やがて、足元に伸びた長い影を踏みしめるように、社殿の方へ歩きはじめた。

## 【五】

六左衛門一行が阿弥陀詣にかこつけた散策から戻ったのは、日没後だった。

「遅くなりましたね。歩き疲れて腰でも痛くなったのではないかと案じていました」

父の手から、江与は提灯《ちょうちん》を受け取った。

「あら、そうなのです。木陰で休ませるやら駕籠を探すやら、それはもう大騒ぎ。名物の田楽を味わうどころではなかったのですよ」

真弓が真っ先に応えた。

「弥助さんが腰を……」

「いえ、おときさんです」

「おやまァ」

あたくしがついておりますと、元気いっぱい出かけて行ったおときである。はりきりすぎて持病の腰痛が出たものか。弥助が付き添って駕籠で帰ることになり、真崎稲荷の境内の茶屋で休んでいるという。

「吟行《ぎんこう》どころではありませんでしたね」

六左衛門の足を濯《すす》いでやりながら、江与は微苦笑を浮かべた。おときは堅太りで目方がある。小柄で痩せた弥助が往生しているのではないかと思うと、気の毒でもあり、おかしくもあった。

真弓は手早く足を濯いで、板敷へ上がった。

「いいえ。ちゃんと詠《よ》んでおられました。ね、お父さま。なんでしたっけ、蕗《ふき》の薹《とう》の句は……」

「仏足《ぶっそく》に花と呆《ほう》けし蕗の薹、か」

「そう、それそれ」

本人は下手の横好きだと笑っているが、下手なりに六左衛門の俳諧は年季が入っている。

「弥助ならさしずめ、女房に足をとられし蕗の薹、とでも詠むところか」

軽口を言ったとき、路地で人声がした。「えっほ、えいほ」と威勢のよいかけ声につづいて、弥助とおときがなにやらやり合う声が聞こえる。

いくらもたたないうちに、女房を背負った弥助がよろめきながら入って来た。

「重くってかないませんや。こいつが千両箱なら、ちっとくらい重くったって屁《へ》でもねえんだが……」

邪険《じゃけん》な物言いとは裏腹に、いたわるようにおときを板敷へ下ろした。六左衛門と江与が手を添えてやる。

「あれ、また憎まれ口を。女房は値千金《あたいせんきん》ですよ。あいたたた……」

おときは大仰《おおぎょう》に顔をしかめた。

「この人ときたら、そっからここまであたしをおぶうのにこのありさまでしょ。色男でもないのに、銭はなし力はなし。頼りにならないったらありゃしませんよ」

ぽんぽん言いながらも亭主の腕にすがっている。

「それだけしゃべれれば大事はあるまい。どれ、薬を煎じてやろう」

六左衛門はからからと笑った。

弥助と真弓がおときを両側から支えあげる。

「治療が済んだら、みなで夜食をいただきましょう」

一行の後ろ姿へ声をかけて、江与は台所へ戻って行った。


【六】

翌日は往診の予定がなかった。幸い患者の予約もないので、江与は浅草聖天町へ出かけることにした。

こんなとき、いつもなら伴を連れてゆくのだが、おときは腰痛で寝込んでいる。弥助は六左衛門の使いで日本橋の薬種問屋へ出かけていた。

海千山千の役者とひとりで渡り合うのは気が重い。が、蔦江の腹の子のことを思えば、ぐずぐずしてはいられなかった。

昨日とは打って変わって曇天である。降り出しませんようにと願いつつ、急ぎ足で浅草寺の門前へ出る。広小路をぬけ、大川橋の手前を北へ曲がって、花川戸町、六軒町をぬければそこが聖天町だった。

芝居小屋は昨秋まで日本橋にあった。ところが昨年十月の大火で焼けてしまった。幕府はこれを好機とばかり、十二月に芝居町の浅草移転を定めた。倹約の励行と風紀の取り締まりに目くじらを立てている折りから、江戸の真ん中に芝居小屋が居座っているのは目ざわりだというのだ。中村座、市村座、森田座の江戸三座は聖天町の西へひき移ることになり、新小屋建設がすでにはじまっていた。

といっても場所が場所である。浅草寺裏のこのあたりは、寺の甍《いらか》が点在するだけで、見渡すかぎりの荒れ地だ。そのなかににょっきり生えだした仮小屋は、周囲の景色にとけ込むどころか、なにやら珍奇で、大道具の張りぼてのように見える。

蔦江をたぶらかした市之丞《いちのじょう》も、見栄えはするが、うだつの上がらぬ役者だという。そんな自分に嫌気がさして、心機一転、上方へ移り住む気になったのかもしれない。

江与は歩きづらい空き地をぬけ、堆《うずたか》く積まれた材木の山をぬって、仮小屋の裏手へまわった。市村座の長屋で取り次ぎを頼む。

待つほどもなく、浴衣《ゆかた》姿の若者があらわれた。

目つきが卑《いや》しく、化粧やけでどす黒い肌をしたこの男が、何人もの女を手玉に取って甘い汁を吸っている役者とは信じがたい。もっとも市之丞は女形《おやま》だと聞くから、厚化粧をして美々しく飾り立てれば、見違えるような役者ぶりになるのだろう。

「これはこれは、いつもご贔屓《ひいき》にあずかりまして……」

女客の訪問など珍しくもないのか、市之丞のつくり笑いは堂に入っていた。小腰をかがめて辞儀をする仕草も、艶な流し目も、なるほどそう思って見れば色っぽい。

「本日はわざわざ陣中見舞いにおこしくださいましたとか、まことにかたじけなきことにございます。されどここでは、おもてなしをいたす場所とてございません。かような立ち話では恐縮に存じますゆえ、お迎えをいただけますればあらためてどこへなりと参上いたします。ところで……ご無礼ながら、どちらさまでございましたでしょう？　あ、いえ、いつもならご贔屓さまのお名を忘れることはございませんのですが、なにぶん、取り込み中にございまして……」

立て板に水としゃべりまくる。

この男は、頭で考えてものを言う習いがないらしい。しゃべっている間にも、視線は江与の着物や帯の値踏みをしている。目の前の女からどのくらい銭がひきだせるか、それしか頭にないのか。

「わたくしはさるお方の使いで参りました。少々おうかがいしたきことがございます。あなたさまはまちがいなく、市之丞さんですね」

「さようにございます」

市之丞はしなをつくって見せた。

「聞くところによりますと、市之丞さんは上方へおいでになられるとやら」

「はい。近頃はなにやかやとお上の風当たりも強うございます。かような田舎へ追いやられ、ご覧のとおりのありさまでは、先の見通しもたちません。あちらへ参りまして一から出なおそうと考えております」

「それで、仕度のための金子《きんす》がご入り用だとか」

「え？　ええええ、さようにございます。芸で身を立てるのはなにかと物いりにございまして……」

江与は市之丞の目を真っ向から見据えた。

「で、いったい何人の女子《おなご》から餞別《せんべつ》をひきだそうというのですか」

突然、口調が変わったので、市之丞は目を白黒させた。

「それは、どういうことで……」

「わたくしに使いを頼んだお方が申されますには、あなたは日頃から蔦江さまというお女中を手玉にとって、貢がせておるとか」

「蔦江さま……」市之丞は首をかしげた。「はて、思い出せませんねえ。あたくしには大勢ご贔屓さまがおりますので。お逢いしたお方をいちいち覚えてはおれません」

「おや。たった今、ご贔屓の名を忘れることはないと言いましたよ」

江与は切り返した。実のない男と話しているのがじれったくなっている。

雲は重くたれこめ、今しも雨が降り出しそうだ。

「ましてやお子までなした仲、知らぬとは言わせませんよ」

ぴしゃりと言うと、一瞬、市之丞はひるんだ。が、江与をよこした女が蔦江の知り合いとは気づかぬのか、すぐさま態勢を立てなおし、へらへらとへつらい笑いを浮かべた。

「いいえ。存じません。もしや蔦江さまとおっしゃるお方がさように仰せでしたら、父親《てておや》知れずの子ができたので、世間体をはばかって、このあたくしの名を出まかせにおっしゃったのでございましょう」

「火のないところに煙はたちませんよ」

「陽炎《かげろう》を煙と見誤ることもございます」

これが「一人前になって帰るまで待っていてくれ」とかきくどいた男の台詞《せりふ》とは……。

こんなことだろうと思ってはいたものの、江与の腹は煮えくりかえった。

「蔦江さまはお子を流さねばならぬのです。命がけなのですよ。せめてひとこと、謝ろうという気持ちはないのですか」

「ほほほ……どうしてあたくしの子だとわかるのです？　そうまでおっしゃるのでしたら、証《あかし》のひとつも見せてもらいたいもんですねえ」

喉仏《のどぼとけ》を見せて笑ったかと思うや、市之丞はすっと目を細めた。

「近頃は銭にものを言わせて、役者をとっかえひっかえなさるお女中がたんとおられますよ。お女中方の閨事《ねやごと》といったら、それはもうこちらが赤面するくらいのものでして。ま、役者を買おうという女はみなそんなものにございます」

口調こそ柔らかいが、目つきには挑むような色が、ふところ手をして斜に構えた態度には開きなおったふうが見て取れる。

「あたくしはこれにて」

慇懃《いんぎん》に辞儀をすると、市之丞はそそくさと長屋のなかへ引っ込んでしまった。

なんとまあ、蔦江さまもろくでもない男にひっかかったものか――。

嘆息したとき、ぽつりと雨が落ちてきた。片手で裾をからげ、片袖を額《ひたい》にかざして、小走りに空き地を突っ切る。

通りへ出る手前に普請小屋があり、庇《ひさし》の下で数人の男たちが話をしていた。雨足は激しくなっている。雨宿りをしたいところだが、割り込むわけにもいかない。

通り過ぎようとしたとき、紋付羽織に着流しの男が振り向いた。

津田清之助である。

清之助も江与に気づいたのか、目をみはっている。

軽く会釈して歩き出すと、あとを追いかけてきた。

「これを」

江与の手に傘を押しつける。中村座の文字が入った大ぶりの傘である。

「小屋のものゆえ遠慮はいらぬ。それより、江与どのと申したか、かようなところで出会うとは奇遇だの。今日は往診ではなさそうだが」

江与は伴も連れず、薬箱も持っていない。なぜ芝居小屋へ、それもまだとりかかったばかりの普請場へやって来たのか、いぶかっているらしい。

「知人の使いにて参りました。あなたさまこそ、御用の向きにございますか」

「役者、戯作者《げさくしゃ》、女髪結《おんなかみゆ》い、女医者《おんないしゃ》、目を光らせるものばかり増えるゆえ、おちおちしてはおれぬ。貧乏暇なしというところだ。さすれば気をつけて帰られよ」

人の目がある。しかも雨。立ち話もできない。

「かたじけのうございます」

江与は傘を受け取った。雨宿りをするにしろ、傘がなければ、たどりつくまでにずぶぬれになってしまう。清之助の心づかいがありがたかった。それにも増して、自分の顔と名を覚えてくれていたのがうれしい。

清之助が雨水を蹴散らして普請小屋へ戻ってゆくのを見届け、大通りへ出た。そこで、耳にしたばかりの言葉を思い出してはっと足を止める。

女医者、と、たしかに清之助は言った。

女医者とは女の医師のことではない。婦人療治の医者、つまり中條である。

子堕ろしはとうの昔から禁止されていた。だが中條はこれまでのところ合法だった。難産の処置や血の道の病、幼い子供を診《み》るという建前があるからだ。

もしや、お上は取り締まりの対象にするつもりではあるまいか。

それはない、と思う。子堕ろしとひとことで言うが、江与の患者の半分は、胎児を水にしないと母体が持ちこたえられない妊婦で、残りの半分も、のっぴきならぬ事情で子が産めない、もしくは産んでも育てられない女たちである。女医者が御法度になれば、どれほど多くの女が命の危険にさらされるか。

　小店の庇の下へ駆け込んだ。先客と肩をすり合わせながら降りしきる雨を眺める。雨音にまじってややこのか細い泣き声が聞こえてきた。その声が遠い昔の記憶を呼び覚ます。藁のなかに寝かされた、今しも息絶える寸前の、手足をつっぱる力さえないややこ。それでも覗き込むと、くっきりした黒い眸《め》で江与を見あげた……。

　ややこの母親は、素人療法で子を水に流そうとして、胎児もろとも命を落とした。生まれていれば、ややこの弟か妹だ。飢饉《ききん》があった。一揆《いっき》があった。それでなくても生まれたばかりの赤子を殺す「間引き」が横行する土地である。貧しさのゆえの悲劇だった。

　きれいごとでは済まないことが、この世にはある。

「おや、粋な傘でござんすねえ。もしかするってェと、そいつは芝居小屋の」

　駆け込んできた若者に話しかけられ、江与は我に返った。

「中村座ですよ」

「ま、わっちは芝居なんぞ観る身分じゃあねえが、それでも柝《き》の音《ね》が聞こえねえってェと寂しくっていけねえや。まったく、あれもいけねえ、これもいけねえ、いやなご時世になったもんでさね」

男は雨足を眺めて貧乏ゆすりをしている。

上の空であいづちを打ちながら、江与は先刻の出来事を思い出していた。傘を手渡すために、清之助は雨のなかを駆けて来てくれた。その親切がうれしい。うれしいだけに皮肉ななりゆきがうらめしかった。女医者と、女医者を取り締まる役人と――。身分ちがいというだけならまだしも、これから先、敵対する立場にもなりかねない。

「姉さんは団十郎《だんじゅうろう》かい、歌右衛門《うたえもん》かい」

「え?」

「贔屓だよ、姉さんの」

「いませんよ、別に」

そっけなく答えるつもりはなかったが、別のことを考えていたのでぞんざいに聞こえたのかもしれない。男は肩をすくめ、ぷいと横を向いた。

江与はこのとき、女医者の取り締まりについて梅蔵親分に訊ねてみようと考えていた。親分にはもうひとつ、手を借りたいことがある。

市之丞に一矢《いっし》報いるための大芝居――。

豪雨を眺め、江与はきゅっと唇をひき結んだ。

## 【七】

「姉さま、ほら、あれを見て。ずいぶん大きな人形ねえ」

真弓の指さした棚に、一対の雛人形《ひなにんぎょう》が並んでいた。大きさは一尺近くもあろうか。よく見ると紙でできている。売り物ではなく、人目をひくために置いているらしい。

雛人形は古くは紙製で、立雛《たちびな》と呼ばれる立姿の質素なものだった。内裏雛《だいりびな》が紙雛にとって代わり、それも、京風の典雅な次郎左衛門雛や江戸風の写実的な古今雛など種類が豊富になってくると、大きさも四、五寸から七、八寸、なかには一尺五寸などという巨大なものまであらわれた。

幕府は華美をいましめ、八寸以上の人形を禁止する触れを出した。が、さしたる効果はなく、雛は年々派手になっている。

雛祭を間近にひかえて、人形店の建ち並ぶ町々はにぎわっていた。とりわけここ、日本橋の十軒店界隈《かいわい》は大盛況である。

「せっかくですもの、ひやかしてゆきましょうよ」

左右に気を取られて、真弓は落ち着きがない。

「そんなことしている暇はありませんよ。人形を受け取ったら帰らなければ。あなたもおときの仕事を手伝っておあげなさい」

江与は妹を急《せ》き立《た》てた。

気が急いているのは、急患がやって来て、腰痛のおときをあたふたさせては気の毒だと思ったからだ。

江与と真弓はこの日、十軒店まで、頼んでいた人形を取りに来た。こちらも急を要する。市之丞が上方へ出立《しゅったつ》してしまう前にやるべきことがあり、そのための必需品である。

二人は路地へ曲がり、もうひとつ角を折れて、裏店《うらだな》が軒を並べる通りへ出た。この一画は人形師の家が多い。

小体《こてい》な家の前で、江与は足を止めた。

「上手にできているといいけれど」

「どんな人形かしら。なんだかどきどきしますね」

二人は顔を見合わせた。

戸は開いている。なかを覗くと、初老の人形師が人形の顔に目鼻を入れていた。棒の先に頭がついているだけで胴体はない。同じように頭のついた棒が火鉢ほどの大きさの壺にいくつも差してあった。胴体のほうは部屋の片隅にひとまとめになっている。

江与は人形師に声をかけ、なかへ入ってふたことみこと言葉を交わした。

人形師は描きかけの頭を壺に立てかけ、裁着袴《たっつけばかま》の裾を払って腰を上げた。板敷の奥に、もうひとつ小部屋があるらしい。いったん奥へ消えると、八寸ほどの木箱を抱えて戻って来た。

「こちらでございます」

人形師は蓋を開けて、江与に中身を見せた。

真弓もそばへ来て覗き込む。

「姉さま、これは……」

真弓はけげんな顔をした。

「ようできております。これならきっとうまくゆきますよ」

江与は蓋を閉め、人形師に礼を述べた。

人形師はにこやかにうなずく。

「なんの。たいした手間ではございません。それより六左先生によろしゅうお伝えくださいまし。奥さまが亡くなられてもう二十年にもなりますか。お嬢さまの初節句の人形を作らせていただいたときのことは、今でもなつかしゅう覚えておりますよ」

人形師に見送られ、姉妹は店をあとにした。

「あの人形師は松太夫《まつだゆう》さんと言って、お父さまの古なじみなのです。重い病に罹《かか》ったとき診てさしあげたのがはじまりだそうで、そのご縁でほら、我が家の雛人形、あれを作っていただいたのですよ」

帰り道で、江与は妹に説明した。

「けれど妙ですね。あのお方はお母さまが亡くなられて二十年と言いました。それではわたしの歳と勘定《かんじょう》が合いません」

真弓は首をかしげている。

江与の母は真弓を産んだのちに病死したことになっている。真弓は十六になったばかりだから、たしかに勘定が合わない。

「松太夫さんももうお歳ですもの。歳をとると二年も三年も同じように思えるのでしょう。そんなことより大丈夫？　下手な芝居では見透かされてしまいますよ」

当惑を押し隠して、江与は話題を変える。

真弓はくすりと笑った。

「心配はご無用です。役者を騙すために芝居をするなんて、わくわくします。市之丞とやらがどんな顔をするか、お姉さま、一世一代の見物《みもの》ですね」

あっけらかんと言われれば、それはそれで不安になる。

そもそも市之丞の一件に妹を巻き込むのは気が進まなかった。が、真弓以外に適役がいない。

「見て姉さま、あの人形の愛らしいこと」

屈託のない妹を横目で眺め、江与はため息をついた。


家へ帰ると、おときが廊下の拭《ふ》き掃除《そうじ》をしていた。

腰をさすっては手を休め、しかめ面をしている。

「おやめなさい。ぶりかえしたらどうするのです」

江与は文句を言った。

「ですがお嬢さま、埃《ほこり》がたまったままにはしておけませんよ」

「わたしがやります」

「とんでもない。お嬢さまに拭き掃除など。どのみち、まどろっこしくて見ておれませんよ」

「だったら真弓にも手伝わせましょう。真弓……」

振り向いた。が、真弓の姿はなかった。

「逃げられましたね」

おときは忍び笑いをもらした。真弓は家事が大嫌いだ。危難を察知して、早々と退散したのだろう。

表の治療部屋からは、六左衛門と患者のやりとりが聞こえている。

「わたしの患者はどなたもみえませんでしたか」

江与は肝心のことを訊ねた。

するとおときは、「あれいやだ」とすっとんきょうな声を上げた。

「おひとり、おみえになりました。はじめて見るお方で、入りにくそうに裏口でもじもじしておりましたのでこちらから声をかけたのですが……」

中條流ののれんを見れば、たいがいの女は臆病風に吹かれる。

「どのような女子《おなご》ですか」

「それが、女子ではないのです」

江与は目をみはった。

「女子ではない？」

「はい。風呂敷包みを背負った若い男で、こざっぱりとしたなりをしていましたから、どこそのお店《たな》の手代かなにかでしょう」

女医者に男の患者とは妙である。

「名はなんと……」

「申しませんでした。上がって待つようにと勧めたのですが、上がるのははばかりがあるようで、先だってのお社で待っていると……」

それなら肥後蠟の手代、新吉ではないか。

「どうしてそれを先に言わぬのです」

あるじに叱られ、おときは首をすくめた。

江与は明神社へ飛んで行った。

新吉は社殿に向かって頭《こうべ》をたれていた。江与に気づくと、気恥ずかしげに挨拶をした。

「出代わりの前に、下野《しもつけ》まで使いにゆくことになりました」

出代わりは三月五日、年季奉公の者にとっては新たな一年のはじまりである。

「お店を代わるのですか」

「はい。と申しましても、肥後蠟とは縁続きのお店です」

店自体は肥後蠟より小さいが、主人が気に入って、ぜひにと招いてくれたという。おきくの思い出がある場所で働くのは辛かったのだろう、新吉もふたつ返事で移ることにした。

新吉は肩越しに荷を見やり、顔をゆがめた。

「下野にはおきくの実家があります。死んだとき知らせをやったのですが、路銀もなく、春は農繁期で暇もないため、遺骨を引き取りに来る者がいないそうで……」

遺骨はこれまで寺に預けっぱなしになっていたという。

梅蔵は見かねて、肥後蠟の主人に談判をした。しかも新吉に遺骨を届けさせるようにと、半ば強引に命じた。岡っ引ににらまれては、老舗はやりにくい。

「親分もいいところがありますね」

江与は眸を躍らせた。

「はい。なにもかも親分さんのお陰です。それに女先生の……」

「わたしはなにもしていませんよ」

「いいえ。あのままではどうなっていたか」

「でしたらおきくちゃんのためにも、一人前の蠟燭職人になることです」

「一人前になって、おきくの墓を建ててやります」

新吉はまぶたを瞬いて、空を見あげた。

江与も空を見た。薄く一面に刷いたように、春の雲がたなびいている。

二十年前、母が死んだとき父の詠んだ句が、ふっと浮かんだ。

「亡き妻の面輪《おもわ》かさねて雛供養《くよう》」

口のなかでつぶやく。

淡い光を帯びた雲は、初な娘のはにかんだ微笑のようにも見えた。

## 【八】

浅草寺門前東仲町の裏路地にある料理屋の二階座敷に、江与、真弓、梅蔵の三人が膝をそろえていた。

江与は地味な縞木綿に昼夜帯、梅蔵も普段の着流しだが、二人の真ん中に座っている真弓だけは、いつもとは別人だった。

片はずしに結った髪に大ぶりの鼈甲《べっこう》の笄を挿《さ》し、町娘なら野暮《やぼ》だと笑われそうな厚化粧をして、おまけに額にはつけ眉まで描いている。香色《こういろ》の間着《あいぎ》の上から、緋色の地に白い小花模様を散らした打掛《うちかけ》を着込んだ姿は、どこから見ても大名家、もしくは大身の旗本家に仕える奥女中だった。

真弓の装束は、そっくり勝代から借りたものだ。

膝元には人形の入った木箱が置かれている。

「へへ、馬子《まご》にも衣装たァこのことでさァね」

「ま、ひどい」

真弓が梅蔵をにらんだとき、人の気配がした。

「しッ。みえましたよ」

江与は目配せをする。

女中の案内で、市之丞が入って来た。入念な化粧を施しているせいか、浴衣姿の先日とは打って代わって惚れ惚れする男ぶりである。

待ちかねていた三人を見ると、市之丞はけげんな顔をした。

「これはいったい……」

「ま、いいから座んなせえ」

「ですがあたくしは蔦江さまに招かれて……」

言いかけて江与に気づく。とたんに逃げ腰になった。

まあまあと梅蔵が引き止めた。

「蔦江さまのことで、ちょいと耳にいれときてェことがあるんでさ。聞いといたほうが身のためだと思うがね」

片手をふところに入れているのは、十手を持っているぞ、という合図だ。

ここは梅蔵の顔の利《き》く店である。女中はとうに引っ込んでいる。

市之丞は一瞬、目を泳がせたものの、岡っ引を敵にまわすのはまずいと思い直したのか、愛想笑いを浮かべて下座に膝をそろえた。

「それではお話しいただきましょう」

言葉遣いは丁重だが、挑むような視線を三人にかわるがわる投げつける。

「へい。それじゃあ……」と、梅蔵は膝に両手を置いた。「こちらは蔦江さまのご同僚の勝代さまにございます。蔦江さまのお形見の品を届けたいと仰せになられ……」

「形見……」

市之丞は眉を寄せた。

「蔦江さまの身になんぞございましたのですか」

梅蔵ではなく真弓に訊ねる。

真弓はすっと目を上げた。

「蔦江さまは腹の御子《おこ》を水になされました。ほおずきの根を服用され、首尾よく御子は流れましたが、御体持ちこたえられず、先日、儚《はかの》うなられました」

市之丞はさすがに息を呑んだ。

「と、仰せになられると……もしや、蔦江さまはお亡くなりに……」

聞き返した声がうわずっている。

真弓は打掛の袖口をそっと目頭《めがしら》に当てた。その手で木箱にふれる。

「これは蔦江さまからわらわがお預かりいたしましたもの。もしものことがあったら、市之丞さんに手渡してくれるようにと頼まれました」

市之丞も木箱に目をやった。当惑したように真弓に視線を戻す。再び吸い寄せられたかのごとく木箱を見たとき、その顔に期待の色がよぎった。金子か、でなければ金子に代わる高価な品が入っているものと先読みをしたのだろう。

「どうぞ。お受け取りください」

真弓は木箱を市之丞の膝元へ押しやった。

市之丞はごくりと唾《つば》を呑み込んだ。

「中身をたしかめちゃあどうだね」

梅蔵にうながされて、ふるえる指で掛け渡してある紐を解く。蓋を開け、覗き込んだところで目をむいた。

「なんだ、こりゃあ」

よく見えないので、両手を突っ込んで五、六寸の人形を取り出した。

長い垂れ髪を体に巻き付けた女の人形である。髪を取りのけようとして、市之丞はわっと取り落とした。

人形は藍地《あいじ》の浴衣を着ていた。抜き模様のくずし文字は、四隅が欠けてはいるものの、たしかに「市之丞」と読みとれる。祝儀の礼に配る手拭で作ったものだ。

そんなことより奇態なのは、人形の腹がふくれていることだった。

「そのお髪《ぐし》は蔦江さまのご遺髪にございますよ」

真弓が淡々と述べたとき、市之丞の顔は蒼白だった。

「もうひとつあるんだ。あっしが同席してるなァ、実はそっちのほうでしてね」

梅蔵はおもむろに膝を進めた。

「蔦江さまは、奥方さまにたいそう可愛がられていらしたそうだ。なぜこんなことになったのか、このままにしてはおけぬと、奥方さまはえらいお怒りのご様子。蔦江さまを死に至らしめた相手を探し出し、即刻成敗《せいばい》するようにと、手練《てだれ》の者たちに命じたそうだぜ」

市之丞はひっと悲鳴を上げた。

「血なまぐさい事件にでもなりゃあ、こっちも厄介じゃああるし、勝代さまも、蔦江さまの意に染まぬ始末になるのではないかと案じておられるし。てなわけで、ま、相談の上、大事にならぬうちにあんたに知らせることにしたってェわけだ」

今や市之丞は無様に這いつくばり、がたがたふるえていた。

「すでに身元を知られておるやもしれません。一刻も早く身を隠したほうがようございますよ」

江与が言うと、市之丞は畳に額をすりつけた。

「お、親分さんもお女中さま方も、お知らせくだすってありがとうございます。それではあたくしはこれにて」

口上だけはきちんと述べて、あたふたと部屋を飛び出した。

「蔦江さまの人形は……」

真弓が呼び止めたときはもう階段を駆け下りている。

玄関であわただしいやりとりが聞こえた。駕籠を頼む手間も省いて、逃げ帰ろうとしているらしい。

「あの様子では、明日はもう江戸におりますまい」

江与は忍び笑いをもらした。

「いい気味だ、と言いてェが、その人形はちょいと悪趣味じゃありやせんか。箱からあらわれたときは、あっしまで怖気《おぞけ》をふるいやしたぜ」

人形を眺めて、梅蔵は額の汗を拭いている。

「あら、そうかしら」

真弓は手をのばして人形を拾いあげた。浴衣を脱がせ、腹に詰めた綿を取り除けばなんのことはない、愛らしい女雛である。

「この髪は馬の尻尾《しっぽ》なのですよ。きれいに結い直せば雛壇に飾れます。そうだ、親分さんのお孫さんにさしあげましょう」

「い、いや、あっしんとこは坊主ばかりなんで……」

人形を突きつけられて、梅蔵は飛《と》び退《の》いた。

「真弓、およしなさい。人形は松太夫さんにお返ししましょう。いずれにしろ、女雛だけ飾ってもかわいそうですよ」

　江与は笑っている。

「あーあ、窮屈《きゅうくつ》だったァ。奥女中のまねなんてもうたくさん」

　真弓は打掛を脱ぎ捨てた。

　江与が人形を箱にしまうと、梅蔵もようやく顔色を取り戻した。階下に声をかける。茶菓が運ばれ、三人はくつろいだ顔でしばし手柄話《てがらばなし》に興じた。

「それにしても、市之丞のあの怯えた顔……」

「これで少しは懲《こ》りましたね」

「少しどころか、骨身にしみたはずですよ」

「しかしこいつァ蔦江さまには金輪際話せませんや。知らぬ間に死人《しびと》にされちまったんだから」

蔦江には気の毒だが、これで蔦江が市之丞に大金をせびられる心配はもうない。ずるずると蛇の生殺しのような目にあうこともないはずだ。

「ともあれ、胸のすく仇討《あだう》ちでしたね」

「ええ。これで晴れ晴れと雛祭が迎えられますね」

江与も真弓も上機嫌である。

「おっと、明日は雛祭か」

つぶやいたところで、梅蔵は聞き耳をたてた。

路地から「からあさり、からあさり」と、あさり売りの声が流れてくる。春ならではの振売りの声に誘われたのか、どこからか恋猫の鳴き声が聞こえた。

## 【九】

「ふむ。真弓が妙な顔をしたか……」

六左衛門は眉を寄せた。

白湯《さゆ》をすすりながら、空を眺めている。

春の陽射しは縁側まで差し込んで、六左衛門と江与の膝元をほかほかと温めていた。

「すぐにごまかしました。きっともう忘れていますよ」

江与はさらりと受け流した。父から庭隅の叢《くさむら》へ視線を移す。

二尺ほどの丈の草である。卵の形をした葉っぱが二枚ずつ対になって行儀よく並んでいた。眺めているだけではなんの変哲もないが、掘り返せば根っこはおどろくほど長い。初夏になれば愛らしい花をつけ、花が終われば、橙色《だいだいいろ》の紙風船のような萼《がく》が紅い実を包み込む。少女たちは口中でこの実を鳴らして遊ぶ。

もっとも、この家のほおずきは少女の玩具でも鑑賞用でもなかった。

「松太夫と行き来しておったのは、まだわしが藩医をしとった頃じゃ。町医者になってからは、はて、何度逢うたか。忙しゅうなってしもうて、つい無沙汰《ぶさた》をしてしもうた」

「わたしも真弓も、もう人形の歳ではありませんものね」

今度、人形のことで大騒ぎをするのは、真弓が嫁いで母となったときだろう。父に孫を抱かせてやれない自分の代わりに、真弓が父を喜ばせてくれるはずである。

「可愛いややこでしたね、真弓は。わたしは九つでしたけれど、あのときのことははっきり覚えています」

「おまえがどうしても、と、だだをこねたのだ。妹にすると言うての」

「いいえ、お父さまですよ。ご自分で抱いて連れ帰られたのです」

父娘は笑みを交わし合う。

おときが顔を覗かせた。

「患者か」

「はい」

「わたしに？　それともお父さま？」

「さあ、どちらでございましょう」

おときは謎かけのようなことを言った。言い終わるか終わらないうちに、梅蔵の声が聞こえた。

「なにをびくついてやがるんだ。女先生はおめえを取って食やァしねえよ」

してみると、梅蔵が患者を伴っているらしい。

「どうもおまえの患者のようだぞ」

六左衛門は目配せをした。

と、頃合を見はからったように、梅蔵が庭へ入って来た。

「こいつは両先生おそろいで」

「親分。わたしがなにを取って食べるんですか」

「あ、いや、別にそういうわけじゃ……。おい。突っ立ってないで挨拶しねえか」

梅蔵に押し出されたのは七つか八つの男児だ。つんつるてんの粗末な縞木綿を着て、よれよれのへこ帯をしめている。足は素足。艶のない髪を荒縄で結わえ、いつ洗ったのかわからぬほど汚れた顔に、利かぬげなまなざしをしていた。

「おや、この子はあのときの……」

「平吉でさ。傷口が開いちまいましてね、いえ、女先生に助けられたときの傷はとうに治ったそうですが、こいつァしょっちゅう悪さをするんで、生傷が絶えねえんでさ」

番小屋から焼き芋を盗もうとしているところをとっつかまえた。左腕をつかんだら、恐ろしい形相で泣きわめいた。見ると傷口が開いて膿《う》んでいたという。

「金創医んとこへ連れてこうとしたんですがね、どうにもいやだとごねやがる」

江与はあらためて平吉を見た。

江与と目が合うと、平吉は怒ったように目を伏せた。唇をぎゅっと噛み、両手の拳を握りしめているのは、怪我をこじらせ、他ならぬ岡っ引に医者のもとへ連れて来られた自分を、子供ながら不甲斐なく思っているのだろう。

「お上がりなさい。診てあげましょう」

江与はやさしく声をかけた。

「さあ、来なさい。放っておくと腕が腐って、ちょんぎらねばならぬぞ」

六左衛門も手招いた。

「そうなればおまえさんの稼業も上がったりだ」

「先生、そいつァちょいと……」

「いいからおいで。江与は金創の腕もある。蘭方を学びたいと言うとるくらいじゃ」

蘭方がなにかわかったわけではなかろうが、平吉はぱっと駆けて来た。いったん心を決めたら肚《はら》が据わったのだろう、いきおいよく縁によじのぼろうとする。

「あれまァ。足が泥だらけじゃありませんか」

おときはあわてて濯《すす》ぎ桶《おけ》を取りにゆこうとした。その前に江与は手を添え、平吉を縁に引きあげてしまった。

「あーあ、そこらじゅう泥だらけだ。お嬢さま、お着物が汚れますよ」

「汚れて惜しい着物ではありませんよ。それに、着物も床も洗えばきれいになります。そんなことより、おとき、お湯を運んでおくれ」

縁側はにわか治療場になった。

消毒のため傷口に酒を吹きかけられても、つわぶきの茎をあぶったものを塗りつけられても、平吉は歯を食いしばってこらえている。涙ひとつ見せない。

治療のあと、汚れを拭き清め、茶の間へ連れていって寝かせてやった。さすがに緊張の糸が切れたのか、鎮痛のために呑ませた煎じ薬が効いたのかもしれない、平吉は床に丸くなるや寝息をたてた。

「あっぱれな子供ですね」

江与は目を細めた。

「これで悪癖がなけりゃあ、ちったァかわいいんですがね」

梅蔵は首を横に振った。

「こういったガキは、巾着切《きんちゃくきり》になって盗人《ぬすっと》になって盗賊の仲間になって、最後には遠島か、刑場行きと相場が決まってるんでさァ」

「どうにかならないものですか」

「こいつの下に五人も弟妹がいましてね、近所には、食うのもかつかつといった小僧どもがわんさといる。あっしだってどうにかしてやりてえが、こいつはもう、銭をめぐんだり、ちっとばか食い物や着る物をくれてやるくらいじゃあどうにもならねえんで」

江与は清之助にはじめて逢った日のことを思い出した。平吉に銅銭をめぐんだら、銭をやってはならぬと叱られた。

「お上の力でなんとかならぬのですか。仕事を覚えさせて駄賃《だちん》をやるとか……」

「飢饉だ逃散《ちょうさん》だ打ち壊しだ、こんなご時世じゃあ、小僧っ子ひとりにかまってもいられねえんでしょう。ま、そいつもいたしかたがねえってこって」

ちょうどよい、切り出すのは今だ、と江与は思った。

「それはそうと親分、お上が女医者を取り締まろうとしているって、ほんとですか」

「だれに聞きなすったんで？」

梅蔵は奇妙な目で江与を見た。

「だれって……。なんとなく耳に入ったんですよ」

「そんな話がないわけじゃありやせんがね、こいつはまだ内々のお調べなんでさ」

老中は幕府の最高権力者である。そのなかで最も力があり、天保の改革の推進者でもある水野《みずの》越前守《えちぜんのかみ》忠邦《ただくに》が、南北の町奉行に、女医者について早急に実態を調べるようにと沙汰を下したという。つまり、女医者を禁じるか否か、奉行所内での意見がまとまらず、まずは現状についての報告書を作成することになった、というわけである。

「町方の旦那衆は頭を抱えておりまさあ。中條流といったって別に子堕ろしと決まったわけじゃあねえんだし。仮に子堕ろしをしてたとしても、それこそ表にもれないよう用心に用心を重ねてる。事が事だけに、実態なんて雲をつかむようなもんでしてね、どうせ、かけ声だけで尻切れとんぼになっちまうにちげェありやせん」

これまで何度となくやり玉に上がりながら、必要悪という暗黙の了解のもとに、女医者は御法度を逃れてきた。梅蔵は今回も楽観していた。

江与は眉をひそめた。

「ここにもお調べが来るやもしれませんね」

「来たら、ちょちょいとのれんをはずしゃあ済むことでさァ」

梅蔵はのんきな顔である。

「わたしは断じてはずしませんよ」

江与はすかさず言い返した。

はずすのは、安心して女が子を産める日が来たときだ。産み落とされた子供たちのだれもが、飢えずに暮らせる日が来たときだ。清之助に咎《とが》められても、これればかりは譲るわけにはいかない。

平吉は寝息をたてていた。

無邪気な寝顔を見つめ、せめて夢が平穏で楽しいものでありますようにと、江与は祈らずにはいられなかった。

## 【十】

裏口に輿《こし》が止まっていた。

家紋はもちろんのこと、飾りひとつない。が、輿は輿だ。侍女に手をとられ、今しも乗り込もうとしている女の身分が高いのは一目瞭然だった。

人に見られたらどうするのかと、江与は気が気でない。

当の蔦江は悠然《ゆうぜん》としていた。江与に笑顔を向ける。別れも告げずに姿を消した市之丞への未練がいまだ絶ちがたいのか、微笑は一抹の陰りを帯びていた。

「お陰さまですっかりようなりました。これにて勤めに戻れます」

蔦江はおっとりと礼を述べた。

数日間の宿下がりを終え、たった今、屋敷へ戻るところである。

さすがに顔色は青ざめていたが、それは心痛のせいで体の異常のせいではないと、江与は診断していた。体の回復は速いが、心の快癒は遅い。そしてそれは、江与の力では及ばぬ領分だった。

「滋養のあるものを召しあがって気力をおつけになることです。済んだことはお忘れになり、明日のことをお考えくださいまし」

江与は心をこめて挨拶を返した。

蔦江はうなずく。しばしためらったのちに、

「どこぞであのお方の噂を耳にされましたら、ぜひともお知らせくださいませ。不如意なお暮らしをされておるのではないかと、そのことばかりが案じられます」

と、一気に言った。

豪奢《ごうしゃ》な打掛をたくしあげて輿に乗り込む。

江与はあっけにとられた。文字どおり身を切り裂くほどの苦痛を与え、貢ぐだけ貢がせた上にあっさり自分を棄てた男を、蔦江は怨《うら》むどころか、まだ案じているというのか。なんという世間知らず、いや、お人よしだろう。

けれど江与は、蔦江を愚かとは思わなかった。ひたすら男を信じることのできる蔦江は幸せである。

輿は窮屈そうに路地を抜けてゆく。

物思いに沈みながら、江与は輿を見送った。

放心していたので、はじめは気づかなかった。我に返ったとたん、息を呑んだ。

路地の向こう側に清之助がいた。清之助も棒立ちになっている。

おどろきから醒めると、清之助は藍のれんに目を向けた。「中條流婦人療治」と白い文字が染め抜かれたのれんである。もう一度、視線を江与の上に戻したとき、その顔には困惑の色があった。

気まずい沈黙が流れる。

沈黙を破ったのは清之助だ。

「ここは江与どのの家か」

「さようにございます」

江与は即座に答えた。今さらごまかすわけにもいかない。

ためらう素振りを見せなかったからか、清之助の肩にも力が入ったように見えた。

「さすれば、そなたは女医者か」

今度の問いかけにはあからさまな非難がこめられていた。

「はい。わたくしは中條にございます」

悪びれずに答えた。世間では、中條というと老獪《ろうかい》な医者を想像する。だからこそあえて女医者を中條と言い換えたのである。

案の定、清之助は眉をひそめた。

「そなたが中條とは思わなんだ」

「中條では悪うございますか」

「悪うはないが……」

切れ長の眸に見据えられて、清之助は口ごもった。

「今、帰って行った女子だが、どういう素性の女か」

矛先《ほこさき》を変える。

「さるお屋敷にお勤めの女性《にょしょう》にございます。それ以上は、わたくしの口からはお答えできません」

「病か。それとも子堕ろしか」

「子堕ろしは御法度にございます」

「相《あい》わかった。そなたは中條だが子堕ろしではない。それに相違はないの」

ここでけりをつけようというのだろう。清之助はそうであってほしいと願っている。江与の口から子堕ろしはしていないと言ってほしいのだ。

嘘をつくのは簡単だった。が、このとき、わけのわからないなにかが江与の胸をゆさぶった。

江与は清之助の眸を見返した。

「御法度とわかっておりましても、やむをえず水にしなければならぬ場合もございます。

母親の命にかかわる場合があるのです。さようなときは、わたくしも子堕ろしをいたします」

江与の返答に、清之助はどう応じてよいかわからぬようだった。しばし考え、

「それは、難産で母子ともども死にかけた場合、ということか」

と、重ねて問いただした。

「それも、むろんございます」

「子堕ろしは人殺しだ。命の芽を摘《つ》み取《と》ることだ」

「摘み取らねば木が倒れる場合は、いたしかたございません」

「それは生きている者の勝手な言い分だ」

「あなたさまは、子を流さねば生きられぬ者の苦しみをご存じないゆえ、さようなきれいごとをおっしゃるのです」

「きれいごと？　拙者《せっしゃ》がきれいごとを言っておると申すか」

「はい」

二人はにらみ合った。

清之助の眸は澄んでいた。誠実で実直な気性にちがいない。

江与はすぐに、ここまで言うべきではなかったと後悔した。

「ご無礼を申しました。お許しくださいませ」

辞儀をして、家のなかへ入ろうとする。

すると、清之助が呼び止めた。

「江与どの。いずれ女医者は御法度となる。禁止とするための事例をわれらは集めねばならぬ。つまりは、そなたの動向も探らねばならぬ。この件、あらかじめ言い置いてゆく」

江与は動じなかった。清之助の眸を見つめ、「どうぞ、ご存分に」と応じる。

「されど、わたくしは尻尾を出しませんよ」

呆然と突っ立っている清之助を残して、江与は身をひるがえした。

## 【十一】

畦道《あぜみち》に蒲公英《たんぽぽ》や都草《みやこぐさ》が咲き群れている。

見渡すかぎりの田畑は蒼《あお》いさざ波をたて、頭上に広がる空は春霞《はるがすみ》に煙《けぶ》って、ときおり鳥影が二人を追い越してゆく。

「しばらく雨がのうてようござりました。ぬかるみはこりごりにござりますよ」

江与の背に、弥助が話しかけた。

「この前は草履が泥だらけになってしまいましたものね」

藁の芯でつくった中抜き草履に履きかえてどうにかしのいだ。

主従は一列になって畦道を歩いていた。

浅草寺の裏手から新吉原へつづく野原は通称「中たんぼ」と呼ばれ、江戸随一の遊里へ通う近道である。遊客の大半は俗に「土手《どて》八丁《はっちょう》」と呼ばれる日本堤《にほんづつみ》をゆくので、こちらはめったに客と出くわさない。土地に詳しい者にはありがたい道だが、雨でも降ろうものなら足場のわるさに辟易《へきえき》する。

この日、江与は新吉原京町にある妓楼《ぎろう》、大文字屋から呼び出しを受けた。遊女の具合がわるいので診てほしいと、なじみの楼主に頼まれたのである。

遊里には遊里の医者がいた。江与が呼ばれることは、本来ならありえない。ところが数年前、顔見知りの中條の代診をしたことがあって、それ以来、ぜひとも江与に、とわざわざ田原町まで使いをよこす楼ができてしまった。

信頼されるのは医者冥利《みょうり》だが、場所が場所だけに億劫《おっくう》でもある。

本心を言えば、遊女を診るのは気が重かった。母になれない境遇の女たちと顔をつき合わせていると、癒《い》えかけた胸の傷口がうずいてくるからだ。

「そうそう、おときに羊羹《ようかん》を買って帰りましょう」

吉原の仲の町にある菓子店、竹村伊勢《たけむらいせ》の名物は、巻きせんべいにあんころ餅、羊羹も美味だと評判である。

「羊羹なんて嬶《かかあ》にはもったいねえ。お気遣いはよしにしておくんなせえまし」

顔をほころばせながらも、弥助は片手を振った。

「水くさいことを言うものではありません。大丈夫。吉原の羊羹を買って帰っても、叩き出されはしませんよ」

「へへ、そりゃあお嬢さま、この歳になりゃあもう」

「吉原より古女房、おまえの顔に書いてあります」

「からかっちゃあいけませんや。けどま、仰せのとおりで……」弥助は苦笑した。「若い頃は一度でいい、吉原へ行ってぱーっと遊んでみてえもんだ、なんぞと思ったりもいたしましたが、お嬢さまにお仕えしてからはどうもその……行く気が失せてしまいました」

「よいところもありますね、この稼業も」

「やれやれ。こんなことで吉原通いをするとは……。わからねえもんでござりますよ」

弥助がため息をつくのを見て、江与は声をたてて笑った。楽屋内を覗いてしまえば、花も色あせて見えるというわけだ。

花といえば、三月になると吉原の仲の町に桜の木が植えられる。桜花は妓楼の花と咲き競って遊客の目を楽しませることになるのだが……。この時季だけ余所《よそ》から運ばれた桜木だと知っている江与は、わざとらしい桜並木がうとましかった。

大門をくぐり、番所に挨拶をして仲の町へ入る。

「今年は蕾《つぼみ》が早うございます」

弥助は左右の桜に感嘆の目を向けている。

江与は足を速めた。桜木のせいばかりでなく、吉原ではいつも足早になる。心のどこかで居心地のわるさを感じているためだろう。

京町は最奥にあった。その先はお歯黒どぶで、河岸には安手の女郎屋が並んでいる。妓楼の格では京町は江戸町と比べて一段落ちるが、大文字屋は中の上といったところで、それなりの格式をそなえていた。楼主が阿漕《あこぎ》でないせいか、妓《おんな》たちも気取らず、かといって卑《いや》しげでもなく、商売も繁盛している。

勝手口から入ると、顔見知りの遣《や》り手婆《てばば》が待ちかねていたように二人を迎えた。

「また喜蝶《きちょう》が、これ、なんでございますよ」

遣り手婆は顔をしかめ、腹の前で丸く円を描いて見せた。

賄《まかな》い場《ば》の隅の板敷でいつものように弥助を待たせ、江与は薬箱を抱えて薄暗い階段を上がる。

喜蝶は二階の小座敷で待っていた。

まだ十七、八の、華奢《きゃしゃ》な体つきの遊女である。一番の売《う》れっ妓《こ》というだけあって目鼻だちに品がある。この日の喜蝶は肌がひときわ青白く、むくみもあるようで、足を投げ出して横座りになった姿がしどけなかった。

「そろそろ三月になりますね」

診察を終え、見立てを告げると、喜蝶はけだるげに吐息をついた。

「なぜでありんす。せんせ、なぜわっちばかり。四度目にありんすえ」

何年働いても孕まない妓がいる一方で、喜蝶は立てつづけに三度、腹の子を水にしていた。今回は四度目。これではいくら若くても、体のほうがやられてしまう。

「薬は呑まぬほうがよいでしょう。養生して体力をつけ、もっと顔色がよくなるようにしなければ……」

産むにしろ堕ろすにしろ、このままでは危険である。

喜蝶はかすれた声で笑った。

「せんせ。野暮なこと、言わんでおくんなんし。わっちがなんで養生などできんしょう。むりでありんす」

サァ薬をおくんなんし、と、片手を出した妓の顔にはなんの感情も見えなかった。ややこができたら即刻水にする。禿《かむろ》の頃から叩き込まれてきた掟《おきて》だから、悩むことも思案することもないのだ。運がわるかったとため息をつくだけである。

楼主に話してみたところで、どうにもならないのはわかっていた。妊娠した妓を半年も休ませれば、商売上がったりである。前例をつくれば後々面倒が起こりかねない。

江与は、堕胎用のほおずきの根の煎じ薬に加えて、滋養・強壮のため、くこの実の煎じ薬を処方した。効き目がありますようにと祈るような思いで手渡す。

小座敷を出て階段へ向かおうとすると、「せんせ」と別の声が呼び止めた。脇の小部屋から手が出て、江与の着物の裾を引っぱっている。

「ナァ、ちぃと来ておくんなんし。お頼みしたいことがありんす」

顔見知りの綾瀬川《あやせがわ》である。

歳は喜蝶よりふたつみっつ上だろう。江与がはじめて吉原で治療をした妓で、喜蝶ほど売れっ妓ではないが、気さくで人なつこい性格が好まれるのか、上客がついている。

綾瀬川の頼みというのは、間夫《まぶ》のことだった。

相手は蛇骨長屋に住む飾り職人の安次郎《やすじろう》という若者で、無事でいるかどうか気がかりだからついでのときに様子を見て来てほしいと、両手を合わせて頼まれた。事情を聞けば、安次郎は綾瀬川に逢うために借りた銭が返せず、やくざ者に追われているという。

「このとおり、お願い申しんす」

懇願されていやとは言えなかった。

「わかりました。二、三日うちには行ってみましょう」

しばらく愚痴を聞いてやり、綾瀬川にもくこの実の煎じ薬を渡して階下へ降りる。

「喜蝶さんですが、くれぐれも滋養のあるものを食べさせてくださいね」

遣り手婆に言い置いて、江与は大文字屋をあとにした。

「いつものこってすが、吉原へおいでるたんびに、お嬢さまは元気がなくなるようにお見受けいたします」

弥助はにわかに口数の少なくなったあるじを気遣った。

竹村伊勢へ寄ってあんころ餅と羊羹を買い求め、大門をくぐる。

田原町の我が家へ帰り着いたときは、さすがに疲れ切っていた。遠出をしたせいではない。わざわざ心身をすりへらす稼業を選んだ自分が、江与はうらめしかった。

## 【十二】

「ちっとばかし甘くみていたかもしれやせん」

渋茶をすすりながら、梅蔵は江与に目配せをした。

明後日の句会に出す句を見てもらいたいと、今日もまた油を売りに来た。毎度のごとくおときに追い立てられ、六左衛門の診療部屋から退散させられた。で、患者を送り出したばかりの江与と、茶の間で話し込むことになったのだが——。

「なんの話ですか」

「例の取り締まりの一件でさァ。実は先日、津田の旦那に呼ばれやした。女髪結いにつづいて音曲《おんぎょく》の女師匠も御法度だと言うんですがね、今度ばかしは、お上も本腰を入れてやる気じゃねえかと」

女髪結いが禁止されたと思ったら、つい先日は長唄や浄瑠璃《じょうるり》、三味線などの女師匠に、弟子をとることまかりならぬと沙汰が下った。

「あんまりです。三味線がなぜいけないんですか」

真弓は大むくれにむくれたが、怒りがおさまらないのは師匠のほうだった。

「廃業しろってのは、飢え死にしろってこってすか」

玄人《くろうと》あがりの女師匠は悔し涙にくれていたとか。

こうなったら、女医者も御法度になるかもしれない。まずはその実態を探るべし。奉行所の同心、津田清之助にもはっぱをかけられ、梅蔵は苦い顔である。

「女先生も用心しておくんなせえ。なんかありゃあ、六左先生にだってとばっちりが降りかかるかもしれねえんだ」

「まだ御法度になったわけではないのです。今から騒いだってしかたがありませんよ」

江与はあんころ餅を梅蔵に勧めた。

梅蔵はひょこりと頭を下げて餅をつまむ。

「昨日は吉原へ呼ばれました。廓《くるわ》にはお侍さまも大勢お遊びにおいでになられます。遊ぶだけ遊んで女医者を禁じるのでは、妓たちは立つ瀬がありませんよ」

「ま、そうにはちげえありやせんがね」

「お奉行所の旦那方だって、そのくらいはわかっておられるはずです」

わかっている？　ほんとうにわかっているのだろうか。

家の裏口で清之助とやり合ったことは、だれにも話していない。あのとき、清之助は江与に果たし状を突きつけた。江与も受けて立つと応じた。

梅蔵は指についた餡をなめ、喉を鳴らして茶を飲み干した。

「そういえば、平吉はどうしていますか」

「お陰で傷の具合もいいようでさァ。相変わらずわるさをしちゃあいますがね」

「あの子は蛇骨長屋に住んでいるのでしたね」

「へい。目も当てられねえような、こ汚ねえとこでさァ。そいつがなにか……」

江与は梅蔵に、綾瀬川の間夫だという安次郎の話をした。綾瀬川は江与の返事を首を長くして待っているはずである。明日にでも様子を見に行かなければならない。

「飾り職人の安次郎ねえ……」梅蔵は首をかしげた。「あっしは聞き覚えがありやせんがね、そんなら伊之助《いのすけ》親分に訊いておきやしょう」

同じ岡っ引でも、梅蔵は田原町一丁目の親分である。蛇骨長屋の界隈は伊之助という親分の仕切りだ。

「伊之助親分は三丁目に住まいがあるんですがね、数日前に子さらいがあったってんで、あっちじゃ大騒ぎをしているそうで」

「子さらい……」

「へい。さらわれたのは経師屋《きょうじや》の赤子《あかご》だとか。店の裏っかたの小座敷へ寝かせておいたんだそうですがね、子守が厠《かわや》へ行って戻って来たら、いなくなっていやしたそうで」

赤子がひとりで歩くわけはないから、だれかが連れ去ったのだろう。

「津田の旦那も首をひねっておりやした。近所中、訊きまわっても、赤子を抱いた奴を見たもんはだあれもおりやせん、泣き声も聞かなかったそうで」

江与はこのとき、梅蔵の話にさほど関心を払わなかった。ましてやこの事件が、後々我が身にかかわってこようとは思いもしなかった。

　それより清之助の名に耳をそばだてる。

　定町廻りの同心は、南北奉行所を合わせてたったの十二名。少人数で江戸市中の治安を守っている。清之助は休む間もなく飛びまわっているのだろう。むろんのことながら、女医者の穿鑿《せんさく》にばかりかまけている暇はない。

　ほっとしたような、それでいて、ほんの少し物足りないような……。

「浅春《せんしゅん》や亀は乾きし甲さらす、てェのをつくってみたんですがね、句会にゃあ、ちっとお粗末か。どうでしょう、女先生、おかしかァありやせんか」

　あんころ餅に手をのばしながら、梅蔵はもう来《きた》る集まりに思いを馳せている。

「あら、よい出来ではありませんか」

「さいですかね……」

「手練の句ですよ。親分も腕を上げましたね」

　物思いに沈みながら、江与はおざなりに褒めあげた。

## 【十三】

翌日、朝餉の片づけを終えるや家を出た。

田原町と蛇骨長屋は目と鼻の先である。安次郎は仕事もなくぶらぶらしているというから、朝の内ならつかまるかもしれないと思ったのだが――。

「あのろくでなし。昨夜っから帰っちゃいませんよ」

ようやく探し当てた長屋から出て来たのは大きな腹を抱えた女房で、借金の催促だとでも思ったのだろう、まなじりをつりあげてひとしきりわめくや、そそくさと家のなかへ逃げ込もうとした。なにを言っても聞く耳はなさそうである。

「儲《もう》け話《ばなし》を持ってきたんです、安次郎さんに」

江与はとっさに出まかせを言った。

思ったとおり、女はぴたりと足を止めた。

「なにもんだい、おまえさん？」

うさんくさそうな目を向けてくる。

安次郎はろくでなしかもしれないが、鬼のような女房から逃げ出して気だてのよい綾瀬川に溺れる気持ちなら、わからないでもなかった。

もっとも、家のなかからは幼い子供の声がひとつならず聞こえている。腹にも子がいるらしい。亭主は博打《ばくち》と遊女にうつつをぬかし、貧乏長屋に子沢山《こだくさん》。とくれば、仏の女房も鬼にならざるを得ない。

「わたしの父は田原町で小間物をあつかっています。さるお方から細工物を頼まれまして。こちらに安次郎さんという腕のいい飾り職人がいると噂を耳にしましたので、仕事をお願いできるかどうか訊いて来いと言われたのです」

吉原の遊女の使いとは言えないので、その場しのぎの話をこしらえた。半月ほど前、不実な役者をこらしめるために妹の真弓が一芝居打ったが、今度は江与の番である。

女は話に乗ってきた。

「そういうことなら、むろん、ありがたくやらせていただきますよ。いえ、あのろくでなしがいやだと言ったって、やらせて見せますともさ。このまんまじゃあ、一家そろって飢え死にしなけりゃならないんだ」

「安次郎さんは今、どこにいるのですか」

肝心のことを訪ねると、女房は首を横に振った。

「それがわかりゃあ苦労はしませんよ。おおかたどっかの賭場《とば》にいるんでしょうよ。けど帰ったらすぐ知らせをやるってことで、どうです？　腕はたしかなんです。二、三日、待っちゃあもらえませんか」

「おとついは、ここにいたのですね」

「いましたよ。といったって、ちょいと顔を見せただけ。ほんと言うと、うちの人はわるい奴らに追われてるんです。それで夜逃げ同然、ここへ引っ越して来たってわけで」

この家はまだやくざ者に知られていない。家族に災いが降りかかるのを怖れ、安次郎は別の場所を転々としているという。こっそり家族の顔を見に帰ったのだから、安次郎という男、根っからの悪人ではなさそうである。

「うっかり内《うち》輪《わ》話《ばなし》までしゃべっちまいました。いえね、おたくさまにご迷惑はかけませんよ。ほんとに腕はいいんです。あたしらを助けると思って、その仕事、うちの亭主にやらせておくんなさい」

女は泣き落としに出た。できることならうんと言ってやりたかったが――。

「ご事情はわかりました。ですが今度の仕事は急ぎなのです。お父つぁんとも相談して、安次郎さんにはまた別の仕事を頼みに参ります」

女の顔に落胆の色が浮かんだ。

でたらめを言ったために、かえって失望させてしまった。後ろめたくはあったが、ここは退散するよりない。

どぶの臭いのする路地を出た。来た道を引き返そうとしたとき、だれかに見られているような気がした。あたりを見まわす。

前方に別の路地へ入る木戸があって、傍《かたわ》らに平吉がいた。上目づかいに江与を見ている。話しかけたいがなんと声をかけてよいかわからないのだろう、当惑顔だった。

「傷の具合はどうですか。親分の話ではずいぶんよいようですが」

歩み寄って話しかける。平吉はおもむろに袖をまくりあげ、傷口を見せた。

みみず腫《ば》れのような傷が走っているだけで、もう膿んではいない。

「これなら大丈夫。いいですか、痒《かゆ》くても掻《か》いてはいけませんよ」

笑みを浮かべて言うと、平吉もうれしそうにうなずいた。

「あなたの家はこの近くなのでしょう？」

どっち、と訊くと、木戸の奥を指さした。安次郎の家より一段と汚い、雨がしのげるだけが取り柄といった棟割《むねわり》長屋である。

「おっ母さんは？」

「死んじまった」

「お父つぁんは？」

怖い顔でにらみつける。いることはいるらしい。

平吉のような悪たれは放っておけと梅蔵は言った。この界隈には似たような子供がいくらでもいる。いちいち同情してはいられない。

そのとおりだとは思ったが、このまま帰る気にはなれなかった。平吉も離れがたいのかその場を動こうとしない。

江与は名案を思いついた。

銭をめぐんでやるのがわるいなら、それに見合うことをさせたらどうだろう？　遣いを頼んで駄賃をやる。それなら清之助も梅蔵も文句は言えないはずだ。働いて銭を得る経験は、盗癖のある七つ八つの子供の目を開かせ、正しい方向に導いてくれるかもしれない。

「よいところで出会いました。あなたを見込んで頼みがあります」

真顔で切り出すと、平吉は目を丸くした。大人からこんなふうに話しかけられたことがないのか、だれにも頼み事などされた覚えがないのだろう。

「わたしのためにひと働きしてはもらえませんか」

真面目くさって言う。

平吉はうなずいた。小さな顔が興奮のあまり赤く染まった。

江与は平吉を連れて番屋へ行った。店番の老人に半紙をもらい、筆と墨を借りて綾瀬川宛の文を書いた。文といっても、「安次郎は無事、家にいる」というだけの簡潔なものだ。多少事実とは異なるものの、綾瀬川を安心させ、同時に間夫への未練を断ち切ってやるには、これが一番である。

折り畳んで、表に「京町、大文字屋、綾瀬川どのへ」と宛名を書き、後ろには「江与」と認《したた》めた。

「これを知り合いに届けてほしいのです。大切な文ですから、だれでもよいというわけにはゆきません。それゆえあなたに頼むのですよ」

平吉が新吉原を知らないと言うので場所を教え、大門をくぐったら番所へ立ち寄るように、大文字屋では綾瀬川に直接文を手渡すようにと言い聞かせる。懐紙《かいし》で顔と手足を拭き、ぼさぼさの髪を結わえなおしてやったのは、番所でうさんくさい顔をされないための用心である。

「ひとりで行けますね」

「あたりきさ」

「説明も、できますね」

「文を届けに来たって言やァいいんだろ。ヘッ、まかせとけって」

平吉は江与の手から文をひったくった。

「では、これは駄賃です」

銅銭をにぎらせようとすると、ぱっと飛び退《の》く。

「いらねえや」

ひとこと言って駆け出した。

江与は目をみはった。あっという間に後ろ姿が小さくなってゆく。

かっぱらいの常習犯が駄賃を受け取らなかった。正々堂々ともらえる銭なのに。食うにも事欠く暮らしをしているというのに、いったいどういうことだろう？

治療をしてもらった恩義に報いようとしているのか。

蛇骨長屋を出て広小路を渡り、田原町三丁目、二丁目、一丁目と下る。三丁目を通るとき、周囲に目を凝らした。清之助に逢えるかもしれないと思ったのだが——。

雨の日のような出来事は起こらなかった。

家の前まで戻ると、表玄関から大工の与平《よへい》が出て来た。

「これは女先生。先日はどうも」

先日、六左衛門の留守に、江与が貼り薬をつけてやった大工だ。

「腰の具合はどうですか」

「お陰様でだいぶ楽になりやした。仕事もようやく少しずつ」

「それはよかったこと。けれど治りがけが肝心ですよ。むりはしないようにね」

与平はぺこりと辞儀をして去ってゆく。

表座敷には数人の患者が待っていた。江与は裏口へまわる。

路地におときがいた。狐につままれたような顔をしている。

「どうしたのです、そんなところで」

「水をまいておりましたら、珍しいお客がみえたのですよ」

「お客……」

「人形師の松太夫さんです。この近所へ人形を届けにいらしたとか。先だって久々にお嬢さまのお顔を見て昔を思い出した、六左先生に挨拶してゆこうと思って立ち寄った、そうおっしゃったのですが……」

客が立て込んでいたので裏口から茶の間へ通した。

「手土産をいただきましたので台所へ持ってゆき、お持たせですがお茶と一緒にお運びしましたところが、お姿がございません」

「用事を思い出したのでしょう。出なおして来られるおつもりなのではありませんか。声をかけたのに、おまえが聞こえなかったのですよ」

まだ耳が遠くなる歳ではないが、診療部屋がにぎやかだと、おときは六左衛門の呼び声を聞きもらすことがある。

「それにいたしましても、お二人一緒にいなくなるなんて」

「二人……」

「真弓お嬢さまの下駄もないのです。二階へ行ってみましたがやはりおられません。今しがたまでいらしたはずなのですが」

江与はどきりとした。松太夫が訪ねて来たと知り、真弓は二階から降りて来たのではないか。巧《たく》みな言葉で表へ誘い出したのでは……。

そうだとしたら、母について訊ねるためだ。

愛くるしい笑顔で人を言いくるめるのが得意な真弓と、正直者で真面目一方の松太夫。二人が今、どこかで母の話をしているとしたら――。

動悸が激しくなった。不安はつのったが、今さらどうすることもできない。

「見送りがてら遊びに出かけたのでしょう。そのうちに帰ってきますよ」

不安を吹き飛ばすように言う。

おときをうながして、江与はのれんをくぐった。

## 【十四】

小山傳内の別宅は下谷三ノ輪町にある。

浅草聖天町から三ノ輪町までは、山谷堀に沿って日本堤がつづいていた。新吉原の遊里はちょうど堤の真ん中あたりだ。

江与の家のある田原町から三ノ輪町へ行くには、日本堤へ出るより浅草寺へ出て、そこから西方へゆくほうが早い。大通りをまっすぐにゆくか、それとも田畑の合間の道を斜めに突っ切るか。

句会の当日、江与は傳内の別宅へ出かけた。

六左衛門が家を留守にするときは江与が急患を診ることになっている。句会につき合って終日家を空けるわけにはいかない。ひと足先に挨拶がてらおときの作った料理を届け、早々に戻るつもりだった。

傳内とは十年来のつき合いである。中條ののれんをかかげる前、江与は傳内の私塾の手伝いをしていた。墨をすったり、お茶を出したりといった仕事である。あのままなにごともなければ、今頃は女医者ではなく蘭方医の妻女になっていたかもしれない。

春の野道は花の香がただよっていた。喜蝶の容態や、綾瀬川と間夫とのこと、遣いを頼んだ平吉のこと、昨日は一日不自然なほどはしゃいでいた真弓の様子など気がかりは絶えなかったが、心地よい春風に吹かれていると、次第に足取りも軽くなった。

傳内の別宅は川縁《かわべり》の木立《こだち》のなかの、農家を改造した茅葺《かやぶ》きの一軒家で、川のせせらぎと梢を渡る風の音が聞こえる風雅な住まいである。江与は十七の夏から秋にかけてこの家に仮寓《かぐう》していた。そのせいもあって我が家のような気安さがある。

勝手口から入ると、傳内の妻女と諏訪町にある本宅から伴った女中が、せわしげに煮炊きをしていた。今日の句会は十余人になると聞いている。

江与は弥助に担がせてきた折り詰めを手渡した。煮染めや焼き物の他に、朝蒸《ふ》かしたばかりの饅頭も入っている。

妻女の登志江《としえ》はふくよかな頬をほころばせた。

「おやまァ、相すみませんねえ。おときさんの蒸し饅頭、旦那さまの好物なのですよ」

「さようでしたね。いつぞや食べ過ぎて腹痛を起こされたとか」

「医者の不養生。笑い話にもなりません」

女二人は軽やかに笑う。

「父も梅蔵親分も今日の集まりを楽しみにしておりました。親分ときたら、ひと月も前からそわそわして、口を開けば句会のことばかり」

「うちの旦那さまも同じですよ。下手な句をああだこうだとひねりまわして、まるで童《わらべ》のようです。ま、銭がかかるわけでなし、老後の楽しみにはようございますね」

傳内は江与の父、六左衛門と同年輩で、登志江はふたつみっつ歳下である。

「旦那さまにもお顔を見せてやってくださいまし。このところ江与どののお顔を見ておらぬので寂しがっておりましたよ」

登志江にうながされて座敷へまわる。

傳内は座敷の片隅で短冊の数をかぞえていた。江与を見ると、血色のよい、古武士然とした顔に照れくさそうな笑みを浮かべる。白髪まじりの総髪をひとつに結わえ、唐桟《とうざん》の道服を着た姿は、蘭方医というより数奇者《すきもの》の隠居のようだ。

「あいつめ、童のようじゃと言うとったろう」

傳内は台所のほうへ顎をしゃくって見せた。

「いいえ。風雅なご趣味だと仰せでしたよ」

江与は忍び笑いをもらした。あらためて無沙汰を詫びる。

「どうじゃ。蘭書《らんじょ》は読んでおるか」

「はい。少しずつにはございますが」

「それは重畳《ちょうじょう》。昔を嘆いておってもはじまらぬ」

「あれから七年。もはや思い出すこともございません」

傳内はうなずいて、江与を手招いた。二人は硯箱《すずりばこ》や紙を並べたり、前回の句会の書き付けを眺めたり、しばらく和やかな時を過ごした。

台所へ戻って、登志江に挨拶をする。

「諏訪町のほうへもおいでなさい」

「ありがとう存じます」

竈《かまど》の前で火吹き竹を使っている弥助を残して、江与はひとり、傳内の別宅をあとにした。弥助は夕刻、六左衛門の伴をして帰ることになっている。

はじめはまっすぐ家へ帰るつもりだった。が、考えなおした。せっかくここまで来たのだ。山谷堀の対岸にある浄閑寺《じょうかんじ》へ寄ってゆくことにした。

浄閑寺は、俗に「遊女の投げ込み寺」と言われている。浅草側から見て日本堤のどん詰まりにあるからか。境内には遊女の無縁墓と水子供養の塚があった。

橋を渡り、川縁を歩きながら、喜蝶の腹の子に思いをめぐらせた。ほおずきの根っこの煎じ薬を飲めば、あの子も水になる。すでになっているかもしれない。万にひとつ無事に育ち、元気に生まれたとしても、母の顔を見る間もなく里子に出される。

「ごめんなさい。どうか怨まないで。喜蝶さんのことも……わたしのことも」

道々摘んできた花を墓と塚へ供え、両手を合わせた。裾を払って立ち上がれば、空は雲ひとつない青空である。

寺を出て、再び川縁を橋へ向かって歩いた。

ふと川面に目をやったときだ。背後の人影に気づいた。

「寺詣か」

聞き慣れたその声は——。

清之助は足早に歩み寄り、菅笠を押しあげて屈託のない笑みを浮かべた。

この前二人が出会ったのは、江与の家の裏口に面した路地だった。あのときは心ならずも女医者の是非をめぐる言い争いになってしまったが、今、目の前にいる清之助は、あの日のことなどすっかり忘れたかのように見えた。いつもの黒紋付羽織に着流しではなく、野袴に縞木綿の単衣《ひとえ》、染革足袋に草履といった気軽ないでたちのせいかもしれない。

「津田さまも、お墓参りにございますか」

「いや、所用でこの先の通新町へ参ったのだ。町方と知れてはまずい委細があっての、かようないでたちをしておる」

「お役目ご苦労さまにございます。そういえば三丁目で子さらいがありましたとか。津田さまはそのことで飛びまわっておられると、梅蔵親分が話しておりました」

「通新町もその一件での」清之助は先に立って歩きはじめた。「子さらいと聞いたが、なんのことはない、こちらはありふれたお家騒動だった」

町屋に隠れ住んでいたのはさる旗本の妾で、赤子を連れ去ったのは、正妻の息のかかった者だったという。

「三丁目の子さらいとはかかわりがなかったのでございますね」

相槌を打ちながら、江与はふっと首をかしげた。通新町に所用があったという話を疑うつもりはない。が、通新町は二人の歩く先にある。背後には浄閑寺があるだけで、雑木に囲まれた荒れ地が所々ある他は見渡すかぎり田畑がつづいていた。

もしや、三ノ輪町か通新町か、どこかで自分を見かけ、こっそりあとをつけて来たのではないか。だとしたら、水子の塚に詣でる姿も見ていたことになる。

「わたくしは浄閑寺で水子の供養をして参りました」

挑むように言ってみた。

清之助はそれについてはなにも言わなかった。

「『民家《みんか》要術《ようじゅつ》』という書物を知っておるか」

ややあって、唐突に訊ねた。

「いいえ……」

「宮負定雄《みやおいやすお》が著した養生訓だが、そのなかにこう書いてある。『婦人の疾病《しっぺい》はおおよそ子を間引く者に多し。そは子を潰《つぶ》したる罪に因《ちな》みて、その祟《たた》りを受くるなり』」

江与は足を止めた。

「祟りを除くには、ねんごろに供養をせねばならぬ」

清之助は背中を向けたままつづけた。振り向きもせずに歩いてゆく。

江与は胸に手を当て、ざわめきを抑えた。なぜ胸がざわめくのか。己が心にひそむ迷いを見透かされたからか。

硬い表情で橋のところまで戻る。清之助は渡らずに待っていた。

「江与どのはなぜ医師になった？」

眩しそうに目を細め、江与の顔を見た。

「津田さまはなぜ、お奉行所のお役人になられましたのですか」

「同心の家に生まれたからだ」

「わたくしも医家に生まれました」

「なれば古医方を学べばよい。なにゆえ中條でなければならぬ」

江与はいったん口を開きかけて閉じ、川面へ目を向けた。

「女……だからにございます」

幼い頃の見聞、真弓の生い立ち、我が身に降りかかった悲運……わけを探そうと思えばいくらでも探せる。が、とどのつまりは、そのひとことに尽きるのではないか。

女ゆえに、女たちを苦しみの淵から救いたい——。

清之助はなにも言わなかった。

二人は黙って橋を渡った。

三ノ輪町をぬけたところで清之助と別れ、江与は街道を東へ折れた。

傳内の別宅ではちょうど句会がはじまった頃だろう。こちこちになって、汗を拭いつつ、つっかえつっかえ句を披露する梅蔵親分の姿が目に浮かぶ。

清之助の面影を胸からしめ出し、江与は家路を急いだ。


【十五】

縁側にあぐらをかいて、平吉が薬研をひいている。渾身の力をこめているので、顔は真っ赤だ。息もはずんでいる。

江与は蘭書を繰る手を止め、平吉を見つめた。

平吉は名うての悪たれである。それなのに放っておけないのは、八つだと聞いたからか。悲運にあいさえしなければ、江与にも同じ歳の子供がいた。

「こいつ、なんに効くんだ？」

見られているのに気づいて、平吉はぶっきらぼうに訊ねた。

ほおずきの根っこを天日で乾燥させ、砕いて薬研で粉にひく。煎じて飲めば、下腹がぎゅうっとちぢまって、激しい痙攣《けいれん》にみまわれる。

ほおずきは子堕ろしの薬である。愛らしい実は子供の玩具にもなるのに、地中には長くて太い根っこを隠し、しかもそれが堕胎薬となる。そのことは、あまり知られていない。

「腹痛の薬ですよ」

あたりさわりなく答えた。正確に言えば、治すほうではなく起こすほうだったが。

「だったら父ちゃんに飲ませてやるかな。大酒食らっちゃあ痛《いて》え痛えと言ってらァ」

「いけません。いえ、もっと効く薬をあげますよ」

あわてて言った。

あれは三月の下旬、ふと思い立って、平吉に新吉原まで遣いを頼んだ。傷の手当をしてもらった礼のつもりか、平吉は駄賃はいらないと断り、勇んで駆けて行った。もっとも綾瀬川からはちゃっかりせしめたらしい。

あれ以来、ちょくちょくやって来ては、使い走りや庭の草むしりをしてゆく。二六時中空きっ腹を抱えた子供は、銭よりもおときに食べさせてもらう飯のほうがうれしいのか、まあ、よく食べること食べること。腹が満たされれば、おときにせがんで、弟妹の分まで家へ持ち帰る。

「粽《ちまき》ができましたよ」

おときが盆をかかげて入って来た。

おときの粽は、葛粉《くずこ》と砂糖をまぜた餅米を蒸かしたものである。小腹が空いたときにちょうどよい。ほんのりした甘みが絶品である。

「持ち帰る分は別に取りのけてありますからね、たんとお食べなさいよ」

おときは平吉の目の前に大盛りの皿を置いてやった。汚い格好といい、粗野なふるまいといい、乱暴な言葉遣いといい、ことごとく眉をひそめるくせに、おときは平吉が気に入っている。粽を作ってやったのも平吉に食べさせてやるためだ。

いきおいよくかぶりつく子供を満足そうに眺め、江与の傍らに腰を落とした。

「困ったものですねえ、真弓嬢さまにも」

真弓は出かけてばかりいた。家にいても様子がおかしい。はしゃいでいたかと思うと物思いに沈んでいたり、妙によそよそしい受け答えをしたり、話しかけても上の空で返事をしないときもある。

年頃の娘にはよくあること。そう言って片づけてしまえないのは、ときおり表で人目をひくふるまいをするからだ。先日も西仲町の松葉屋で町役人に咎められた。高価な銀の簪《かんざし》を物色していたからだという。

贅沢品の取り締まりは、日を追うごとにきびしくなっていた。町人が絹物を着るのは御法度だが、近頃では裏地にまでうるさい。若い娘が呉服屋や小間物屋をひやかしているだけで見咎められる。

「むりもありませんよ。三味線はだめ、芝居もだめ、買い物もいけない。あの娘《こ》にしてみれば腹の立つことばかりなのです」

「それだけでしたらようございますが……」

おときは探るように江与の顔を見た。

「気が済むようにさせておきましょう。うるさく言えばますますへそを曲げますよ」

江与はさらりと受け流した。

ほんとうはだれよりも案じている。真弓は、自分が江与の母——六左衛門の亡き妻の腹から生まれた子ではないと知って胸を痛めているのだ。出自がわからないので、それで苛《いら》ついているのではないか。

この際、出自を話してやるべきだ。そう思うのに決心がつかない。話せばやぶ蛇になる。聞かせたくないことまでつきだされる。

「あの娘によけいなことを言ってはなりませんよ」

「お嬢さまがそうおっしゃるのでしたら、あたくしも黙っております」

うなずいたところで、おときは目をみはった。

「おやまァ、あんなにたくさんあったのに」

平吉は粽をたいらげ、べたついた手を着物になすりつけている。

「あれいやだ、そんなところで拭いて。こっちへおいでなさい。ついでに顔も洗ってあげましょう。あ、だめだめ、泥だらけの足で畳へ上がっては。庭へ降りて。そっちからまわっておいでなさい」

おときは両手を振りまわした。

平吉は庭へ飛び下りる。と、そのとき――。

「おっとまた来てるのか。わるさするんじゃねえぞ」

梅蔵の声が聞こえた。

平吉はあかんべえをして逃げてゆく。

　入れ代わりに梅蔵が庭から入って来た。縁側に腰をかけ、治療部屋のほうへ顎をしゃくってぐいと身を乗り出した。

「商売繁盛もいいが、これじゃあ六左先生も休まる間がありやせん。女先生もそろそろあっちののれんを下ろして、こっちを手伝っちゃあどうですかね」

「女医者の話ですか」

「風当たりはだいぶ強いようですぜ。いずれ御法度になるにちげェねえから、今のうちに宗旨替えしたほうがいいんじゃねえかと」

「津田さまがそうおっしゃったのですか」

「いや。はっきりおっしゃったわけじゃねえんですがね……」

　江与はつんとそっぽを向いた。

「よけいなお世話ですよ。のれんは下ろしません。悪者あつかいをするなら、いっそお縄にしたらいいんです」

　梅蔵は苦笑した。

「まあまあ、そこまで切羽詰まっちゃあおりやせん。お上ってなァ、なにをするにもぐずぐずと時がかかるもんでして。こいつだって、ああだこうだと言ってるうちに、うやむやになっちまうってこともある」

梅蔵は煙管《きせる》を取り出した。

江与は灰吹きを梅蔵の膝元へ押しやった。

「それより、どうなったんですか。子さらいのほうは」

梅蔵は渋面をつくった。

「経師屋の赤子についちゃあ、あれっきりめっかりやせん。あれから似たような子さらいが二、三ありやしたがこいつは……」

そういえば清之助も言っていた。すわ、子さらいか、と通新町へ駆けつけたら、子さらいは子さらいでもお家騒動が原因だった、というものである。

「かかわりがなかったのですね」

「そうとばかりも言いきれねえんで」

「通新町の事件はかかわりがなかったと聞きましたよ」

「へい。あれはそうなんですがね。花川戸のほうでも似たようなのがありやした。そっちは唐紙屋《からかみや》の赤子で、やっぱし縁側に寝かしていて、目を離した隙に盗まれたというんですが……。翌日にはめっかりやした」

「まあ、よかったこと」

「それがよくもねえんでさ。川縁の杭《くい》にひっかかっていやしてね」

江与は目をみはった。

梅蔵は煙管を吸いたてる。

「十中八九お陀仏《だぶつ》になるとこなんだが、ありがてェことに命に別状はありやせんでした。川へ投げ込むつもりが草むらに転がり、ちょうど杭んとこで止まったんでしょう。お陰で大騒ぎにはならずに済みやしたが……」

「同じ子さらいの仕業だとしたら、経師屋の赤子も川に投げ込まれたかもしれないというのですね」

「ま、そういうこって。めっかったのは、大川橋から少し下った駒形のお堂のあるあたりなんで。付近を総出で探したそうですがね、赤子のことだ、とうに海へ流されちまったかもしれやせん」

言い終えたとき、梅蔵は江与の視線に気づいた。平吉が庭の真ん中に仁王立ちになって、挑むように梅蔵を見つめている。

「おっと。仕事のじゃまをしちゃあいけねえな。あっしも油を売ってると叱られる」

言いながら腰を浮かせた。

「六左先生に季のことで教えてもらいてェことがあったんですがね、患者がいねえときに出なおして来まさァ」

梅蔵は煙管の灰を灰吹きに落とし、手をのばして平吉の頭に軽くふれた。

平吉は身をよじって逃れる。

「そいじゃあ女先生。あっしはこれで」

梅蔵は来たときと同じように出て行った。

平吉は縁側によじのぼって薬研をひきはじめる。

## 【十六】

「ずいぶん上達しましたね」

二階の小部屋を覗いて、江与は妹に声をかけた。

真弓は六左衛門の襦袢《じゅばん》を縫っていた。熱心に針を動かしている。開け放した窓から薫風が流れ込み、そのたびに若やいだうなじの後れ毛がふるえる。

女師匠の弟子とりが禁じられたのはこの三月。音曲の稽古に行けなくなったので、真弓はお針の稽古に通いはじめた。女子のたしなみとしてひととおりの稽古はしているが、いやいややっていたときはろくに上達しなかった。それがどういう心境の変化か、このたびは上達が早い。

「姉さまのように器用ではありませんから、上手には縫えません」

真弓は手元に目を落としたまま、そっけなく応えた。

「それだけ縫えれば十分ですよ」

「いいえ。この程度ではまだ食べてはゆけません」

口ぶりにかすかな棘《とげ》がある。

江与は納戸《なんど》代わりになっている隣室へ入って、長持を開けた。

隣室はもとは六左衛門の部屋だった。江与は真弓の部屋を一緒に使っていた。江与が中條ののれんをかかげ、階下に診療部屋がふたつ必要になったために、弥助おとき夫婦が台所脇の納戸へ移り、二階の六左衛門の部屋が納戸になった。近頃では、江与と六左衛門は各々の診療部屋で寝起きをしている。

「お針で食べてゆくつもりとは思ってもみませんでした」

単衣を選《よ》りわけながら、江与は話をつづけた。顔を見ないほうが話しやすい。

「そう、決めたのです」

「お嫁にゆくのではなかったのですか」

「わたしなんか、もらってくれるお人はいません」

見なくても、硬い表情が目に浮かんだ。

真弓は十六になる。縁談もちらほらあった。口ではまだお嫁にゆきたくないと言いながら、多少は心が動きはじめているようだ。お嫁にゆくなら家事や裁縫はおろそかにできない。それでお針に励むようになったのかと思ったのだが……。

「どうして、そんなことを言うのです？」

「だって……だれの子やらわからぬからです」

江与は手を止めた。心の臓がぎゅっとちぢんで、動悸が速まる。隣室にいたのは幸いだった。声だけなら動転しても悟られない。

「なにを言うかと思えば……。お父さまとお母さまの子に決まっているでしょう」

落ち着きを装って応えた。

「いいえ。わたしはお母さまの子ではありません」

「ばかなことを言うてはなりません」

「ばかなこと？　松太夫さんは、お母さまが亡くなられた日のことをよおく覚えておられましたよ。わたしが生まれるより四年も前です。海禅寺で過去帳を見せてもらいましたが、命日はたしかに文政六年九月二十三日。その年は相次いで洪水があり、大風の被害もあって、たいへんな年だったそうです」

江与は言葉を失っていた。

浅草海禅寺は浅草寺の西方にある広壮な寺だ。常陸《ひたち》土浦藩の藩主の菩提寺《ぼだいじ》でもあり、かつて土浦藩の藩医をしていた六左衛門の身内の墓も一隅にあった。

いつか真弓には真実を話さなければならないと思っていた。が、それは嫁ぐ日か子を産んだときか、真弓が自分の居所をきっちりと定め、ゆるぎない地歩を築いてからでよいと父とも話し合っていたのだ。

「姉さま。ほんとうのことを教えてください。わたしはこの家の子ではないのでしょう」

真弓の声にはもうとげとげしさはなかった。代わりに切実な響きがあった。縫いかけの襦袢を放り出し、息を詰めているにちがいない。

江与は思案した。真実を話しても話さなくても、後悔するような気がする。

「そうまで言うなら申しましょう。お父さまがまだ藩医をしておられた頃、藩領のさる家からあなたをもらい受けました。わたしもお父さまもあなたの愛らしさに目を奪われ、ぜひとも養女にしたいと願ったのです。ですから、あなたはこの家の子ですよ」

しばらく沈黙があった。

「わたしの両親はどこにいるのですか」

真弓はかすれた声で聞き返した。懸命に感情を抑えているらしい。

「時がきたら、お父さまがご自分の口からお話になられるはずです。その時までお待ちなさい。お父さまはあなたのことを実の我が子と思っているのです。だれよりも大切に思っておられるのです。困らせてはなりませんよ」

どうにか切り抜けた、と、江与は思った。突然のことで決して満足のゆく言い訳ではなかったが、真弓のためにはこうするしかなかったと思う。

長持の蓋を閉め、選りだした単衣を抱える。

妹の部屋へはゆかず、江与はそのまま階段を降りた。

# 章ノ弐　施餓鬼舟

流されて母恋う子らの施餓鬼舟（凍鶴）

## 【一】

「とうとう、ぬかるみを歩くはめになりました」

中抜き草履《ぞうり》を履いた足を重そうに運びながら、弥助《やすけ》はため息をついた。

梅雨の晴れ間である。江与《えよ》は弥助を伴に連れ、新吉原へつづく中たんぼを歩いていた。

大文字屋から往診の依頼があったのは一昨日だ。今朝になって雨が上がったので出かけて来た。遣《つか》いの話では、容態がすぐれないのは喜蝶《きちょう》だというが、重病ではないので一日を急ぐ必要はないとのこと。

ひと月あまり前、江与は喜蝶にせがまれ、ほおずきの根っこの煎《せん》じ薬《ぐすり》を渡した。

ほおずきは子堕《こお》ろしの薬である。

喜蝶が子を水にするのはこれで四度目だった。むくんだ顔、やつれた面立ちを見て、持ちこたえられるかと案じていたので、無事乗り越えたと聞いたときは安堵した。が、やはり目に見えないところで、体はむしばまれていたのか。

大門の前で中抜き草履を脱ぎ、足の泥を拭って、いつもの草履に履き替える。汚れた草履はぼろ布にくるんで、弥助が腰に下げた。

番所で挨拶をして、仲の町を突っ切る。花の季節だけ余所《よそ》から運び込まれ、優を競っていた桜並木はすでになく、遊客の姿もまばらだった。

「先だっては寄合に出かけておりまして失礼をいたしました」

この日は楼主が出迎えた。

小太りで柔和な顔をした五十がらみの男で、いつもながら愛想がいい。阿漕《あこぎ》ではなさそうだが、眸《ひとみ》の奥に一点鋭い光があって、勘定高い、したたかな人柄をうかがわせた。

茶菓を供され、しばらく雑談を交わしたのちに遣《や》り手婆《てばば》が呼ばれる。

江与は二階の小部屋へ通された。

喜蝶はまたひとまわり痩せたように見えた。肌は青白く透き通らんばかり。紅のない唇は血の気がなく、しどけなく合わせた浴衣《ゆかた》からとがった鎖骨が覗いている。

「せんせのお陰で、身が軽うなりんした」

喜蝶は他人事《ひとごと》のようにさばさばと言った。水子のことを思い悩む暇などないのだ。幼くして売られ、遊女の掟《おきて》を叩き込まれた女に、我が子への愛着など湧きようがない。

「けど、だるうてかないんせん。しゃんとする薬、おくんなんし」

喜蝶にせがまれ、くこの実の煎じ薬と、強壮剤のしゃくなげの葉の煎じ薬を与える。梅雨時から盛夏にかけてはとりわけ苛酷な季節である。

「無花果《いちじく》をお食べなさい。お茶もなるたけお飲みなさい」

席を立とうとすると、喜蝶はすっと身を寄せた。ひと差し指を唇の前に立てる。

「せんせ。ここだけの話。綾瀬川《あやせがわ》さんな、お腹にお子がありんすえ」

間夫《まぶ》の子だと信じ込んでいて、こっそり産もうとしているという。もう六月か七月になっているはずだと聞いて、江与は絶句した。ひと月ほど前、間夫への伝言を頼まれたときはそんな様子は見えなかった。もっとも暗がりで二、三言葉を交わしただけだから、わからなくて当然だ。

「おかしなお人でありんす」

こっそり産むといっても、腹がふくれれば隠しようがない。水にできないほど胎児が育ってしまえば、楼主もあきらめ、寮へ移して子を産ませる。それが廓《くるわ》の習いだ。

だが、産んだところでどうなるのか。子は即刻、取りあげられる。おまけに休んでいたぶんの稼ぎを埋めるため、年季は延期される。間夫にしたところで、我が子と信じるほどお人好しではあるまい。いいことはひとつもない。

それなのになぜ、綾瀬川は子を産もうというのか。

廓の外へ出るためだ、と江与は思った。安次郎《やすじろう》は銭がない。ないどころか借金が返せず、やくざ者に追われている。ここにいては逢えない。でも監視の手薄な寮なら、ひょっとして逢えるかもしれない。儚《はかな》い望みを抱いているのだ。

綾瀬川に逢ってゆこうと思ったが、運わるく客が来ていた。

六月を過ぎているなら、もはや江与の手には負えない。いや、綾瀬川がそこまでして子を産むと決めているなら、江与の出る幕はなかった。

大門で汚れた草履に履き替える。

弥助を伴い、江与はぬかるみの道を帰って行った。

## 【二】

梅雨が明けるや、再び清之助《せいのすけ》に逢う機会が訪れた。

今回は偶然ではない。といって、胸のときめく出会いでもなかった。

「ええーと、その、あっしとしちゃあ、あんまし気が進まねえんだが、こいつァともかくお役目なもんだから……。女先生、お願ェいたしやす」

要領を得ない前置きを並べ立てて、梅蔵《うめぞう》が江与の家へ連れて来た。

「女医者のお調べの件で、お訊きになりたいことがおありだそうで」

六左衛門《ろくざえもん》は弥助を連れて往診に出かけている。ちょうどその間に案内して来たのは、梅蔵なりに、六左衛門に心配をかけまいと気遣っているのだろう。

裏口で江与とやり合ったことについて、清之助はいっさい口にしなかった。雨の日に聖天町で出会ったことも、浄閑寺《じょうかんじ》からの帰りに一緒に歩いたことも忘れたような顔である。

この日の清之助は骨の髄《ずい》まで奉行所の役人だった。慇懃《いんぎん》で堅苦しい。

江与もこわばった顔で二人を茶の間へ通した。

おときにお茶を運ばせ、あらためて両手をつく。

「お訊ねとはいかようなことにございましょうか」

「三間町のおしげという女医者を知っているか」

清之助は単刀直入に訊ねた。

「名は存じております。逢ったことはございませんが」

江与は眉をひそめた。三間町のおしげは強欲で知られている。

おしげばかりではない。中條《ちゅうじょう》の看板をかかげる女医者はほとんどが強欲だ。子堕ろしは御法度《ごはっと》である。法外な銭を取られようが、体を傷物にされようが、患者はお上《かみ》に訴えられない。泣き寝入りをするしかないのだ。それにつけこんで、医者の腕も知識もない輩《やから》が中條を装い、銭をふんだくる。

「おしげさんがどうかいたしましたのですか」

「お縄になったんでさ。素人衆《しろうとしゅ》相手の大がかりな淫売の一味がおりやしてね、そいつらとぐるんなって荒稼ぎをしてやしたんで」

梅蔵が説明した。

嫁入り前の娘や貧乏御家人《ごけにん》の妻女などを集め、綿帽子の作り方や手内職の指導をする場所が、浅草や上野、深川には多数ある。そうした師匠が言葉巧《たく》みに誘いをかけて、素人女に売春をさせる。

「場所は茶屋や船宿、そのときこっきり、名前も偽名、素性もいいかげん、てなことで安心して、ついずるずると深みにはまっちまうんでさァ。でもって孕《はら》んだと泣きつけば、すかさずおしげのとこへ送り込まれる。法外な銭をとられて身代つぶされた家もあり、それどころか死にかけた娘もおりやしてね」

天保の改革でお上は次々に岡場所をとりつぶした。新吉原以外での商売を厳禁、私娼をやっきになって検挙した。そのためにかえって素人の淫売がはびこるようになったのだと、清之助は説明を補足した。

「元締めってェのは、元鳥越町の油屋のあるじだったんですがね」

「素人ばかりゆえ、実態を調べあげるのに時を要した。女を捕らえてもせいぜい師匠までしか糸がたどれぬ。元締めを探り出すのは至難の業だった」

中條がかかわっている事件だ。江与も他人事とは思えない。

「どういうきっかけで、元締めが知れたのでございますか」

思わず身を乗り出す。

「囮《おとり》を使った。客に化けても埒《らち》が明かぬ。それゆえ囮を素人女に仕立て、師匠と元締めのかかわりを探らせた」

「用心深い師匠を信用させるのに一年以上かかったとか、気の長い話でございます」

囮役をつとめたのは、奉行所の手先として働く女密偵だという。

おしげの家のある三間町は、田原町一丁目の東隣だ。元鳥越町も田原町から半刻《はんとき》もかからない。身近な場所で中條を巻き込んだ大がかりな悪行が何年もつづいていたのかと思うと、江与は背筋が寒くなった。

「お縄になってようございました」

安堵の吐息をもらすと、清之助は眉をひそめた。

「落着はしたが、別の一件が浮かび上がった。で、こうして参ったのだ。妙な噂を耳にしたことはないか、同業者より不審な誘いを受けなんだか、それを聞きとうての」

「不審な誘い……」

「へい。そうなんで。元締めは捕まった。おしげも師匠もお縄になった。ところがまだ、どうもすっきりしねえことがあるんだそうで」

たどってゆくうちに、事件とは直接かかわりはないが、子堕ろしに関する聞き捨てならぬ話が耳に飛び込んできたという。

「大名家や旗本家にかかわることゆえ詳しゅうは言えぬが、もしや女医者から不審な誘いを受けたときは、すぐに知らせてもらいたい」

強欲な女医者や、弱みにつけこんで女を食い物にする中條には、江与も常日頃から憤慨している。

「かしこまりました。必ずお知らせいたします」

神妙に応えた。

おしげのような中條が相次いでお縄になれば、女医者はこれまで以上に世人から後ろ指を差される。非難が高まり、御法度になるにちがいない。

いったい今、奉行所の内部ではどのような意見が交わされているのか。

「平吉《へいきち》がちょくちょく参っておると聞いたが」

話が終わるや、清之助は表情を和らげた。

白い歯がこぼれ、これまでの堅苦しい様子は一変して、はじめて出会ったときのような人なつこい顔になる。

江与もつられて笑みを浮かべた。

「使い走りをしたり、薬研《やげん》をひいたり。よう働いております」

「朝から晩までわるさをしていた坊主が、まるで人が変わったみてえで。口うるさいおときにまでなつくとはいったいどうなっちまったのか……」

梅蔵は苦笑した。

「それなのに親分にはなつかないのですよ。油断をするとお縄にされるのではないかと、用心しているのでしょう」

「いや、それはご面相のせいだろう」

「そいつァひでェや、この面《つら》のどこが……」

「鬼瓦《おにがわら》に追われる夢でも見たのだ」

江与は吹き出した。清之助も笑っている。

「津田さまは、親分のお孫さんにも慕われているそうにございますね」

「男児がおらぬゆえ、ついかまいたくなるのやもしれぬ」

「津田さまのところはお嬢さまがお二人なんで」

「……さようにございましたか」

はずそうとした江与の視線を、清之助の双眸がとらえた。

「江与どの、子は？」

「おりません。わたくしは独り身にございます」

「縁談がわんさとあったんですがね、女先生は首を縦に振らなかったんでさ」

「親分」

江与ににらまれ、梅蔵は首をすくめる。

「ま、人にはいろいろ事情がございます。女先生もずいぶんご苦労をなされましたから」

梅蔵は意味ありげにうなずいた。

よけいなことを、と江与は腹を立てたが、むきになるのも大人げない。清之助の視線を避けて目を伏せたとき、おときが顔を覗かせた。

「お嬢さま、ちょっと……」

表の治療部屋に目を向けたのは、江与の患者をそちらへ通したということか。六左衛門が往診に出かけているので古医方《こいほう》は開店休業。表の治療部屋は空いている。裏口で清之助と患者が鉢合わせしないようにとの配慮だろう。

気配を察して、梅蔵は腰を浮かせた。

「旦那、そろそろめえりやしょう」
裏口から外へ出た。
江与は路地に立って二人を見送った。

## 【三】

梅雨のあとの水かさの増した大川に赤子《あかご》の死体が浮かんだのは、それから幾日も経たないうちだった。

生まれて半年ほどの赤子で、性別は男児。場所は大川橋から九町ほど下流へ下った御《お》厩《むまや》河岸の渡し場である。上流で川へ投げ込まれ、流されたものらしい。船頭が見つけて引きあげなければ、そのまま海の藻屑と消えたはずだ。

子さらい、それも赤子ばかりが連れ去られる事件はこれで三度目。春先にさらわれた田原町三丁目の経師屋《きょうじや》の赤子は、いまだ行方知れずのままだった。晩春には花川戸町で唐《から》紙屋《かみや》の赤子がさらわれ、大川に投げ込まれた。幸いこの赤子は九死に一生を得て、無事、親の手に抱き取られた。今回の身元は今のところ知れないが、こうなるとさすがに人の口も姦《かしま》しく、赤子のいる家はどこも戦々恐々としている。

「諏訪町の裏店《うらだな》の子だってさ」

得意げに報告したのは平吉だった。

「伊之助《いのすけ》親分が話してた」

諏訪町には諏訪町の岡っ引がいる。経師屋の赤子の一件で駆けまわっている三丁目の親分に、諏訪町から知らせが届いた。それを平吉が盗み聞きした。

「おやまあ、今度は裏店の子ですか。気の毒にねえ」

おときは眉をひそめた。

「お父つぁんはなにをしている人ですか」

「知らねえや」

「下手人の目当ては……」

「ついたらとっつかまえてらァ」

噂はたちどころにひろまった。諏訪町の赤子はぼて振りの子で、やはり昼日中、かき消えるようにいなくなったのだという。

「神隠しかもしれませんね」

「隠しておいて、川へ投げ捨てるのですか」

面妖《めんよう》な事件である。

諏訪町と聞いて思い立ったわけではないが、江与は小山傳内《こやまでんない》の家を訪ねることにした。ちょうど蘭書を返そうと思っていたところだ。三月の句会以来逢っていないので、傳内夫婦の顔も見たい。

三度目の子さらいがあった翌々日、江与は平吉を連れて家を出た。

諏訪町は田原町の東南、大川沿いにある町だ。傳内はかつて湯島に居を構え、大勢の弟子を抱えて私塾を開いていた。蘭方医《らんぽうい》へのお上の締め付けがきびしくなったので、塾をたたんで諏訪町へ移り住み、細々と稼業をつづけている。

「まあ、ようこそお越しくださいました。江与どのがいつ来られるかと、旦那さまも首を長くしておりましたのですよ」

妻女の登志江《としえ》はにこやかに出迎えた。

傳内は弟子を連れて近所へ出かけているが、じきに戻るのでご一緒に昼餉《ひるげ》をいただきましょうと、いつもながらの歓待ぶりである。二人の娘を嫁がせ、ひとり息子は長崎にて修業中、老夫婦二人の寂しさもあって、母のいない江与を我が娘のように可愛がっている。

居心地のよい茶の間にくつろいで茶菓をふるまわれたところで、

「諏訪町でも子さらいがありましたそうですね」

自ずと渦中の話題になった。

「そうなのですよ。恐ろしゅうございますね」

　登志江は眉をひそめた。

「ここから北へ行ったところにある次郎兵衛店《じろべえだな》という裏店なのです。すぐ先は駒形町でしてね、次郎兵衛店は唐傘《からかさ》を作るご浪人衆や、紙縒《こより》作りや飾花作りを手内職にする女房衆、そうそうあのあたりは張子屋《はりこや》も多いのですよ。ややこをさらわれた家はぼて振りだそうですが……」

　張子というのは紙で作った玩具のことで、木型に紙を張り、乾いたあと型を抜き取る。仕上がった玩具は、手遊屋、もしくはもちゃそび屋と呼ばれる玩具の振売《ふりう》りが仕入れ、他の玩具と一緒に売り歩く。

「そのぼて振りの家では、女房も内職で忙しいので、幼い子供にややこをおぶわせ、表で遊ばせていたそうです。泣き声がうるさかったのか、重くて疲れたのか、子供はほんのちょっと息をつこうと思うたのでしょう、井戸端にややこを置いてうっかり遊びほうけ、気がついたときはおぶい紐だけが残っていたそうです」

　近隣の出来事だけあって、登志江は事件の顛末に詳しかった。

「田原町のややこはまだ行方知れずとか。物騒な世の中になりましたねえ。お上も蘭書や黄表紙に目を光らせる暇があるなら、早うややこを見つけてほしいものです」

蘭方医の妻女はやんわりとお上を非難した。

しばらく雑談をしていると、傳内が弟子と共に帰って来た。弟子は小藩の藩医の三男で、名を山下幸三郎《やましたこうざぶろう》という。歳《とし》は十九。見るからに純朴そうな若者である。

傳内は江与を見て相好をくずした。

江与は平吉を引き合わせた。

「平吉か。歳はいくつだ？」

「八つだ」

「なかなかの面構えじゃ。よい目をしておる」

みすぼらしいいでたちなど、登志江と同じく気にもかけない。

「幸三郎、遊んでやりなさい」

傳内に言われ、幸三郎は面食らったようだった。

「坊主、なにをしたいか言うてみよ」

まじめくさった顔で訊ねる。

「次郎兵衛店へ行きてえ」

平吉の答えに、幸三郎は目を瞬《しばたた》いた。

「さようなところへ行ってなにをするんじゃ」

「子さらい、とっつかめェるんだ」

「おぬしが子さらいを？　おぬしこそさらわれるぞ」

「うるせえや。いいから連れてってくれ」

唇を突き出した顔がおかしかったのか、利《き》かぬげな顔をした悪たれが気に入ったのだろう。幸三郎は目尻を下げ、顔をくしゃくしゃにして笑った。

「よし、連れて行ってやろう」

二人が出かけてゆくと、登志江は昼餉の仕度をはじめた。

「江与どのは旦那さまの相手をしてやってくださいまし」

登志江にうながされて、江与は傳内の仕事部屋へゆく。

かつて傳内の私塾で手伝いをしていた。仕事は雑用だが、講義に耳をかたむけるのが楽しみだった。

私塾は、当時傳内夫婦が住んでいた湯島の家の一部屋を使っていたが、書物に埋まった仕事部屋にはあの頃の思い出が詰まっていた。黴《かび》と埃《ほこり》の臭いがたちのぼる書物の山。乱雑なところも、それでいて張りつめた空気もなつかしい。

「ここへ参りますたびに、なつかしゅうて胸が詰まります」

江与は目をかがやかせた。

「蘭方を学んでみてはどうじゃ。女子《おなご》の蘭方医は聞かぬが、なんぞ役に立つやもしれぬ」

傳内は江与の眸を見つめた。

「女医者は御法度になると、もっぱらの噂だぞ」

「わたくしもそのように聞いております。御法度になれば、廃業するよりいたしかたございません」

お上に逆らえば父に迷惑がかかる。

子堕ろしは命の芽を摘み取ることだと清之助は非難した。たしかに自分は命の芽を摘み取った。そのかわり、たくさんの樹木を救った。もし女医者がなくなれば、子を産めない妊婦はだれのもとへ駆け込めばよいのか。

「先生、わたくしは子堕ろしをわるいとは思うておりません。でも、どうなのでしょう。いつも心に迷いがあります。先生はどうお考えになられますか」

傳内は虚空を見つめた。

「善悪は表裏一体じゃ。よいだけのこともなければ、わるいだけのこともない」

「さるお人に、命の芽を摘み取るは罪悪だと責められました」

「江与どのが中條医になったと聞いたときは、正直、わしもおどろいた。罪なことをするものだとも思うた。が、女子を救うことで江与どの自身も救われるというなら、それはそれでよいことだと思い直した。ややこを水にするはたしかに罪悪。されど、小の虫を殺して大の虫を生かすということわざもある」

咳払《せきばら》いをして、傳内は江与に笑顔を向けた。

「ま、辛気《しんき》くさい話はよしにしよう。ところでどうじゃ。ちょっとやそっとでは読めぬ本を押しつけたゆえ、わからぬところがあるのではないか。教えてやろう」

「お願いいたします」

江与も表情を和らげた。

二人は書物を広げて覗き込む。

半刻ほどして平吉と幸三郎が帰って来た。事件の現場を見たことで、平吉はますます好奇心をかきたてられたようだ。

傳内夫婦、江与、平吉、それに幸三郎の五人はにぎやかに昼餉をとった。

江与と平吉が家路についたのは、八つ半（午後三時）を過ぎた頃である。

たらふく食べさせてもらい、おまけに土産に菓子や昼餉の残りを持たせてもらって、平吉の足取りははずんでいる。

「井戸端まで紙屑だらけなんだ」

あらためて次郎兵衛店での見聞を話した。

役人が裏店の住人から話を聞き込んでいたという。

「糊《のり》を煮る臭いがして汚《き》ったねえとこさ」

自分が最下級の長屋に住んでいることは棚に上げて、大仰《おおぎょう》に顔をしかめる。

江与はふっと疑問を感じた。

子さらいはいったいなんのために赤子をさらうのか。

銭のためではなさそうだ。裏店の赤子などさらっても得にはならない。かといって、怨恨があるとも思えなかった。行き当たりばったり、赤子を見ると連れ去り、川へ投げ捨てる。まるで、赤子そのものに遺恨があるかのような――。

「向かいの婆ちゃんが言ってたけど、どっかの神社の神さんは女の神さんで、赤子をさらって食べるんだってさ」

平吉は首をかしげた。

「そいつの仕業《しわざ》かな」

赤子をさらって食べたというのは、そう、鬼子母神だ。

江与の胸の奥で、なにかがコトリと音を立てた。

## 【四】

「夏蝶の低く飛び去る予兆かな……ふうむ、低く飛び去る、ねえ」

梅蔵は目玉を鼻先に寄せ、口をへの字に曲げた。わかったような、わからないような顔である。

「するってェと、夏の蝶ってなァあんまし高くは飛ばねえもんですかね」

「そうじゃありませんか、ねえ先生。ほら、ちっちゃな小灰蝶《しじみ》、あれなんか目の先をひらひらと舞ってますよ」

西瓜《すいか》をのせた盆を六左衛門の膝元へ押しやりながら、おときがしたり顔で言った。

「あら、わたしは小灰蝶ではなくて揚羽《あげは》蝶が目に浮かびます」

江与は異論を唱えた。

江与にも六左衛門にもちょうど患者がいない。梅蔵とおときをまじえた四人は、茶の間に集まって俳諧談義に花を咲かせている。

「影ひとつない真昼の陽射しのなかに、お父さまは黒い蝶を見つけたのです。重たげに、というよりけだるげに羽を動かして、影のように足元をよぎって飛んでゆこうとしている大きな蝶。それを見て、ふっと、ゆえしれぬ不吉な予感が走ったのではありませんか。ね、お父さま、そうでしょう」

　自分で言って、江与は身をふるわせた。真夏の白昼、明るい陽射しのなかでふいに目に飛び込んだ黒蝶は禍々《まがまが》しい。思い描いただけで胸騒ぎを覚える。

　梅蔵はますます困惑して、おときと江与の顔を見比べた。

「凍鶴《いてづる》先生はどっちの蝶を詠まれたんで？」

　六左衛門は鶴のごとき喉を見せて笑った。

「おときにはおときの蝶、江与には江与の蝶、どっちと決めることもあるまい。それより親分の句を聞きたいものじゃ」

「あっしの句ですかい。そいつがなかなかぴったしいかねえんで……」

　梅蔵は尻をもぞもぞさせた。

「親分らしくもない。教えてくださいな」

　江与に催促されて、梅蔵は咳払いをした。

「それじゃまァ、お耳汚しにひとつ……」

　梅蔵は居住まいを正す。

「踏むまいぞのの字に白きみみずの死、てんですがね。どしゃぶりの雨が降ったあと、家の前の路地でみみずがふやけて死んでたんでさ。で、うっかり踏みつけそうになったもんだから、なんだか気の毒になっちまって。けどそうか、夏の蝶ってんなら、踏むまいその代わりに夏の雨ってェ手もあるか」

「みみずがふやけるほどのどしゃぶりなら、夏嵐としたらどうですか」

おときがまたもや口をはさんだ。

「夏嵐のの字に白きみみずの死……ふむふむ」

梅蔵は小鼻をふくらませる。

「そんならいっそ、雨のあと、としちゃあどうですかね、先生」

「雨のあとなら、雨去りぬ、のほうがおさまりがよいやもしれぬが……。しかし他人があれこれいじるより、はじめに思いついたものに分があると思うがの」

六左衛門は西瓜に手を伸ばした。梅蔵にも勧める。

「へい。そいじゃあっしもひとつ。ですが、むずかしいもんでさね。どうもコツがつかめませんや」

梅蔵も西瓜にかぶりついた。

「そういやァ、平吉の野郎はどうしたんで？」

平吉はこのところ江与の家に二日に上げず入り浸っている。

「今日は傳内先生のお宅へ使いにやりました。幸三郎さまというお弟子さんと意気投合したようで、ふたつ返事で出かけてゆきましたよ」

江与は微苦笑を浮かべた。平吉はあっちの家こっちの家に顔を出してはたっぷり食い物をせしめ、長屋の子供たちに分け与えているらしい。

「それだけではありません。例の子さらいをつかまえると言って、飛びまわっているのですよ」

おときが目配せをした。

「ま、わるさをしないだけましでさァ。あいつもずいぶんと変わったもんでさね」

「子さらいといえば、目星はついたのか」

「それが皆目わからねえんで。野っ原のなかの一軒家じゃあるまいし、ひとりくらい、赤子を抱いた男を見たとか、泣き声を聞いたとかいうもんがいたってよさそうなもんですがね、こいつがさっぱり」

梅蔵が嘆息したとき、裏口で人の気配がした。

「おや、うちの人だ」

おときはすかさず腰を上げる。遣いに出ていた弥助が帰ってきたのだ。口では愚痴《ぐち》をこぼしていても、亭主のこととなると甲斐甲斐しい。

おときが退出するや、梅蔵は表情をひきしめた。

「真弓《まゆみ》嬢さんですがね、先日、松葉屋の若旦那と歩いているところを見かけやしたぜ」

「松葉屋さんには息子さんがおられるのですか」

真弓がわざわざ西仲町の松葉屋まで出かけて、笄《こうがい》だの紅《べに》だの半衿《はんえり》だのを買い込んでくるのは、品揃えが豊富で趣味のよいものがそろっているからだと聞いている。息子の話は初耳だった。

「へい。そいつがとんでもねえ道楽息子なんでさ。親は早いとこ身を固めさせようとしてるんですがね、玄人《くろうと》女と切れたの切れないの……そればかりじゃあねえんで、先だっても阿部川町の太物屋《ふとものや》のあるじが、娘を傷物にされたとえらい剣幕で乗り込んで来たそうで」

六左衛門と江与は顔を見合わせた。

「ちょいと気になりましたんで、お耳にだけは入れておこうと思いやして」

真弓は相変わらず出歩いてばかりいた。それでもお針の稽古はつづけている。浪費癖もこのところおさまっているので、よほど帰りが遅くならないかぎり、江与はうるさく言わないようにしていた。

「あの娘《こ》はあまのじゃくですから、下手《へた》に差し出口をすれば、かえって火に油をそそぐことにもなりかねません。といって、もしや……」

「おまえに母のことを訊ねたそうだが、自分が養女だと知って、家に居づらくなったのやもしれぬ」

六左衛門も顔を曇らせた。

「そいつァ真弓嬢さんの生い立ちってこってすかい」

「ひと月ほど前、江与に訊ねたそうだ」

「あのときはとっさのことで気が動転してしまって。養女、とだけ答えたのです。わたしの受け答えがわるかったせいで、腹を立てているのでしょう」

「それを言うなら、わるいのはわしだ。おまえから話を聞いたあと、すぐに真弓を呼んで話せばよかった。じゃがのう、これまで我が娘と思うて育ててきたんじゃ。洗いざらい話せば、あの娘が遠くへ行ってしまいそうな気がしての。一日のばしにしてしもうた」

江与と六左衛門が口々に言うのを聞いて、梅蔵は身を乗り出した。

「それでよかったんでごぜェますよ。軽々しく話せるもんじゃありやせん。じっくり時と場所を選んで話さねえと、こういうことはよけいにこじれちまいますぜ」

二人は顔を見合わせる。養女と知っただけで衝撃を受けたのだ。拾われた際の悲惨ないきさつを知れば、心にどれほど深い傷を被るか。

「それよりまずは松葉屋の若旦那のこってさ。どの程度のかかわりか、あっしもちょいと調べてみやす」

「お願いします親分。たまたま一緒に歩いていただけならともかく、その若旦那が浮ついた気持ちで真弓を誘っているなら、断じて許せません」

江与はきっぱりと言った。

真弓が男に弄《もてあそ》ばれて泣くようなことになったら、悔やんでも悔やみきれない。心であれ体であれ、傷を負うのは自分ひとりでたくさんである。

「ま、なるたけ騒がねえよう、そいつが肝心ですぜ」

梅蔵が言ったとき、玄関で人声がした。

患者が来たらしい。おときが応対に出てゆく気配がする。

「そいじゃあっしは……」

梅蔵が腰を上げたのをしおに、六左衛門と江与も各々の治療部屋へ戻って行った。

## 【五】

梅蔵に言われるまでもなく、真弓の一件は慎重を期す必要があった。顔に出さぬよう用心しながら、江与は妹の行状を案じていた。

真昼の黒蝶――あれはもしや、真弓の身に危難が降りかかる予兆ではないか。

江与の勘は半分、当たっていた。

黒蝶はたしかに禍々しい出来事の前兆だった。が、不運に見舞われたのは真弓ではなかった。

「急いで来てもらいてェと親分が……」

下っ引の粂次《くめじ》が呼びに来たのは数日後のことである。

「表で駕籠《かご》が待っておりやす」

「駕籠？　駕籠でどこへゆくのですか」

「へい。三ノ輪町まで」

三ノ輪町には新吉原の遊廓、大文字屋の寮がある。そこで身重の綾瀬川と間夫の安次郎が死出の道行きを演じたと聞いて、江与は血相を変えた。

「子さらいの一件で、親分とあっしはちょうど津田の旦那とおりやしてね、そこへ知らせが届いたんでさァ。で、あっしらも旦那と一緒に三ノ輪町へ駆けつけやした。するてェと大文字屋の楼主が女先生の名を出した。で、津田の旦那が大急ぎで呼んで来いとおっしゃった、てなわけでして」

検死役の医者は別にいる。江与には綾瀬川と安次郎のことを訊ねたいという。

早く早くと急《せ》き立《た》てられて、江与はあわただしく迎えの駕籠に乗り込んだ。

綾瀬川にはほおずきの根っこの煎じ薬を処方したことがある。腹の子を水にするためだ。遊女に子堕ろしはつきもので、綾瀬川は未練げもなく子を水にした。それなのに、今度はなんとしても産むとがんばった。

喜蝶からその話を聞いたとき、江与は妙だと思った。産んだところで、ややこは取りあげられる。年季は加算され、よいことはひとつもない。それなのになぜ産む気になったのか。

妊婦は廓から寮へ移される。

綾瀬川は廓から逃れ、安次郎に逢うつもりなのだ。男に逢いたい一心で、子を産むことにしたのだ。魂胆に気づいたが、どうすることもできなかった。廓には廓のしきたりがある。遊女には遊女の思いがある。

駕籠に揺られながら、江与は自分を責めた。こうなる前になにかできることはなかったのか。廊下の暗がりで江与の着物の裾をとらえた白い指が目に浮かぶ。もしあのとき、ややこのことを打ち明けてくれていれば――。

同じ三ノ輪町でも、大文字屋の寮は川縁にある傳内の別宅とはちがって、堤の南側の、寿永寺・梅林寺・永久寺という三寺に囲まれた一画にあった。新吉原の廓の寮が寄り集まっているところだ。堕胎しそこねた妓《おんな》や重い病に罹《かか》った妓が、世間から身を隠すようにひっそり暮らしている。用心棒はいるものの、廓に比べれば、警備は格段に手薄だ。

門前で駕籠を降りた。

梅蔵が待ちかまえていた。先導されて庭へまわる。

綾瀬川の骸《むくろ》は筵《むしろ》におおわれ、庭先に置かれていた。周囲に人はいない。

地面に膝をつき、筵をめくりあげた。

蠟のように白い顔だ。首に晒《さらし》を巻かれている。それとわかるほど腹が突き出ているのは、ここにもうひとつ、奪われた命がある証《あかし》だった。

それにしても、衰弱の激しい喜蝶の身こそ案じていたものの、まさか綾瀬川が先に死んでしまうとは――。

江与は死顔を見つめた。

「喉を突いたもんだから座敷は血塗《ちまみ》れでしてね、とんでもねえことをしてくれた、畳を入れ替えなきゃあならねえと、楼主はひどく腹を立てておりやした」

稼ぎ手に死なれ、落胆しているのはわかる。それでもこんなときにもう少し言いようはないものか。愛想はいいが計算高そうな楼主の顔を思い出して、江与は眉をひそめた。

「骸は浄閑寺へ運ばれるのですね」

「そういうことになりやしょう。津田さまが駆けつけてくださったんで、おそらく、晒し者になるってェことはないと思いやすがね」

心中した遊女は素っ裸にされ、手足を縛られて晒し者になる。そのあと荒薦《あらこも》にくるまれて無縁墓に投げ込まれるのが決まりである。

綾瀬川がそのような酷《むご》い目にあうとは思いたくなかった。

「親分からも亡骸《なきがら》のことはくれぐれも……」

「わかっておりやすよ。こいつァふつうのたァわけがちがいやす。道行きじゃあねえ、殺されたってェことにすりゃあなんとかごまかせやす」

そう言われて、江与はあらためてあたりを見まわした。

「安次郎さんの骸はどこにあるのですか」

「それが、あいつは生きておりますんで」

江与は目をみはった。

「生きているって？　一緒に死んだのではないのですか」

「死ぬ気ではいたんでしょう。脇腹を三寸ほど切っておりやす」

武士でさえ、切腹する際は介錯《かいしゃく》をつける。借金を重ねてまで遊女に入れあげ、かといって女房子供も棄てきれず、ずるずるここまできてしまった安次郎だ。死にきれなかったというのもうなずける。

責める気にはなれなかった。行き場のない遊女とちがって、俗人にはしがらみがある。それは人の弱さであり、また強さでもあった。

「どうなるのですか、このあと安次郎さんは……」

「番屋で傷の手当をして、傷が癒えりゃあ、お白州へひきだされる。おそらく遠島になるんじゃねえですかい」

江与は安次郎の女房を思った。あの女房もちょうど赤子を産んだ頃だ。三人目か四人目か。亭主が遠島になったら、どうやって子供たちを育ててゆくのだろう。

三者三様の悲運を思って暗澹《あんたん》としていると、人の気配がした。

「呼びたてて相《あい》すまぬ」

津田清之助の声にはっと振り向く。

黒紋付羽織に着流しは、いつもの定廻《じょうまわ》りのいでたちである。少し離れて小者と、三ノ輪町の岡っ引とその手下だろう、数人の男たちがいた。

「お役目ご苦労さまにございます」

江与は辞儀《じぎ》をした。

「ここは取り込んでおるゆえ、寺で話を聞こう」

清之助は梅蔵に目を向けた。

「後始末を手伝ってやれ」

「へい。こっちはおまかせを」

梅蔵は江与に目配せをした。

清之助のあとに従い、江与は大文字屋の寮を出た。

寮は三つの寺に囲まれている。そのいずれかに行くのかと思ったがそうではなかった。

日光街道へ出て、北へ折れる。先日渡った橋をまた渡った。

「お寺へゆくのではないのですか」

妙に思って訊ねた。

清之助は足を止めた。

「浄閑寺へゆこうと思うが、どうじゃ」

「わたくしはかまいませんが……」

「他の者にじゃまをされたくないのだ」

清之助は背を向けた。

川縁の道を歩いて浄閑寺へ出る。寺門をくぐり、二人はまず遊女の無縁墓に参拝した。

数日後には綾瀬川も眠る墓だ。

つづいて水子の塚に詣でる。清之助も神妙な顔で両手を合わせた。

目を上げたとたん視線を感じた。小坊主がけげんな顔で二人を眺めている。いでたちから八丁堀《はっちょうぼり》の同心《どうしん》だと気づき、同心がなにゆえ水子の塚に詣《もう》でるのかと首をかしげているのだろう。

清之助は小坊主にわけを話して、庫裏《くり》の小座敷を借りた。

小坊主がお茶を運び、人のよさそうな老住職が挨拶をして引っ込むと、あたりは静けさに包まれた。鄙《ひな》びたたたずまいが心地よい。

「綾瀬川は江与どのの患者だったそうな」

静寂を破るのを惜しむように、清之助は静かに切り出した。

「はい。以前一度、子を水にいたしました。わたくしは吉原の医者ではありませんが、大文字屋さんとは数年来のおつき合いがあります」

「だが、今回は子がおることとさえ知らなんだとか」

「別件で大文字屋さんへ参りました際、綾瀬川さんはわたくしを呼び止め、安次郎さんの安否をたしかめてほしいと頼みました。お子のことはなにも……。あのとき相談されておりましたなら、水にするよう勧めていたはずです」

清之助は眉間にしわを寄せた。思案している。

雀が竹落ち葉に舞い降りて、カサコソと小さな音をたてた。

「安次郎に逢うたのか」

「いえ。長屋を訪ねましたが留守でした。綾瀬川さんと安次郎さんはいずれにしても添い遂げられぬ宿命《さだめ》にございます。安次郎さんは家族のもとにいると文を書き、平吉に届けてもらいました。文を読んで思いを絶ち切ってほしいと、そう願うたのですが……」

「かえって思いがつのったのやもしれぬの。叶わぬ恋ほど心は燃え立つものだ」

江与は思わず清之助の顔を見た。奉行所の同心の口から恋だの燃え立つだのという言葉が飛び出すとはおどろきである。

清之助は若者のように真摯《しんし》な目で、庭のひとつところを眺めていた。

「もしそうだといたしましたら、罪なことをしてしまいました。現世でだめなら彼岸《ひがん》で添い遂げようと、綾瀬川さんは意地になってしまったのやもしれません。恋とは恐ろしきものにございます」

冷静に言ったつもりだった。が、我知らず感慨がこもっていたのだろう。

「恐ろしい……か」

小虫をついばむ雀を眺めながら、清之助はつぶやいた。

「拙者《せっしゃ》は恋と無縁ゆえ、ようわからぬが……。江与どのは恋が恐ろしいか」

「さあ、どうでしょう。わたくしもわかりません」

江与は目を伏せた。

「嫁ごうと思ったことは？」

「ありません。津田さまには女のお子がおありにございましたね」

「十と六つだ。親の定めた許嫁《いいなずけ》と十九で夫婦《めおと》になった。翌年、長女が生まれた」

「奥方さまはお幸せにございますね。遊女に売られ、叶わぬ恋に身を焦がして、腹の子ともども命を絶つ女もいれば、幼い頃より定められた許嫁がいて、平穏に妻となり母となって天寿を全うする女もおります。生まれたときから、人の幸不幸は定まっておるのやもしれません」

雀はせわしなく首を動かし、丸い目をこちらへ向けたと思うや空へ飛び立った。

江与はふいに胸が熱くなった。

「津田さま。お上は綾瀬川さんのような女子にも、子堕ろしはならぬと仰《おお》せなのでしょうか」

清之助は雀の飛び立ったあとの竹落ち葉を眺めている。

「お教えくださいまし。津田さまはなんと思われますか」

「女医者を調べよと命じられたとき、子堕ろしは断じて許せぬと思うた。女医者は禁ずべし。今もその考えに変わりはない。中條を野放しにいたさば、命を軽んじる輩、強欲な輩が世にはびこる」

「おしげのような者たちにございますね」

「さよう。だが先日、なんのきっかけで子堕ろしの話が出たのか、家人が侮蔑の色を浮かべて、子を水にする女は人ではないと決めつけた。そのとき、安穏としておる者がなにを言うかと、思わず叱り飛ばしそうになった」

「叱り飛ばしたのでございますか」

「いや。そうはせなんだが、ひどく不愉快だった」

江与は意外な思いに打たれた。

「わたくしも正直に申しあげます。これまでもそうでしたが、この春以来、吉原へ出向くたびに気が重く、いやでなりませんでした。今しがた綾瀬川さんのお腹《なか》を見たときも、真っ先に感じたのはいわれのない腹立たしさでした。近頃、よう考えます。わたくしのしていることはよいのかわるいのか、と」

清之助は江与を見た。

江与は清之助の眸を見返した。

「どうかおまちがいになられませぬように。わたくしは女医者をやめるつもりはありません。たとえ迷いや怒りを感じましても、他人様に後ろ指を指されましても、いえ、恐ろしい祟《たた》りがあろうとも、わたくしの助けを必要とする女子がいる以上、中條をつづけます」

しばし沈黙があったのちに、清之助はうなずいた。

「相わかった。拙者もお上の命には逆らえぬ。手加減は加えぬつもりだ。遅かれ早かれ、女医者は御法度になるはずだ」

子堕ろしについては、この日も平行線だった。

それでも以前のような気まずさはない。

住職に礼を述べて寺を辞去し、川縁を歩いて橋を渡る。

大文字屋の寮へ戻ったときは、綾瀬川の骸はすでに運び去られたあとだった。筵の四隅を生ぬるい風がはためかせている。

置き去られた筵の傍《かたわ》らに立ちつくして、江与はしばし放心した。

なんと儚い、なんと哀しい一生か。生まれ持った宿命というにはあまりに酷い――。

気がつくと頬が濡れていた。

清之助がじっと見つめている。

「亡骸のこと……」

「梅蔵から聞いた。案ずるな」

江与は涙をぬぐった。

「家へ帰ってもよろしゅうございますか」

「うむ。厄介をかけた」

待たせていた駕籠へ乗り込む。

路地を曲がるとき寮へ目をやると、門前で見送る清之助の姿が見えた。


【六】


七月十日、江与は報恩寺《ほうおんじ》へ墓参に出かけた。

亡き母の墓は海禅寺、水子供養の塚は浄閑寺、ここ報恩寺には遠い昔、つかの間の縁《えにし》を結んだ人の墓がある。

閼伽桶《あかおけ》を手に墓へゆき、持参した花を供えて香をたむけた。

思えば無謀な恋だった。後先見ずに突っ走ることができたのは若さゆえである。今の自分なら後込《しりご》みをしていたはずだ。

合わせた手を離し、裾を払って立ち上がった。

ここへ来ると決まって十七歳の昔に引き戻される。つい最近まで古傷が痛んだものだ。

この何回か不思議に平静だった。歳月が心の傷を癒してくれたのか。それとも、心の空白を埋めるものが見つかったせいかもしれない。

夏空を見あげた。照りつける陽射しに目が眩《くら》んで思わず目を閉じると、清之助の面影が眼裏をよぎった。

墓の主が昔も今も手の届かぬ人であるなら、清之助も同様である。なぜ、身分ちがいの男にばかり魅《ひ》かれるのだろう。

――叶わぬ恋ほど心は燃え立つ。

清之助の言葉を思い出して、江与は苦笑した。叶わぬ恋をしたことのある者は、そんなことを口にはしない。辛酸を味わった者なら決して……。

日盛りのなかを、短くなった影を拾って家路をたどった。

「真弓お嬢さまですが、なにやら妙な案配にございますよ」

裏口を入るや、おときが耳打ちをした。

汗をぬぐう間も惜しんで二階へ上がる。

真弓は欄干にもたれていた。人の気配に振り向いた目が涙に濡れている。

「観音さまへ出かけたのかと思っておりました」

江与は妹のそばへ歩み寄った。

七月十日は浅草観音の結縁日《けちえんび》で、この日参詣すれば四万六千日《しまんろくせんにち》ぶんの功徳《くどく》があると言われている。観音堂のまわりには青ほおずきを売る店も並んで、境内は参詣人《さんけいにん》でごったがえす。

真弓は顔をそむけた。

「なにがあったというのです」

「姉さまのせいで恥をかきました」

「どういうことですか」

「若旦那とほおずき市へゆく約束をしていたのです。でも断られました。このところ妙な男たちが松葉屋を見はっているそうで、つかまえて問いただしたら、田原町の親分の手先だと答えたそうです。梅蔵親分が松葉屋の若旦那を見はるのはなんのためですか。姉さまが親分に頼んだのでしょう」

真弓は一気にまくしたてた。

真弓は松葉屋の若旦那とつき合っているらしい。若旦那は女癖がわるいと評判だった。岡っ引の梅蔵が悪事を調べあげると勢い込んでいたので、江与も妹の身を案じて、お願いしますと頼んでおいた。くれぐれも慎重に、と言ったのに、梅蔵の子分がしくじって感づかれてしまったようである。

「あなたの言うとおりです。恥をかかせたのなら謝ります」

今さら言い訳もできない。江与は詫びた。

「でもね真弓、松葉屋の若旦那のことは、黙って見過ごすわけにはいかなかったのです。娘さんが何人も泣かされているそうではありませんか。切れる切れないともめている女子もひとり二人ではないとか。大事な妹がもしやそんな目にあわされたら……」

真弓は姉に最後まで言わせなかった。

「大事な妹ではありません」

「大事な妹です。当たり前でしょう」

「いいえ。ちがいます」

「ではなんだと言うのです？」

「厄介者です。わたしはどこの馬の骨とも知れぬ捨て子なのです。土浦藩にいらした頃のお父さまのご同僚からうかがいました。土浦で一揆があったときです。家人が死に絶えた廃屋《はいおく》でややこを見つけ、連れ帰って育てたのだと」

江与は絶句した。まさかこんな形で真実を知られることになろうとは……。

「そうなのでしょう。わたしは厄介者なのでしょう」

「厄介者なら、お父さまもわたしも慈《いつく》しんで育てはしませんよ。松葉屋の若旦那のことだって、あなたの身を案じたからこそ……」

「いいえ。わたしが世間の笑い者になると、姉さまがお困りになるからです」

「どうして困るのです？　わたしはもういやと言うほど恥をかきました。そのことはあなただってわかっているはずです」

「姉さまはうまくごまかしたのです。傳内先生の別宅に隠れてややこを……」

真弓の言葉を、江与は最後まで聞いていなかった。気づいたときは、平手で妹の頬を打っている。

二人はにらみ合った。

「姉さまは武家の血をひいています。けれどわたしは……」

真弓は江与を押しのけ、部屋を飛び出した。階段を駆け下りる音が聞こえた。

「真弓。お待ちなさい」

江与もあとを追いかけた。が、階下へ下りたときは表へ飛び出したあとだった。路地にたたずみ、左右を眺めていると、

「なにがあったのですか」

おときが出て来て、江与の傍らに立った。

「真弓と喧嘩をしたのです。八つも年下の妹を本気で叱るなんて、ばかなことをしてしま

いました」

「いえ、お嬢さま。本気で叱ってさしあげてようございました。今は真弓嬢さまも腹を立てておられましょうが、お気持ちが鎮まれば、叱られてよかったとお思いになられるはずです。あたくしはむずかしいことはわかりませんが、腫れ物にさわるようにあつかわれては、かえってお辛うございますよ」

ずっと前から考えていたのだと、おときは言った。

江与は胸を衝かれた。哀れと思い、愛しいと思い、傷つけまいと思い、そうした思いが真弓を苦しめていたというのだろうか。

「お父さまは……」

「診察中にございます」

「お父さまには今宵きちんと話します。それまではお心を乱さぬよう」

「わかっております。真弓お嬢さまもじきに帰ってみえますよ」

二人は連れだって家のなかへ戻った。

## 【七】

どこへ行ってしまったのかしら――。

午後中、江与は真弓の行方を気にかけていた。

といって、大騒ぎをすればかえって事をこじらせる。ちょうど患者が来ていたこともあって、いつものように仕事をつづけた。

真弓は夕刻になっても帰らなかった。

「松葉屋の若旦那と一緒なのではありませんか」

「それはないでしょう。機嫌をそこねてしまったそうですから」

「では他に心当たりは……。ええと、以前、三味線に通っていたお師匠《ししょ》さまのところとか、お針のお稽古に通っているお仲間の家とか」

「もうしばらく待ってみましょう」

「さようにございますね。日が暮れればお帰りになられますよ」

おときと話しているところへ、平吉がやって来た。

「おや。どうしたのです。昨日もおとついも顔を見せませんでしたね」

江与は笑顔を向けた。

汚れた足を見てため息をつくおときを尻目に、平吉は庭から縁側へ這い上がる。

「子さらいめっけるんで手いっぱいだったんだ」

「あれまァ、それはご苦労なことですねえ」おときは軽く受け流した。「で、めっかったんですか」

「あったりめえよ」

江与とおときは顔を見合わせた。

浅草界隈では、春先から赤子がさらわれる事件がつづいていた。さらわれるのは生後間もない赤子で、子守が目を離したわずかな隙に盗まれる。

金銭目当ての誘拐ではなさそうだった。行き当たりばったりにさらって、川へ投げ込んでいるらしい。さらわれた三人の赤子のうち、ひとりは運良く河原の杭にひっかかっていたところを助けられた。もうひとりはすでに骸となり、川面に浮かんでいた。残るひとりはいまだ行方知れずである。

「だったらどうして番屋へ知らせないのですか」

おときに訊かれて、平吉は頬をふくらませた。

「知らせたけど取り合ってくれねえのさ。だから、ここへ来たんだ」

奉行所の役人は探索にやっきになっていた。地廻りも総出で聞き込みに駆けまわっている。それでも手がかりひとつ見つからない。八つの子供、それも蛇骨《じゃこつ》長屋の悪たれ坊主が子さらいを見つけたと訴え出たところで、相手にされるはずがなかった。

「そろそろ夕餉《ゆうげ》の仕度にとりかかりましょう。一緒に食べておゆきなさい」

おときは腰を上げた。平吉の話につき合っているのがばからしくなったのだ。

後ろ姿をうらめしげに見送り、平吉は江与の膝元へ這い寄った。

「ほんとだよ。めっけたんだってば」

真剣な顔で言う。

実のところ、江与は真弓のことで頭がいっぱいだった。それでも真顔で応える。

「聞きましょう。話してごらんなさい」

自分までが頭ごなしに法螺話《ほらばなし》だと決めつければ、平吉はへそを曲げるにちがいない。大人たちの仕打ちに腹を立て、またもやかっぱらいに逆戻りしてしまうかもしれない。

平吉はうれしそうにうなずいた。

「子さらいはよォ、おれんちの近所に住んでる小母《おば》ちゃんさ」

「おやまァ……」

江与は気のぬけた返事をした。はじめから当てにしていたわけではなかったが、もう少

しまし な答えを期待していたのだ。近所の小母ちゃんとはまあ――。

「どうしてわかったのですか、その小母ちゃんが子さらいだって」

落胆を悟られまいとしてまじめくさって訊ねた。

「小母ちゃんはときどき奇妙な目で赤ん坊を見るんだ。いつもはふつうの小母ちゃんだけど、ときたまへんになるのさ。するとおかしな歌うたって、どっかへぷらりと行っちゃって、ひと晩帰って来ないことだってあるんだぜ」

その女は少しばかり気がふれているのだろう。だからといって、子さらいと決めつけるのは気の毒である。平吉の話によると、女はおひさという名で、余所の家の赤子を黙って家へ連れ帰り、あやしているところを見つかったこともあったとか。

「おひささんにお子はいないのですか」

「銭に困って水にしちゃったんだってさ、向かいの婆《ばあ》ちゃんが言ってた。水にしちゃったってどういうこと？」

江与ははっと平吉の顔を見返した。

貧しくて育てられないので、おひさは胎児を水にしてしまったのだ。そのことが癒えない傷となって、心を狂わせているのかもしれない。

いつだったか、子さらいがなぜ子をさらうのか、考えたことがある。銭のためではない。

怨みのためでもない。だったらなぜ……。

　そのときふっと思った。赤子というものに人知れぬ愛憎があるからではないか。もしそうなら、子さらいは女かもしれない――と。

「水にするというのはね、お腹のややこを産まずに棄ててしまうことですよ」

「ふうん」

　平吉は首をかしげている。

「それより、おひささんはどうやって赤子をさらったのですか。余所の赤子を抱いていれば、まわりの人はおかしいと気づくはずでしょう」

　だれも不審な人物を見ていない。

「そんなことわけないさ」平吉は小鼻をふくらませた。「小母ちゃんは紙屑拾いなんだ」

紙屑拾いは背中に籠を担いでいる。片手には木製の長い挟棒を持っていて、紙屑の出そうな家々をまわって拾い歩く。

「でっかいもんかっぱらうときは、おいらも小母ちゃんの籠をこっそり借りてたんだ」

　泣き声さえたてなければ、籠に赤子を隠して連れ去るのはさほどむずかしくはない。紙屑拾いが路地裏をうろついていたところで、不審に思う者はいないはずだ。

　そこまで考え、江与は「あっ」と声をあげた。

田原町でさらわれたのは経師屋の赤ん坊だった。花川戸町は唐紙屋だと聞いている。諏訪町の赤子はぼて振りの子だが、登志江の話では、次郎兵衛店には唐傘作り、紙縒作り、張子作りが集まっていたという。

「こうしてはいられません。親分に知らせましょう」

江与はあわただしく腰を上げた。

梅蔵親分に平吉の見立てを伝える。それからそう、真弓のことも知らせておいたほうがいい。心当たりを捜してもらおう――。

「おとき。梅蔵親分のところへ行って来ます」

台所に声をかけた。おときが問い返す前に裏口から飛び出している。

「へへ、やっぱし女先生だ」

得意満面の平吉を引き連れ、江与は黄昏《たそがれ》の道を急いだ。

## 【八】

梅蔵親分の家は江与の家と同じ田原町一丁目にある。といっても南のはずれなので、近所というほど近くはない。

岡《おか》っ引《ぴき》は付け届けやら袖の下やら実入りはあるものの、定収入がなかった。自分に手札を渡した役人、つまり町方《まちかた》の旦那からもらう小遣い銭は雀の涙である。そのわりに銭の減り方は早い。子分の面倒もみなければならないから、女房の働きに頼るところ大である。

明神社の裏手の小体《こてい》な家で、梅蔵は女房に楊枝屋《ようじや》をやらせていた。

夕暮れ時なので店は閉まっている。いつもなら二、三人の子分がたむろしているはずの裏手の住まいもひっそりとしていた。

勝手口で声をかけると、梅蔵の女房のおまさが出て来た。

無愛想な女だが気だてはわるくない。下っ引の面倒もよくみると聞いている。六左衛門や江与とは長年の顔なじみで、気の置けない間柄だった。

「親分は……」

「出かけたよ、みんなして」

おまさはつっけんどんに応えた。おまさの気性を知らない者なら、よほど虫の居所がわるいと勘違いしたかもしれない。

平吉は江与の背中に素早く身を隠した。

「急ぎの用事があるのです。どこへゆけば逢えますか」

「伊与八」

「大通りの……」

おまさはうなずいた。

伊与八は老舗《しにせ》の扇屋で、寺町に面した大通りにある。蠟燭屋、数珠屋、仏具屋などの店が建ち並ぶ一画で、春先に女中の自死があった肥後蠟は三軒先である。

なにか事件でもあったのだろうか。

「行ってみます」

背中を向けたところで、おまさが呼び止めた。

「取り込んでるよ。子さらいがあったってェから」

江与は息を呑んだ。

「子さらい？　伊与八で？」

「小母ちゃんだ！」

平吉が叫んだ。

おまさはじろりと平吉を見る。

「裏の座敷に寝かせてたんだ。生まれてひと月の女の赤子だとさ」

となれば、ぐずぐずしてはいられなかった。

江与と平吉はその足で伊与八へ向かう。

扇屋は騒然としていた。

店を覗くと、土間の奥の座敷に型紙や親骨、仕上がった扇、飾り箱などを入れた木箱や木桶が雑然と置かれていた。

扇作りは手間がかかる。和紙を三枚合わせた地紙に絵付をして、濡らした布にはさんで折りやすくしてから、型紙にはさんで折ってゆく。それを布糊《ふのり》で親骨に貼りつける。伊与八ほどの大店《おおだな》では、下請けに出した完成品を集めて売るだけでなく、地紙職人や紙折職人を抱え、贈答用の高価な扇を作っていた。

「おや、女先生。なにか御用で？」

あたりを見まわしていると、下っ引の粂次に呼び止められた。

梅蔵の居所を訊ねる。

「裏っかたで津田の旦那と話しておりやすよ」

「津田さまが……」

むろん、清之助も来ているはずだ。子さらいに翻弄《ほんろう》され、今回もまた後手《ごて》にまわって、さぞや苛立《いらだ》っているにちがいない。

ちょうどよいと、江与は思った。平吉の見立てが当たっているならこれで一件落着、そうすれば清之助の手柄になる。

裏へまわると、庭木戸の傍らに清之助と梅蔵がいた。もうひとり、伊与八の女中か、縞木綿の着物に前垂れ姿の娘が悄然とうなだれている。

「煮物が噴きこぼれちゃあいけねえと台所へ飛んでった。戻って来たら赤子が消えていた。それにちげェねえな」

「へえ」

それではこの娘が子守をしていたのだ。

「紙屑拾いが来ませんでしたか」

江与が声をかけると、清之助と梅蔵は同時に振り向いた。

「なんでェ、どうしなすったんで」

「こちらの娘さんに訊きたいのです。赤子がさらわれる前に、紙屑拾いが来たのではありませんか」

娘は当惑したように清之助と梅蔵の顔を見比べた。

「参りました」

「この木戸から入って、紙屑を集めて行ったのですね」

「紙屑なんか焚き付けにしてしまえばいいんですが、けっこうな量が出ますんで、旦那さまがときおりはくれてやるようにと。で、木戸の内側に集めておくんです」

「どんな人ですか」

「背が高くて、痩せているけどごつごつした感じの女の人で、歳は三十くらいでしょうか。名は知りませんが、浅草寺の近くに住んでいるそうで。つぎはぎだらけの汚い布子《ぬのこ》を着ていて……顔？　顔は手拭をかぶっていたので……そうそう、顎がしゃくれていて、口元に黒子《ほくろ》がありました」

「ほおら、やっぱし小母ちゃんだ」

平吉は鬼の首を獲ったように叫んだ。

「なんだ、小母ちゃんとは」

取り調べを中断させられて、梅蔵は仏頂面《ぶっちょうづら》をしている。

だが清之助は江与に鋭いまなざしを向けた。

「紙屑拾いの女が籠に隠して赤子を持ち去った、そういうことか」

「はい」

梅蔵は目をむいた。

「けど、赤子の泣き声を聞いたもんはひとりもおりやせんぜ」

「濡れ雑巾《ぞうきん》でも顔に当てたのやもしれぬ」

紙屑を集める際、女は赤子を見た。物陰に隠れて時を待ち、子守が席をはずした隙に忍び足で赤子に近づく。濡れ雑巾を顔に当て、ぐったりしたところを籠へ押し込み、なに食わぬ顔で去ってゆく――。

「詳しい話を聞かせてくれ」

江与と平吉は代わる代わる話をした。

現場はにわかに活気づいた。平吉の案内で蛇骨長屋へ駆けつける者、紙屑拾いの足取りをたどる者、花川戸や諏訪町の親分に知らせる者……。

江与にはもうひとつ、用件があった。

「真弓嬢さんのこたァあっしのしくじりだ。まかせておくんなせえ」

松葉屋の若旦那の話を聞いた梅蔵は、粂次を江与の家へ走らせた。真弓が帰宅しているかどうかたしかめ、帰っていないようなら片っ端から心当たりを捜させるという。

江与は伊与八に残った。赤子の命は今や風前の灯火《ともしび》である。生きた心地もないあるじ夫婦に付き添って、粂次や梅蔵、清之助からの知らせを待ちわびる。

真っ先に粂次が戻って来た。

「まだ帰っておりやせん」

六左衛門もおときも弥助も近所を捜しまわっているという。江与から真弓のゆきそうな場所を聞き出すや、粂次はもう一度飛び出して行った。

しばらくすると清之助と梅蔵が戻って来た。

「おひさだが、仕事に出て行ったきり帰っておらぬそうな」

「蛇骨長屋には三丁目の伊之助親分が張り込んでおりますんで、あっしは大川の土手を捜してみようと思いやす」

子さらいはさらった赤子を川へ放り込んでいた。

「わたしも参ります。じっとしてはおれません」

真弓の行方も気がかりだが、赤子は今、子さらいの手のなかにいる。一刻の猶予もできない。

「赤子が親元へ戻れば、真弓もきっと無事に帰って来るような気がいたします」

根拠はなかったが、なぜかそんな気がした。

伊与八に待機していた者たちは、あるじ夫婦から番頭、手代、下男に至るまで、手分けをして紙屑拾いを捜すことになった。

「平吉はおひさの顔を知っている。連れてゆけ」清之助は梅蔵に声をかけた。「江与どのはおれと来い。材木町の土手へ行ってみよう」

「はい」

二人は暮れかけた町へ飛び出した。足早に歩く。

広小路へ出ると、ほおずき市から帰る人の群が行き交っていた。袋状の青い萼《がく》を鈴なりにつけたほおずきを手に、娘たちが笑いさざめいている。

「おひさと申す女、子を水にしたというのはまことか」

「水にはしたものの罪の重さに耐えかね、気がふれてしまったのでしょう。赤子を見ると抱きたくなる、自分のものにしたくなる、でも我に返って他人の子だとわかると憎しみがこみあげる……おそらくそんなことではないかと思います」

「おひさの家は平吉の家と似たり寄ったりの貧しさだ。ろくに物もない家に、ほおずきの鉢があった」

「ほおずきの根は子堕ろしの薬になるのですよ」

鉢植えを抱えて帰る娘たちの何人が、愛らしいほおずきのもうひとつの顔を知っているのか。悲しみにくれながら鉢を買い求める女たちがいることを……。

広小路をぬけて大川橋のたもとに出た。北へゆけば花川戸町、南へゆけば材木町。川縁の土手を南へ下る。

土手の上にはちらほら人影があったが、川へつづく斜面は傾斜が急なので、人影どころか犬の子一匹いない。ところどころ低木や小藪が生い茂っている。

人影が途絶えたところで、清之助は足を止めた。

「しっ。だれかいる」

腕をつかまれ、江与は息をつめた。

と、そのとき、下方の藪陰から子守歌が聞こえてきた。


【九】

泣くなよしよしおまえが泣けば
はるか冥土の母も泣く
よい子よしよし施餓鬼《せがき》の舟に
乗せて流して冥土へ帰そ

女はかすれた声で歌っていた。同じ歌詞を何度もくり返している。

「もしや、あれはおひささんでは……」

江与は押し殺した声でつぶやいた。

土手を下りようとすると、清之助が腕をつかんで引き寄せた。

「待て。他にも人がいる」

声をひそめたときだ。

藪陰で若い女の声がした。

「まあ、愛らしいこと。ね、わたしにも抱かせてくださいな」

ふるえを帯びたその声は――。

「真弓！」

「しっ。様子がおかしい」

女はときおりぷつりと口をつぐむ。すると真弓が話しかける。赤子の名を訊ね、生まれ月を訊ね、うわずった声で出まかせを言う。

「ねえ、お願い。抱かせてください。わたしにも赤子がいるのですよ」

いつもの真弓とは別人のような口調だった。姿が見えないのでわからないが、赤子は女のそばにいるらしい。真弓は赤子を女から取りあげようとしている。もしや、女は赤子に危害を加えようとしているのではないか。

清之助は江与に目配せをした。腕をつかんでいた手を離し、代わりに手をにぎる。つまずけば川へすべり落ちそうな斜面を二人は慎重に下りはじめた。

あと少しというところまで来たときだ。真弓が悲鳴を上げた。

藪がゆれ、赤子が泣き出す。獣じみたわめき声が聞こえ、人がもみ合う気配がした。

「おひさ、やめろ」

「真弓、逃げて」

清之助と江与は血相を変え、藪陰に突進した。

転がった籠のそばで赤子が手足をばたつかせていた。

おひさは真弓を組み敷いている。女にしては頑丈な指が真弓の首に食い込んでいた。真弓は苦悶の色を浮かべ、抗《あらが》う力も尽きたのか、ぐったりと手足を投げ出している。

江与は死のもの狂いで体当たりをしようとした。その前に黒い影が近づいた。と思うや、おひさはいきおいよく投げ飛ばされた。それでも牙をむいた獣さながら清之助に挑みかかる。ひっかき、噛みつき、しばらく暴れていたが、当て身を食らって昏倒した。

江与は妹に駆け寄り、抱き起こした。

真弓は激しくせき込み、肩を大きく上下させた。

「姉さま、怖い……」

自分を抱きかかえているのが姉だとわかると、胸にすがって泣きじゃくった。緊張が解けたとたん恐怖がこみあげたのだろう。

江与は妹の背中をさすってやった。目で赤子の姿を捜す。

赤子は清之助の腕に抱かれていた。おぼつかない手つきであやしている。危難が去ったとわかるのか、赤子はもう泣いてはいなかった。

「江与どのの妹《いもうと》御《ご》か」

目が合うと、清之助は訊ねた。

「はい。真弓と申します」

「そなたがおらねば赤子は死んでおったやもしれぬ。礼を申す」

真弓は涙を拭った。

「土手を歩いておりましたら、籠を背負った女が斜面を下りてゆくのが見えました。籠のなかに赤子がいたので、母子だとばかり思い、そばへ行ってみたのです。はじめは子守歌をうたってあやしておりました。まさか子さらいだとは……」

ところがいくらもたたないうちに、様子がおかしいことに気づいた。虚《うつ》ろな目の色、抑揚のない歌声、赤子をなでまわす手つき……女は常人とはちがっていた。恐ろしくなって身をすくませていると、赤子の首に手をかけた。一瞬にしてひねりつぶしてしまいそうである。

「腕ずくで奪える相手ではありません。逆上させればそれでおしまいです。なんとかなだめすかし、赤子を助けようとしたのですが……」

女は突然、真弓に襲いかかった。一瞬遅ければ、真弓も赤子も、もろともに息の根を止められていたにちがいない。

　江与は身ぶるいをした。

「藪陰から声が聞こえたときは生きた心地もしませんでした」

「わたしも姉さま、怖くて死にそうでした」

　真弓も唇をふるわせている。

「血は争えぬものよの。江与どのは袋叩きになっていた平吉を助けた。妹御は子さらいから赤子を救った。向こう見ずなところがよう似ておる」

　江与と真弓は目を合わせた。双方の顔に気恥ずかしげな微笑が浮かんだのは、昼間の喧嘩を思い出したからだ。

「姉妹ですもの、むろん似ておりますよ」

　江与が言えば真弓もうなずく。

「姉さまの勝ち気なところばかり似てしまいました」

　そのとき、おひさが身動きをした。夢から醒めたようにあたりを見まわしている。やつれた女の顔に狂気はなかった。

　江与は清之助の腕から赤子を抱き取り、真弓は籠を拾いあげる。

　おひさを引き立て、一行は材木町の番屋へ急いだ。番屋で人を集め、各所への言《こと》づてを届けさせると、界隈の岡っ引や下っ引があわただしく集まって来た。

「真弓嬢さんが子さらいと一緒だったとは……。こいつァ偶然とは思えませんや」

梅蔵はおどろきと安堵でしきりに首を横に振っている。

「偶然ではありません」江与は目配せをした。「赤子を救うために、目に見えない手が真弓をあの土手まで導いたのです」

「六左先生が待ちかねておりますぜ。ここはあっしらにまかせて」

梅蔵が気を利かせてくれたので、江与も真弓も詮議を受けずに済んだ。

「これにて失礼させていただきます」

江与は清之助に挨拶をした。

「子さらいが捕まったのは二人の手柄だ。明日、あらためて礼にゆく」

四角ばって挨拶をする清之助を見て、江与は眸を躍らせた。

「礼なら平吉に。子さらいの正体を突き止めたのはあの子です」

「なんぞ褒美《ほうび》をやらねばの」

清之助も白い歯を覗かせた。

条次に送られて、姉妹は帰途についた。一丁目の角にさしかかったところで足を止める。

長細い影が月明かりのなかに浮かんでいた。

「真弓。お父さまですよ」

一刻も早く娘たちの無事な姿が見たくて、六左衛門は辻に出て待ちわびていたのだろう。

江与も真弓も、六左衛門にとってはかけがえのない娘である。

「早う顔を見せておあげなさい」

江与は妹の背中をトンと押した。

真弓は小走りに駆けてゆく。

ふたつの影がゆらゆらと寄り添うのを見て、江与は目頭に指を当てた。

## 【十】

翌日、清之助は約束どおり、江与の家へ挨拶にやって来た。

伊与八の番頭を伴っている。心ばかりの礼だと言って、番頭は金子《きんす》の包みと扇を二本、差し出した。

「あらためましてあるじがお礼にまかり越すと申しておりますが、昨日の今日で、なにぶん取り込んでおりまして……」

金子は固辞した。が、扇は受け取った。

「まあ、きれい。姉さま、わたしはこっち」

真弓はもう昨夜のことなど忘れたかのように屈託がない。源氏物語の夕顔の巻の絵が描かれた扇を取りあげ、姉には水辺に浮かぶ睡蓮が描かれた涼しげな扇を押しやった。どちらも見事な手描である。

番頭がひと足先に帰ったあと、清之助はあらためて六左衛門に挨拶をした。

「お父上の清右衛門さまとは何度かお目にかかったことがございます。思慮深く温厚なお方にございました」

六左衛門は目を細めた。

「それがしも父より聞いたことがあります。田原町の六左先生は人徳がある、ずいぶん人助けをしておられると」

「いやいや。わしはただの古医方にございますよ。人助けと言うなら、ここにおる娘のほうじゃ」

六左衛門は江与に眼を向けた。

「お上は女医者を御法度にするという噂じゃが、あの件はどうなりましたか」

柔和な表情は変わらないが、双眸に一瞬、鋭い光が流れた。

清之助は悪びれずに六左衛門の眸を見返した。

「本年中には沙汰が下るものと思われます」

「御法度か」

「おそらく」

六左衛門は太い息を吐き出した。

「津田さまのお力にすがっても無駄というわけか」

「それがしの力など微々《びび》たるものです。世の趨勢《すうせい》には勝てませぬ」

「お父さま」江与が口をはさんだ。「津田さまとわたくしは正々堂々と闘う約束をいたしました。御法度と決まるまでは、まだ互角。お力にすがるなどと弱音を吐くのはおやめくださいまし」

「これはちと先走りしすぎたか」六左衛門は破顔した。「津田さま。このとおり、江与は気の強い娘でしてな」

「手強《てごわ》い相手ならこちらも闘い甲斐があるというものです」

清之助も爽やかに笑った。

その日、清之助は江与を誘い出した。どこへゆくという当てはない。日盛りのなかをそぞろ歩いて、浅草寺の境内へ入ってゆく。

「江与どのはよきお父上を持たれた。江与どのや妹御がのびやかに育ったのは、お父上のお陰だろう」

「わたくしも妹も気が強くて、父はお手あげだと申しております」

「真弓どのと言ったか」

「はい。妹を真弓と名付けたのは、ややこひとり残して死に絶えた農家の裏手に、真弓の木があったからです」

　堂宇《どうう》の庇《ひさし》の陰に涼を求めてたたずみ、江与は妹の生い立ちを語った。

「文政十年、常陸《ひたち》で一揆があった年でした。わたくしは九つで、父は当時、まだ土浦藩の藩医でした。一揆は平定されましたが、そのあとの農村は目をおおうほどの悲惨さで。なぜそのときそこにいたのか、父に連れられてどこかへゆく途中でたまたま通りかかったのでしょう、わたくしは惨状を目の当たりにいたしました」

「なるほど。顔立ちがちがうと思った」

「あとから聞いた話ですが、真弓の父親は一揆で殺されたそうです。幼い兄姉《きょうだい》は飢えて死に、母は腹の子を水にしようとして共々に息絶えたとか。体が弱っていたところへ、人づてに聞いた薬を、量も用い方もわからぬまま服用したのでしょう」

　江与は眉を曇らせた。

「真弓の木は名のとおり弓を作る木だ。六左先生は強い子に育ってくれとの願いをこめて、ややこを真弓と名付けたのだろう」

「その村では、貧しさに耐えかね、真弓の皮や葉まで食べて飢えをしのいでいたそうです。お陰で真弓は生き延びました。なにがあっても生きてくれ、それが死んだ者への供養だと、そう思って名付けたと父は申しました」

二人は縁日のあとの観音堂を眺めた。昨夜はほおずき市で遅くまでにぎわっていた夜店が、今は跡形もない。

「江与どのが女医者になったのは、妹御の母の悲惨な死にざまを見たからか」

「それもございます。それだけではありませんが」

清之助は無造作に額の汗を拭った。

昨夜の騒動の最中、清之助は江与の腕をつかみ、手をにぎって土手の斜面を下りた。汗を拭う手を、江与はじっと見つめる。

清之助はかなたの空を眺め、再び観音堂に視線を戻した。

「子堕ろしは罪悪だ。が、我が子に飢え死にされた母親が腹の子を水にしようとする気持ちはおれにもわかる。机の前に座って善悪を論じたところで詮《せん》ないことやもしれぬ」

いつやって来たのか、観音堂に母子《おやこ》連れがいた。昨日なら四万六千日ぶんの功徳があるというのに、あえて今日、参拝にやって来た母の思いはどこにあるのか。

「わたくしは昨夜つくづく思いました。母が子を水にするほど、この世に悲惨なことはないと……。おひささんはそのために気がふれ、罪を重ねました。どのような事情があろうと、やはり子堕ろしは人の道にそむくことなのですね」

清之助は江与に視線を戻した。

「我が子を飢え死にさせるよりましだろう」

「真弓のように生き延びる者もいます。母だとて子の行く末はわからぬもの、せっかく生まれようとする命を勝手に葬るのは罪なことです」

二人は顔を見合わせた。思わず吹き出している。

「いつのまにやら言うことが逆さになってしもうたの」

「ほんに。どうしたことでしょう」

「江与どの」清之助は表情をひきしめた。「拙者がどう思おうと、お上は女医者を禁じる所存だ。今のうちに覚悟を定めておくことだ」

江与も笑みを引っ込めた。

「覚悟でしたらとうに定まっております。迷いは迷い。罪は罪。御法度となりますその日まで、わたくしは中條をつづけます」

「往生際がわるいと文句を言いたいところだが、それでこそ江与どのだ。あっさり引き下がられては、こちらも張り合いがない」

「さようですね。張り合う相手がいて、わたくしもうれしゅうございます」

母子の姿はいつのまにかかき消えている。

寺門で清之助と別れ、江与は我が家へ帰って行った。

## 【十一】

大川は光の川と化したようだった。

無数の灯籠《とうろう》がゆらぎ、瞬き、川面に火影《ほかげ》をにじませながら、この世への名残を惜しむようにゆったりと流れてゆく。

江与、真弓、六左衛門の三人は、大川橋の欄干越しに灯籠を眺めていた。

「亡妻《つま》のせて精霊舟《しょうろうぶね》の還《かえ》りゆく」

六左衛門は低い声でつぶやいた。

——お父さまは母さまに別れを告げておられる。

そげたような頬の、思慮深い目をした横顔を、江与は見つめる。

橋の上は押すな押すなの人だかりだった。それでも縁日の人混みのような騒々しさがないのは、だれもが胸のうちで亡き人に別れを告げているからだろう。

「わたしには見送る人が大勢いますね」

真弓は欄干に身を乗り出して、足元を流れてゆく灯籠のひとつひとつに手を合わせた。

「名も知らぬ父《とと》さま、母《かか》さま、兄さま、姉さま、生まれる前に死んでしまった弟か妹か。逢うことは叶いませんでしたが、姉さまのお母さまにも」

江与も手を合わせた。

「目を閉じていると在りし日の面影が浮かんできます」

叶わぬ恋に泣いた相手。二人の間に芽生えながら生まれてこなかった命。腹の子ともども命を絶ってしまったおきくや綾瀬川の顔も……。

「おひささんはどうなるのでしょう」

「気がふれていたということでお情けがあればよいのですが……」

赤子をさらって川へ投げ捨て、お上を翻弄した罪は重い。死罪になるのはまずまちがいなさそうだ。

子を棄てた母も棄てられた子も死んでゆく。遊女たちの水子も、さらわれて川へ投げ込まれた赤子も……。

「浄閑寺で施餓鬼供養をして来ました。この川にもたくさんの施餓鬼の霊が流れています。

共に彼岸へ帰ってゆくのでしょうね」

施餓鬼は無縁仏、盂蘭盆《うらぼん》の時季は各寺で施餓鬼供養が行われる。綾瀬川の心中事件がなくても、江与は毎年、供養に出かけている。

一方、川施餓鬼は水難で死んだ無縁仏の供養である。子さらいの事件がまだ生々しく胸にこびりついている今、こちらも他人事とは思えない。

「姉さま。あれ、施餓鬼舟でしょう」

真弓が指さした先に小舟が見えた。舟上から人々が灯籠を流している。

「流されて母恋う子らの施餓鬼舟、か」

六左衛門がつぶやいて、姉妹は今一度両手を合わせた。

「おっと、めっけた」

帰り道で平吉の声がした。

相変わらずすりきれた草履にくくり髪だが、今宵はこざっぱりした着物を着ている。いつもなら汚れ放題の顔も洗いたてだ。

平吉の傍らには、蘭方医・小山傳内の弟子の山下幸三郎が立っていた。

「お宅へうかがったのですが、お出かけとうかがいましたので」

幸三郎は律儀に頭を下げた。

傳内から頼まれて到来物を届けに来たところが、六左衛門も江与も留守だった。おときに引き止められ、お茶をふるまわれているところへ平吉がやって来た。そこで、二人連れだって一行を探しに来たという。

「そういえばはじめてでしたね」

江与は真弓を幸三郎に引き合わせた。

幸三郎はこちこちになって、しどろもどろに挨拶をした。艶《あで》やかな真弓に見惚れている。

一方の真弓は、田舎出の朴訥《ぼくとつ》な若者にはろくに目も向けなかった。

「着物を買ったのですか」

江与は平吉に笑顔を向けた。

「津田のおっちゃんが見立ててくれたんだ。これ着て伊与八へ来いってさ、そうまで言われちゃあしかたがねえや」

伊与八のあるじは、平吉の長屋へも礼の品を届けさせるつもりでいたのだろう。清之助は反対した。大店の番頭が塵溜《ごみため》のような長屋に足を踏み入れたらどうなるか。運がわるければ、悪たれどもに身ぐるみはがれかねない。

そこで平吉のほうから伊与八へ出向くよう話を取りまとめた。あわてて古着屋で着物をみつくろってやったのだ。

「では、伊与八さんで褒美をもらったのですね」

「ああ。たらふく馳走になった。けど……」平吉は顔をしかめた。「金子はもらえなかった。おっきくなるまで津田のおっちゃんが預かっとくんだとさ」

江与は声を立てて笑った。清之助なら平吉の金子をしっかり蓄え、しかるべき時に一番よい方法で用立ててやるはずである。

「では、津田さまのご褒美はその着物、というわけですね」

清之助も平吉に褒美をやると約束した。

「それだけじゃあねえんだ」

平吉は不服そうに口をとがらせた。

「カクベツの思《おぼ》し召《め》しをもって、梅蔵親分の手下に取り立ててやるってさ」

「おやまァ……」

江与は目を丸くする。

「今頃、親分は泣いて喜んどるぞ。頼もしい子分ができたと言ってての」

六左衛門はからからと笑った。

名うての悪たれ、蛇骨長屋の元かっぱらいを子分にせよと言われて、梅蔵は憮然《ぶぜん》としているにちがいない。梅蔵の迷惑顔を思い浮かべて、江与も忍び笑いをもらした。

「さあ、家へ帰って麦湯でも飲みましょう」

「おとき小母ちゃんが団子つくってたよ」

「傳内先生の到来物はカステイラという異国の菓子だそうです」

「金平糖《こんぺいとう》なら食べたことがあるわ。ねえ、姉さま、あれはどこからもらったのかしら」

「ほれ。日本橋の唐物《からもの》屋《や》の」

「そうそう、お父さまが薬を煎じてさしあげた……」

一同はにぎやかに帰路につく。

川面の火影と競うように、夜空には星がかがやいていた。

「女先生。トウロウは海へ出たら、そのあとどこへゆくの？」

平吉は灯籠と星を見比べている。

江与は小さな手をにぎりしめた。いつもなら照れくさいと顔をしかめ、身をよじって逃げる平吉が、今宵はおとなしく手をつながれたままになっている。

「空へ昇って星になるのですよ」

江与は真顔で答えた。

「どうやって昇るのさ」

「海には月の光があふれているのです。その光を伝って昇ってゆくのですよ」

「ふうん」

うなずいたものの、平吉は鼻の頭にしわを寄せている。

「おれの故郷は海べりにある。そのうち海を見に連れて行ってやろう」

幸三郎が声をかけた。

「ほんとか」

「ほんとだとも」

平吉は奇声を張りあげた。そこは子供のこと、もう海への好奇心ではちきれそうになっている。

江与の手を振り切り、平吉はいきおいよく駆け出した。

# 章ノ参　草紅葉

廃屋は狐狸の棲み処か草紅葉（凍鶴）

【一】

ほおずきが紅く色づいて、秋が駆け足で過ぎてゆこうとしている。

江与《えよ》は縁側に座って庭を眺めていた。

知らぬまに放心していたらしい。

近頃、ふと気がつくと、心が空になっていることがあった。季節のせいもあるが、それだけではないような気もする。

清之助《せいのすけ》とは、子さらいの一件が落着したあと浅草寺の境内で話をしたきり、顔を合わせていない。ご政道を批判するちょぼくれ節が流行ったり、書物出版取り締まり令や奢侈《しゃし》禁止令が相次いで出されたりと世の中がざわついているので息つく暇もないのだろう。

梅蔵《うめぞう》親分も追い立てられているようだった。忙しげにやって来ては長居をしないで帰ってゆく。孤鶴《こづる》の俳号も出番を失っていた。文句を言う相手がいないので、おときも張り合いがないらしい。

一方、平吉《へいきち》は相変わらず元気いっぱいだ。ご用聞きよろしく顔を出しては、使い走りや水撒き、草取り、薬研《やげん》ひきと精を出している。

「梅蔵親分の手下になったのでしたね。どうですか、新しいお役目は」

訊ねるたびに、大人びた素振りで肩をすくめた。

「どうもこうもねえや。ときどき粂《くめ》の兄《あん》ちゃんの手伝いに駆り出されるくらいかな。そんときはおっかない小母《おば》ちゃんが駄賃くれるんだ」

おっかない小母ちゃんとは梅蔵の無愛想な女房である。

山下幸三郎《やましたこうざぶろう》もなにやかやと用事をこしらえては訪ねて来た。こちらは真弓《まゆみ》の顔を見るのがお目当てだ。冷淡にあしらわれても一向に懲りない。

おときの腰痛もおさまっているし、真弓もひと頃の思い詰めた顔が嘘のように明るくなった。女医者の御法度についてもあれからどうなったのか、まだなんのお触れも出ていない。

江与のまわりはとりあえず平穏だった。

それならなぜ、こんなふうにため息ばかりもれるのか。

「お嬢さま。ちょっと」

おときが顔を覗かせた。

「表に女人《にょにん》がいるのです。お武家の奥さまのようにお見受けしますが」

どういたしましょう、と訊かれ、江与は腰を浮かせた。

「それとなく声をかけておあげなさい。ただしむり強《じ》いをしてはなりませんよ」

おときに言い含め、江与は治療部屋へ戻った。

紹介状も口利《くちき》きもなく、それでもどこでどう聞いたか探し当てて訪ねて来るのは、よほど追いつめられた女である。気さくで人のよさそうなおときに声をかけられれば、十人中九人は地獄で仏に出会ったように安堵する。

案の定、おときは女を伴って戻って来た。

「志津《しづ》さまと仰《おお》せだそうにございます。相談事がおありだそうで」

手を添えるように座らせ、おときは気を利かせて退出した。

志津はお高祖頭巾《こそずきん》を脱ぐのも忘れているようだった。目をみはって江与の顔を眺めている。中條といえば阿漕《あこぎ》な老女が相場、若く美しい江与におどろいているのだ。

「お楽になさいませ。悩み事がおありでしたら、お力になりますよ」

やさしく話しかけると、志津ははっとしたようにお高祖頭巾をはずした。ていねいに畳んで膝に置く仕草が、武家の妻女らしく品がある。

歳《とし》は江与と同じ二十四、五か。目鼻だちは小作りで寂しげだが、ふとした表情に色香が匂う。仕立てのよい藍色の木綿小袖が、色白の肌をひときわ白く見せていた。

「志津さまと言われるのですね」

「はい。湯島に住んでおります。夫は小普請《こぶしん》で……」

小普請とは、禄高三千石未満の御家人のなかでもお役に就いていない直参《じきさん》、つまり幕府方の武士のことである。役職手当がないから総じて家計は苦しく、日々の暮らしもつつましい。志津にもすでに何人か子がいて、家計の事情からこれ以上は産めぬのだろう。

「お子をみごもっておられるのですね」

江与は水を向けた。

志津は目を伏せた。

「不運な子にございます」

紅《べに》のない唇から吐息がもれる。

「他にお子たちがおられるのですね」

「おりません」

江与は目をみはった。

跡継ぎがいなければお家は改易《かいえき》になる。武家に子は宝。初子を産めぬとは合点がゆかない。だったら前妻の嫡子でもいるのか。

「旦那さまがお子はいらぬと仰せなのですか」

「ほしがっております」

「でしたらなにゆえ……」

言いかけて、江与は気づいた。子をほしがっている夫にみごもった妻——それでも産めぬと言うなら、その訳はひとつしかない。

腹の子は、夫の子ではないのだ。

「ご事情をお聞かせ願えませんか」

動揺を隠して訊ねると、志津は顔をゆがめた。

「ひどい話で……信じていただけますかどうか……」

「ひどい話なら、いやというほど見聞きしています」

志津は意を決したように目を上げた。

「わたくしは夫のある身ながら、さる男の奸計《かんけい》にはまり、子を孕《はら》んでしまいました。はじめは夫のためにしたことなのです。まさかこのようなことになるとは思いもよらず……」

実際、志津の話は耳をふさぎたくなるものだった。

近所に住む御家人某は志津の夫と懇意で、しばしば家へやって来ては酒を飲んでいた。この男が志津に、夫をお役に就ける方法があると耳打ちをした。

志津の夫はお役を得ようと、定められた逢対日になると小普請支配のもとへ出向いて嘆願をつづけている。が、生来愚直なために付け届けをしたり媚びへつらったりと人に取り入るのが大の苦手で、いまだお役にありつけない。なんとか夫に出世の糸口を、と焦っていた志津は、男の話に飛びついた。たった一度、さる高位の人物の酒の相手をすればよいというのである。

「わたくしが浅はかでした。そのように旨い話があるものですか。心のどこかでおかしいとは思いつつ、夫の喜ぶ顔を思うとつい断りきれず……」

「手込めにされたのですね」

「夫はまだお役に就いてはおりません。ただ、世話役に呼ばれ、ふさわしい役を見つけて推挙するとのお話があったそうにございます。それだけなら、過ちは忘れられぬまでも、夫のためと目をつぶり、平穏に暮らしてゆけたかもしれません」

ところが、そこからが地獄だった。一度の過ちをあげつらって、男の強請《ゆすり》がはじまったのである。

「では、旦那さまに知られたくなかったら不義密通の相手をしろと……」

「はい。脅《おど》されるままにずるずると」

はじめから志津に懸想《けそう》をしていたのだろう。それで奸計をめぐらせた。でなければ仲睦まじい夫婦を見ているうちに妬心をかきたてられたのか。

「志津さまの腹のお子は、密通相手のややこなのですね」

志津はうなずいた。夫にはむろんのこと、親族にも打ち明けるわけにはいかない。悩みぬき、死のうとさえ思い詰めていたところへ、江与の噂を耳にした。

「わたくしの噂、ですか」

江与は首をかしげた。

「夫の幼なじみにお奉行所のお役人がおります。そのお方が過日家へおいでになられました際、近々女医者がご禁令になるという話をされました。そのとき、田原町の江与どのという女医者の話が出たのです。情深く頼りになるお方ともれ聞き、そのお方ならもしやと藁《わら》にもすがる思いで参りました」

清之助だ――。胸が高鳴った。

「お役人さまとは、津田《つだ》清之助さまではありませんか」

「はい。ですがわたくしがここへ参ったことは、なにとぞ……」

「むろんです。決して口にはいたしません」

患者の秘密はなにがあっても守る。その信念がなければ子《こ》堕《おろ》ろしはできない。

「ご事情はようわかりました。それでややこをどうするか、ということですが……」

江与は眉を寄せた。

憎い男の子供とはいえ、ややこに罪はない。このところ子を水にした女の悲惨な末路を見てきたせいもあって、江与は志津に子堕ろしを勧める気にはなれなかった。自分の浅慮から過ちを犯し、しかもそのために命の芽を摘み取ったとなれば、志津の心に生涯癒《い》えない傷が残るのではないか。

「旦那さまに洗いざらい打ち明けるのが一番だと思いますが……」

言いかけると、志津は怯《おび》えの色を浮かべた。

「できません。なにがあってもそれだけは……」

「わたくしからお話ししてもよろしいのですよ」

「いいえ。とんでもありません」

「むろん、お腹立ちになられましょう、出て行けと言われるかもしれません。ですが騙《だま》されたのだと、それも自分のためにしたことだと、おわかりになりさえすれば……」

「そうではないのです。夫はやさしい人です。責めはいたしますまい。それどころか、せっかく授かった子ゆえ我が子として育てると言い出すやもしれません。それが怖いのです。乳をやり、慈《いつく》しんで育て、けれどその子が成長するにつれてあの男に似てきたら……。わたくしは我が子を見るたびに顔をそむけるようになります。夫も心の底では子を憎み、やがてはそのことで苦しみ、ご自分を責めるようにもなりましょう」

他人を許すのは口で言うほど容易《たやす》いことではない。自分を許すことはそれ以上に――。

志津の言い分はもっともだった。それでも江与は、子を水にすることになおもこだわりがあった。自分でも不思議なほど心がゆれている。

一番の問題は相手の男だ。

「ややこを水にしてしまうのは簡単ですが、そのあとはどうなりますか。男は痛くも痒《かゆ》くもないわけですから、これからも志津さまにつきまといますよ」

志津に執着しているうちは体、あきれば金子《きんす》、いったん強請の味を覚えた以上、男はとことん食い漁ってくるにちがいない。

志津の眸《ひとみ》に強い光が流れた。

「いざとなれば、刺し違えて死ぬしかありません」

「ばかなことを。さような男のために命を棄てては死に損ですよ。そこまでのお覚悟がおありなら、志津さま、男に子ができたと言ってやってはどうですか。密通のことも、ややこのことも、なにもかも旦那さまに打ち明けると、そう言っておやりなさい」

子を産めば不義密通がばれてしまう。男にとっても不本意だろう。志津の夫がどのような態度で臨むにせよ、ただでは済まない。

「これを機にきっぱり手を切るのです。旦那さまには内緒にするということで、立会人の前で誓いを立てさせるという手もあります。そのあとで子を水にしても遅くはありません」

立会人は梅蔵に頼んでもよいと、江与は思った。今の志津にとって大事なのは、男とのかかわりを断ち切ることである。

「ここが正念場ですよ。志津さま。お心を強く持つことです」

思案の末に、志津は同意した。この日は薬を持たずに帰って行った。お高祖頭巾をかぶり、路地の入口に待たせておいた老僕を従えて。

話がこじれたら、すぐに駆けつけるつもりだった。

窮鼠《きゅうそ》猫を噛む——なぜその諺《ことわざ》を思い出さなかったのか。

判断の甘さを、江与は後々まで悔やむことになる。

## 【二】

「つまりこの件には、あっちゃこっちゃ、いろんな思惑がごちゃまぜにからみ合ってるってなわけでして……」

梅蔵は鼻から煙を吐き出した。

江与の家の茶の間へ上がり込んで、久々に腰を据えている。梅蔵の話し相手は江与とおときで、六左衛門《ろくざえもん》は隣室で診察中、平吉と弥助《やすけ》は庭で牡丹《ぼたん》や芍薬《しゃくやく》、くこの根を掘り起こしていた。根皮を天日で乾燥させて煎《せん》じ薬にするためだ。

「それでは、六月にはもう意見書がまとまっていたのですね」

江与は聞き返した。

六月は綾瀬川《あやせがわ》の心中事件や子さらい騒動に心を奪われていた。とはいえ、清之助とは何度か顔を合わせていたのだ。ひとことくらい話してくれてもよさそうなものである。

梅蔵は煙管《きせる》の灰を灰吹きにトンと落とした。

「まとまったってェとちょいと語弊《ごへい》があるんですがね」

「どういうことですか」

「あっしも今頃んなって聞いたんですが、意見がまとまらず、奉行所として女医者をどうこうするってェとこまではいかなかったそうで……。堕胎を生業《なりわい》にするとはけしからんという者がいる一方で、母体を救うためにはやむをえぬという者もいて、しかたなく双方の意見を並べて書くことにしたんだそうでさ」

子堕ろしを禁止したところで男女の淫奔《いんぽん》野合を根本から絶つわけではない、結果を考えずに密会するのは人間の情でやむをえない面もある――堅物《かたぶつ》ぞろいの役人にしては、ずいぶんこなれた一文も含まれていたという。

「女医者も千差万別、一様に御法度《ごはっと》にするのはまちがっていると、津田さまも頑《がん》として反対意見を唱えたそうですぜ」

江与は目をみはった。

あの頃の清之助は――今も建前は同じだが――女医者を非難していた。ところが、上役や同僚の前では女医者擁護の側に立った。では、江与の意見をただ聞き流していたわけではなかったのだ。

清之助の心づかいがうれしかった。たとえ立場はちがっても、互いを認めようとする気持ちがあれば心は通い合う。面と向かってやり合いながら陰で自分を庇ってくれた、しかもその事実を親切ごかしに吹聴《ふいちょう》しなかったところが、いかにも清之助らしい。

やっぱり思ったとおりのお人だった――。

袋叩きにあっていた平吉を助け、気さくにおぶってやった清之助。はじめて出会ったあの日の光景が鮮やかによみがえる。

「六月といったら三月近くも前じゃありませんか」

おときが話に割り込んだ。

「いったいお上《かみ》はどうするつもりなんでしょうねえ」

「このまま立ち消えになりゃあいいんだが、そうは問屋がおろさねえようで。ご老中方が額を寄せ合って、ああだこうだと言い合ってるそうですぜ」

　梅蔵は煙管を吸い立てた。

「そういえば、いつぞや津田さまはわたくしに、同業の女医者から不審な誘いがなかったかとお訊ねになられましたね。お武家さまの事件に中條がかかわっているとか。あの件はどうなったのですか」

　江与が訊ねる。

「にっちもさっちもいかねえまんまでさ。お武家がからんでいるとなると、下手《へた》には動けねえ。そいつがむずかしいとこなんで……。津田の旦那も次から次へとご苦労が絶えませんや」

　梅蔵が大仰《おおぎょう》にため息をついたとき、平吉が顔を上げた。

「あ、お医者の兄ちゃんだ」

　お医者の兄ちゃんとは、傳内《でんない》の弟子の山下幸三郎である。

「おう、平吉。来とったか」

　明るい声とともに幸三郎が庭へ入って来た。木箱を抱えている。

「玄関から入ろうと思ったのですが、患者があふれておりましたので」

江与、梅蔵、おときがそろっているのを見て、大柄な体をちぢめて挨拶をした。勧められるままに縁に腰をかけ、持参した箱を傍《かたわ》らへ置く。

「この季節は風邪をひくお人が増えるので、お父さまはてんてこ舞いなのですよ」

「こちらは閑古鳥が鳴いています。傳内先生は、どうせなら隠居して句でもひねるかと、長閑《のどか》なことを言っておられますが」

湯島で私塾を開き、弟子を多数かかえていた傳内は、諏訪町に引っ込んで細々と医者稼業をつづけていた。蘭方医への幕府の目は厳しさを増す一方である。

「そうなったらあっしも別宅へおじゃましまして、手ほどきをしてもらいてェとこでさァ。こう忙しくっちゃ、発句どころじゃありやせん」

梅蔵は嘆息まじりにつぶやいた。

「そうだ。先生が親分の句を褒めておられましたよ」

「へ、なんの句ですかね」

「烏《からす》の句と、かなかなの句、だそうで」

「はァん、あれか」

「あれってなんですね」

「教えてくださいな」

おときと江与にせがまれて、梅蔵はまんざらでもなさそうに咳払《せきばら》いをした。

「烏の目かなしきまでの黒さかな……ってんでさ」

「おや。烏ってのはどこもかしこも真っ黒けじゃありませんか」

なにかひとこと言わずにいられないのはおときの癖だ。そのたびに梅蔵はむっとする。

「真っ黒けだから、だれもいちいち目なんぞ見ねえ。けど、真っ黒けん中の真っ黒けの目ってェのは、こいつは妙にかなしいもんですぜ」

梅蔵は肩をそびやかした。

「あら、先生が褒めるだけのことはありますよ。親分でなければできない句ですもの」

江与の言葉に梅蔵は苦笑した。

「褒められてるんだか、けなされてるんだか」

「むろん褒めているのですよ。で、かなかなの句のほうは……」

「こういうのです。かなかなややがてはひとり山の道」

梅蔵に代わって、幸三郎が応えた。

「やがてはひとり、ねえ……」

なんと言おうかと、おときは思案している。

江与はおやめなさいと目配せをした。

「親分の句には必ず生き物が出てくるのですね。虫やら鳥やら獣やら」

「そうかな」梅蔵は首をかしげた。「言われてみりゃあそうだな。あっしは取るに足らねえちっちゃなもんにどうも目がいっちまうんで」

「やさしいのですよ、親分は。顔に似合わず」

「女先生、顔に似合わずは余分じゃあねえですかい」

梅蔵が口をとがらせ、一同は笑い声を上げる。

するとそのとき、平吉が泥まみれの手で幸三郎の袖を引っぱった。

「よう、こいつはなんだ？」

大人たちの俳諧談義にうんざりしているのだ。

「おっといけない」

幸三郎は箱を江与のほうへ押しやった。

「奥さまが皆さんに召しあがっていただくようにと。新蕎麦《そば》だそうです」

傳内の妻女は信濃《しなの》に親類がいるので、毎年のように蕎麦を届けてくれる。

「父は蕎麦が好物なのですよ。登志江《としえ》さまにくれぐれもお礼を申しあげてください」

江与は押しいただいて、おときに手渡した。

「じきに真弓も戻って来ますから、みんなでいただきましょう。幸三郎どのもご一緒に」

「いや、そうもしておれません。先生の手伝いがありますので」

真弓の名を聞いたからだろう、幸三郎がどぎまぎして言いかけると、平吉が口をはさんだ。

「嘘だい。さっきカンコドリが鳴いてるって言ったじゃないか。カンコドリが鳴くってのは、患者がいなくて儲からないってことだろ」

子供とはいえ侮《あなど》れない。平吉は地獄耳を持っている。

江与は忍び笑いをもらした。

おときは箱を抱えて席を立つ。茶の間から出るとき、庭にいる弥助に声をかけた。

「湯を沸かすの手伝っとくれ」

「嬶《かかあ》め、人を好き放題こき使いやがる」

愚《ぐ》痴《ち》をこぼしながらも、弥助はいそいそと出てゆく。

江与から手を洗っていらっしゃいと言われて、平吉もあとにつづいた。

「女房に頭が上がらねえのはあっしんとこもおんなしだ」

梅蔵は首をすくめた。

「あら、おまささんほどできた女房はおりませんよ」

「できるできねえの問題じゃあねえんでさ。亭主にとっちゃあ、門前に突っ立ってにらみを利かす仁王みてえなもんで……」

口達者なおときも無愛想なおまさも、肥った痩せたのちがいこそあれ、言われてみれば仁王のようだ。にらむどころか亭主を尻に敷いている。

「よい女房を持って、親分も弥助も果報者ですよ。ねえ、幸三郎どの」

「は、はァ……」

「夫婦は言いたいことを言えるのが一番」

江与はふっと志津の白い顔を思い浮かべた。

「幸三郎どのも、言いたいことをきちんと言う娘御《むすめご》を嫁におもらいなさいな」

「拙者《せっしゃ》はまださような……」

幸三郎は居心地がわるそうに尻をもぞもぞ動かしている。

純朴な若者をほほえましく眺めつつ、江与は眉を曇らせた。

武家の妻女はおときやおまさのようにはいかない。夫に秘密を持つ以前から、志津は夫に言いたいことの半分も言えなかったのではないか。口喧嘩をすることもない代わり、冗談を言い合うこともない、控えめでつつしみ深い妻——。

志津がずるずると不義密通をつづけてきたのは、むろん男に強請《ゆす》られたからだが、心のどこかに、そうせずにはいられない虚しさや寂しさがあったような気がする。二十半ばになるのに子がいない。夫は歯がゆいほど生真面目《きまじめ》で、出世の手づるさえつかめない。

それにしても、なんと非情な男に捕らえられてしまったのだろう。

蜘蛛《くも》の巣にかかってもがいている志津が哀れだった。なんとかしてやりたい。そう願う気持ちの幾分かは、志津が清之助の幼なじみの妻女であるせいかもしれない。

「どうなさったの、姉さま。怖い顔をして」

妹の声で我に返った。

いつのまに帰って来たのか、真弓が傍らに座っている。度重なる奢侈禁止令のお陰で派手な格好はできないが、それがかえって目鼻のくっきりした顔を引き立てていた。

そっけない挨拶をされただけで幸三郎は舞い上がり、梅蔵はにやつきながら真っ赤になった若者を眺める。

おときと平吉のにぎやかな話し声にまじって、

「もう安心じゃ。これでようなるぞ」

治療部屋から、六左衛門の頼もしい声が聞こえてきた。

## 【三】

ほおずきを鳴らすたびに、幼い日の光景がよみがえる。

あれは土浦藩江戸屋敷の長屋だった。縁側の日溜まりで母からほおずきの鳴らし方を教えてもらったのは、五つのときか、それとも六つのときか。

十年近い歳月が流れ、今度は江与が真弓に教えた。藩邸内の長屋ではなく、この家へ移る前に住んでいた湯島の町屋の庭の片隅で。

「種を出したら噛んでごらんなさい。キュッキュと音がするでしょう」

ほら、と鳴らして見せる。

平吉は口に放り込んだと思うや、ぺっと吐き出した。

「へん。女子《おなご》じゃあるまいし」

いきおいよく庭へ飛び下りる。

「根っこ掘ってるほうがおもしれえや」

江与は声をたてて笑った。

根っこを掘り起こすコツも、筵《むしろ》の上に並べて乾燥させる手際《てぎわ》も、平吉はとうに呑み込んでいる。ほおずきの根の煎じ薬なら今やお手の物だ。ただし、当人は腹痛の薬だと信じ込んではいたが。

庭のほおずきは萼《がく》もしぼみ、実も落ちた。冬が目前に迫っている。

少女の頃に戻って無心にほおずきを鳴らしていると、裏口で粂次《くめじ》の声が聞こえた。

「おいらかな」

平吉はすっ飛んでゆく。岡っ引の子分に取り立てられたので、ときおり粂次の手伝いに駆り出され、駄賃をもらっているのだ。

引き返して来るや、不服そうに唇をとがらせた。

「女先生だとさ」

江与は裏口へ出て行った。

「親分からなにか……」

粂次は忙《せわ》しげに足踏みをしていた。

「そうじゃあねえんで。明神社で津田の旦那が待っておりやす」

「津田さまがわたしに……」

「なにやら険《けわ》しいお顔をしておりやしたぜ」

いよいよ女医者御法度の沙汰が下ったのか。だがお触れを知らせるだけなら、社《やしろ》まで呼び出す必要はない。

江与は表の治療部屋を覗いて、六左衛門の手伝いをしているおときに声をかけた。平吉にも留守番を頼んで家を出る。

清之助は社の境内で待っていた。

ひと目見ただけで緊迫した気配が伝わってくる。

足早に歩み寄ると、

「井関《いぜき》志津という女人《にょにん》を知っておるか」

と、前触れもなく訊ねた。

「井関……姓は存じませんが、志津さまというお方でしたらお目にかかったことがございます」

「井関彦十郎《ひこじゅうろう》どののご妻女で歳は二十五、色白で寂しげな顔立ちをした女人だ」

「でしたらおそらくそのお方にございましょう。志津さまがなにか……」

不吉な予感に胸がざわめく。

清之助は眉をひそめた。

「志津どのは昨日ご自害なされた」

江与は棒立ちになった。

「ご自害……」

「……ということになってはおるが、不審な点が多々ある」

「と仰せになられますと……」

「自害に見せかけて、だれぞが殺《あや》めたのやもしれぬ」

悲鳴がもれそうになって、江与は両手で口元を押さえた。

志津はもしや、不義密通の相手に殺されたのではないか。でもなぜ？　江与の忠告に従って、子を孕んだと打ち明けたからか。

目が眩《くら》みそうになったものの、なんとか持ちこたえる。

「津田さまは、どうして、わたくしが志津さまを存じているとおわかりになったのですか」

　ふるえる声で訊ねた。

「自害する理由が見つからぬ。首をひねっておったところへ、老僕が耳打ちをした。口止めされていたので言おうか言うまいかさんざん迷ったそうだが、数日前に志津どのの伴をして女医者を訪ねたそうな。田原町一丁目にあって、表に古医方《こいほう》、路地を入った裏手に中條ののれんを出していたと聞いて、すぐに江与どのだとわかった」

　ようやく事情が呑み込めた。

「志津さまがわたくしのところへ来られたのは、津田さまのお導きなのですよ」

「おれの……」

「志津さまの旦那さまは津田さまの幼なじみだそうにございますね。志津さまは、わたくしの名を津田さまから聞かれたと言われました」

清之助はけげんな顔をしたものの、「おお、そういえば」とうなずいた。

「井関家で江与どのの話をしたことがある」

「はい。そのときの話が耳に残っておられたそうで」

「それにしても、江与どののところへいったい何用があって……」

江与は逡巡《しゅんじゅん》した。患者の秘密はなにがあっても守ると約束をしている。死んでしまったからといって、反故《ほご》にしてよいものか。夫でない男の子を孕んだと打ち明ければ、志津を辱《はずかし》めることになりはすまいか。

そう思う一方で激しく胸を叩くものがあった。

覚悟の上で自害をしたなら、むろん、そっとしておいてやるべきだ。が、万が一、密通相手に殺されたのだとしたら、このままにしてはおけない。下手人がなんの咎《とが》も受けずにのうのうと生き延びているのでは、志津は成仏できまい。

「まことに殺められたのでしょうか」

「志津どのは懐剣で喉を突いて死んでいた。だが部屋には争った跡があった。亡骸《なきがら》を見つけたのは使いから帰った老僕の与兵衛《よへえ》だが、与兵衛が申すには、玄関の履き物が乱れていたそうだ。つまり、だれかがあわてて逃げ帰ったのではないかという。しかも志津どのは、与兵衛が出かけるときは普段の小袖姿だったが、帰ったときは客を迎える際に着る上物《じょうもの》の小袖に着替えていた。それから、これは一番気にかかるところだが、右手で懐剣を握りしめていたのだ」

「それがどうして……」

「志津どのは昔、右手に怪我をしたそうな。普段はどうということもないが、重い物を持ちあげるときは右手だけでは力が入らぬ、左手が頼りだと言うておられた。右手で喉を突くなら左手も添えるはずだ。ところが左手を使った様子はまるでない」

自害をするのだ。し損なうわけにはいかない。両手で懐剣を握りしめ、渾身の力をこめて一気に突くのがふつうである。たしかにおかしい。

「志津さまには秘密を守ると約束をいたしました。けれど事情が事情です。津田さまにだけは正直にお話しいたしましょう」

江与は志津が相談に来たわけを話した。

清之助の顔に衝撃の色が広がる。

「ややこを水にするのはやむをえません。でもそれでは、これからも志津さまは男に苦しめられましょう。きっぱり手を切るためには、ややこができたと打ち明けて、男を困らせたほうがよいと申しあげました。話がこじれるようなら梅蔵親分にもひと役買ってもらって、この際、縁を切ってさしあげようと……」

「あの志津どのが男と密会していたとは、信じられぬ」

清之助は重苦しい息を吐いた。

「志津さまのせいではないのです。志津さまは旦那さまのためを思うあまり」

「責めておるわけではない。ただ……」

「ただ、なんにございますか」

「睦まじい夫婦だったのだ。彦十郎は志津どのを見初め、どうしても嫁にすると言っての、小普請支配の娘御との縁談を断って妻に迎えた。堅物で上手は言えぬ男だが、妻女をそれは大事にしておった。志津どのもよう仕えておられた」

江与は胸を衝かれた。自分を妻に迎えたために夫は上役の反感を買った、お役に就けないのもそのせいではないか。志津はそう思い込んで、埋め合わせをするつもりで男の誘いに乗ってしまったのだろう。

「許せぬのは、志津さまに不義密通を強要した男にございます」

江与は声を荒らげた。

「見つけ出してお縄にしてくださいまし」

虚空をにらんでいるだけで、清之助は応えない。

「津田さま。津田さまのお力でぜひとも志津さまの仇を……」

清之助は江与に目を向けた。

「見つけ出すのはわけもない。が、捕らえるのはむずかしい」

町奉行所の管轄はあくまで町人に限られている。武家の事件は目付《めつけ》の判断にゆだねなければならない。志津の検死をしたのも目付である。

「けれど志津さまが殺められたとわかれば、もう一度、詮議をしていただけるのではありませんか」

「それはどうかのう。そやつには後ろ盾があるやもしれぬ」

「後ろ盾……」

「志津どのに酒の相手をさせた男だ。彦十郎をお役に就けるだけの力のある男だ。それに比べ、彦十郎は小身《しょうしん》の上に縁故もない。目付がいずれの言い分を信じるか。しかもいったん自害と決めてしまったものをくつがえせば沽券《こけん》にかかわる」

「そんな……それではあんまりです」

騙《だま》され、強請られ、弄《もてあそ》ばれ、あげく殺されて、それでも泣き寝入りをしろというのか。どうあっても承服できない。

「津田さまがお立場上なにもできぬとおっしゃるなら、わたくしがお上に訴えます。このまま引き下がるわけにはゆきません」

むきになって言うと、清之助は苦笑した。

「まあ待て。なにもできぬとは言うておらぬ」

「方法があるのですか」

「彦十郎は幼なじみだ。志津どのにはいつも歓待してもらった。おれもこのまま見過ごしにはできぬ。そやつの悪事を暴《あば》いた上で、仇討ちの方法を考える」

そのときは手を貸してくれるかと訊ねられ、江与は即座にうなずいた。

「わたくしにできますことならなんなりと」

「さすれば、知らせを待て」

二人は明神社の門前で別れた。

志津の悲惨な末路に胸をふさがれながらも、一方で清之助と手を携えて仇討ちをするという新たな考えに、江与の心ははずんでいた。

## 【四】

十日ほどして、清之助から知らせが届いた。

「明日、女先生に同道してほしいところがおありだそうで」

伝言役は粂次である。

承知しましたと返事を託し、江与は弥助を新吉原へ使いに出した。

明日は大文字屋の喜蝶《きちょう》のもとへゆくつもりだった。喜蝶は体が弱い上に四度も子を堕ろしている。夏を乗り切れるかどうか案じていたのだが、ありがたいことに生き延びた。大文字屋のあるじの話では、軽い風邪をひいただけで、五度目の妊娠でもなければ業病《ごうびょう》に罹《かか》ったわけでもないらしい。二、三日先へのばしても支障はなさそうである。

午後、梅蔵が顔を出した。

「津田の旦那ですがね、ここんとこ、なにやら気がかりがおありのようで……」

探るような目で江与を見る。

梅蔵は志津の一件を知らない。町奉行所は武家の事件に口をはさめないから、大っぴらに探索はできない。清之助は密かに調べを進めているのだろう。

「明日の非番には珍しく遊びにお出かけだそうで」

定廻《じょうまわ》り同心は少人数で江戸市中を巡邏《じゅんら》するので年がら年中忙しい。ことに近頃はお上の取り締まりが厳しさを増し、奉行所の役人は息もつけぬありさまだった。非番だからといって安穏《あんのん》と休んではいられない。

梅蔵は嘘を見ぬく嗅覚があった。

「もっとも、あっしは信じちゃおりやせんがね」

「おや。どうしてですか。たまに気晴らしくらいなさらねば、お体がもちませんよ」

江与はそ知らぬ顔で応えた。

梅蔵は気分を害したようだった。自分だけが除《の》け者《もの》にされたと思ったのだろう。

「ま、くどくど言いたかァありやせんがね、よけいなことに首を突っ込むと足をすくわれますぜ、旦那も、女先生も」

江与は笑顔で聞き流した。

梅蔵が仏頂面《ぶっちょうづら》で帰ってゆくと、一転して真顔になる。明日のことが気がかりなのは江与も同じだった。

翌朝は雲がたれこめていた。今にも降り出しそうな空模様である。

江与はおときに行き先を告げて家を出た。

東本願寺に面した門跡前の大通りをぬけ、新堀に沿って南へ下る。幽霊橋《ゆうれいばし》と甚内橋《じんないばし》を渡り、七曲がりを通って向柳原《むこうやなぎはら》へ。

清之助とは新《あたら》シ橋《ばし》のたもとで待ち合わせていた。田原町の近辺では顔見知りに出会う心配がある。詮索をされるのがうとましいので離れた場所にしたらしい。

清之助は先に来て待っていた。

紋付羽織に着流しではなく、いつか三ノ輪町でばったり出会ったときのように、唐桟《とうざん》の羽織に野袴という気軽ないでたちである。

「呼び出して相《あい》すまぬ」

江与を見ると顔をほころばせた。

幼なじみに降りかかった災難がよほど堪《こた》えているのか。この前逢ったときよりやつれている。疲労はさすがに隠しようがなかったが、両眼には強い光があった。

「いいえ。このあたりは昔住んでいたところですし、なつかしゅうございます」

江与も笑みを返した。事件の悲惨さを思うと笑顔を見せるのははばかられたが、それでも、清之助と二人で遠出をする喜びは抑えがたい。

「六左先生は土《つち》屋《や》采女正《うねめのかみ》さまのご家中であったの」

「はい。昌平橋《しょうへいばし》を渡った小川町に上屋敷がございました」

江与の父は土浦藩の藩医だった。藩医を辞してのちは小川町から湯島の町屋へ居を移して古医方の看板をかかげ、数年後、現在の浅草田原町へ引っ越した。江与は十代の大半を湯島界隈で過ごしている。

二人は神田川沿いの道を西へ歩いた。

「井関家は御聖堂へ出る手前の、神田明神社と不忍池《しのばずのいけ》の間にある」

「幼なじみとおっしゃいましたが……」

「彦十郎は八丁堀で生まれた。十六のときに井関家の養子になったのだ」

「さようにございましたか」

「子供の頃は剣技が得意だった。おれたちは馬庭念流《まにわねんりゅう》の道場に通っていたのだ。十のうち九つはあやつが難なく勝つ」

「あとのひとつは……」

「大負けに負ける。いったん型をくずされるとどうにもならぬ。つまり、技は下手《へた》でも気迫みなぎり、怖《こわ》いもの知らず、むちゃくちゃにひっかきまわす輩《やから》には歯が立たない」

「津田さまですね、その輩とは」

返事の代わりに笑い声が返ってきた。

「井関家のご養子になられても、お逢いになっておられたのでしょう」

「若い頃はしょっちゅう行き来していた。が、多忙になってしもうたゆえ、志津どのを娶《めと》られてからはせいぜい年に一、二度か。そうそう、あれは三ノ輪町で江与どのに逢ったときだ。久々に立ち寄り、夕飯を馳走になった」

川沿いの道は人影もまばらだった。空は暗く、川面《かわも》を渡る風は寒々としている。葦原《あしはら》のざわめきがいやがおうにも禍々《まがまが》しい出来事を思い出させた。

「わたくしをお呼びくださったということは、下手人がわかったのですね」

明神下の道へ曲がる角で江与は訊ねた。

井関家が近づくにつれて緊張が高まってゆく。

清之助は足を止めた。

「中沢《なかざわ》兵庫《ひょうご》という男だ。歳は二十九。お役は御小人《おこびと》目付《めつけ》」

江与は眉をひそめた。

御小人目付は御目付の配下にあって、下級武士の身辺を探る役だ。異変があれば駆けつけて処理をする。つまり、兵庫が直接出向いたかどうかは別として、志津の自害の処理に当たったのも御小人目付だから、当然、彦十郎より兵庫のほうが有利である。

「手強《てごわ》い相手ですね」

「尋常に渡り合ったとて勝ち目はあるまい」

「どうなさるおつもりですか」

「それを、これから話し合う。彦十郎には洗いざらい話すつもりだ」

江与は目をみはった。

それでは、清之助は志津の秘密を彦十郎に話そうというのか。

「約束がちがいます。志津どののことは津田さまだけに……」

「いいから聞け。実はの、このまま引き下がろうかとも考えたのだ。江与どのにはなじられようが、勝ち目のない戦をして事を大きゅうすれば、かえって志津どのにも傷がつく。ところが、先日、彦十郎が訪ねて来た」

彦十郎は見る影もないほど憔悴《しょうすい》していた。なぜ妻が自害をしたのか、考えても考えてもわからない。眠れぬ夜がつづいていると涙ながらに訴えた。お役の話も舞い込んだが、とうとう病を理由に辞退してしまったという。

考えあぐねた末に、彦十郎が行き着いた結論はこうだ。

志津は夫にも自分にも愛想をつかした。生涯出世には縁のなさそうな夫、いつまでたっても子が授からぬ自分、なにもかも嫌になって死を選んだ。そう、心の底では、夫を憎んでいたのだと……。

「彦十郎は妻女に惚れぬいていたのだ。わけもわからず先立たれたとあっては、生涯苦しみから逃れられぬ。真実を知るほうがまだ救われる」

「それでわたくしをお呼びになられたのですね」

「兵庫は志津どのが亡くなられたあとも、友人面をして顔を出しているそうだ。ひと晩、酒を酌《く》み交《か》わして、彦十郎を慰めたこともあったという。おれは許せぬ。この期《ご》に及んでも、彦十郎がやつに易々《やすやす》と騙されておるとは……」

悔しさは江与も同様である。

「ようわかりました。辛い役目ですが、おっしゃるとおり、井関さまになにもかもお話しいたしましょう。仇討ちのためとあればやむをえません」

二人は目を合わせる。

井関家は小普請組の組屋敷の一角にあった。百坪余の小体《こてい》な家で、使用人も老僕の与兵衛がいるだけだという。

「志津どのが嫁いだ頃は彦十郎の養父母がおったのだが、相次いで亡《の》うなられた。志津どのまで死んでしまうとは、よくよく運のない家だ」

簡素な木戸門の前で、清之助はあらためて友の家を眺めた。

門柱に灸花《やいとばな》の蔓が巻き付いている。花も実もとうに終わっているが、江与は葉陰に一瞬、花の幻を見た。筒型の小さな五弁の花は、外見は灰白色、覗けば内側は暗紫色である。まるで内側にぽっと火が点《とも》ったような……。

ぞくりとしたのは、志津という女の生身の姿を覗いたような気がしたからか。

目には見えないが、女の体の奥には紫紅の炎が燃えている。それがときに思いもよらぬ悲劇を産み育てる――。

「なにを見ておるのだ」

足を止めたまま門柱を見つめていると、清之助がけげんな顔で訊ねた。

「灸花を」

「灸花……これか」

「はい。この蔓には可憐な花が咲くのですよ。志津さまのような」

「懸命にからみついている姿がいじらしい。花を見てみたいものだ」

二人は重い足取りで玄関へ向かった。

あらかじめ知らせてあったので、与兵衛が待ちかねていた。

「旦那さまは仏間にてお待ちにございます」

与兵衛が清之助の足を濯《すす》ぐ間に、江与も手早く砂埃《すなぼこり》を拭う。

井関彦十郎は見るからに好人物だった。歳は清之助と同じく三十よりひとつふたつ手前か。子供の頃は剣技が得意だったというが、刀より書物のほうが似合いそうだ。

といって優男《やさおとこ》ではない。体つきは頑健で、顔は丸顔だが、太い眉、がっしりした鼻、幅広の唇が並々ならぬ意志の強さを示している。

今、その彦十郎の顔には生彩がなく、目のまわりが落ちくぼんで黒ずんでいた。

「少しは寝ないと死んでしまうぞ」

挨拶より先に清之助は小言《こごと》を言った。

「望むところだ」

「それでも武士か」

「武士も人の子だ」

幼なじみは遠慮がない。

清之助は江与を引き合わせた。

女医者と聞いて、彦十郎はいぶかしげな顔をしている。

「志津が死んだわけを話しに来たのだろう。遠慮はいらぬ。教えてくれ」

急《せ》かされて、清之助がまず事件のあらましを伝えた。

彦十郎はすぐには呑み込めぬようだった。

「兵庫……待て。どういうことだ？　兵庫がなにゆえ志津を……」

「言いとうないが言わねばならぬ。落ち着いて聞いてくれ」

志津が兵庫の子を孕んでいたと聞くと、彦十郎は凍りついた。

清之助に目配せをされて、江与は膝を進める。

「志津さまがわるいのではありません。脅されていたのです」

志津から聞いた話をそのまま伝えた。

彦十郎はじっと目を閉じて聞いていた。膝に置いた両の拳《こぶし》がぶるぶるふるえている。だが、話が終わって目を開けたときは、思いのほか穏やかな顔をしていた。

「お二人にはこのとおり、礼を申す」彦十郎は畳に両手をついた。「このままでは生きる気力も湧かなんだ。といって死ぬにも死に切れぬ」

「彦十郎……」

「哀れな女よ。打ち明けてくれさえすれば助けてやれたものを」

彦十郎の双眸に涙がにじんだ。

「志津さまを、お怨みにはならぬのですね」

「怨む理由がどこにある。志津はおれの妻だ。志津の子はおれの子だ。兵庫がつきまとうようなら斬る。武士を棄ててもかまわぬ。志津さえそばにいてくれたなら……」

「志津さまもあなたさまのことだけを思っておられました」

江与は声を詰まらせた。

「兵庫には必ず報いを受けさせてやる」清之助は身を乗り出した。「だが、早まるなよ。しくじってはなにもならぬ」

悪事の証拠をつかむ。それまで彦十郎は騙されたふりをつづける。証拠が見つかったら、しかるべきところへ訴え出る。といっても、どうしたらもみ消されずにすむか、これといった案は浮かばなかった。

「悪事が明らかになれば、なにか良い案が見つかるはずだ」

仇討ちという目的ができたせいか、清之助の言葉に彦十郎も力強くうなずいた。

彦十郎と与兵衛主従に見送られて井関家をあとにする。

いくらも行かないうちに雨がきた。

## 【五】

ぱらぱら降り出した雨は、激しさを増しそうな気配である。

清之助と江与は、行きに通って来た川沿いの道ではなく、池之端仲町をぬけて帰ることにした。不忍池の辺《ほとり》には茶屋や料理屋が軒を連ねている。雨宿りには好都合だ。

「あのときも大降りでした」

江与は清之助との二度目の出会いを思い出していた。あれは浅草猿若町の江戸三座の普請場。江与の姿を見つけ、清之助は傘を手に駆けて来た。

「雨に縁がありますね」

「おれには恵みの雨だ」

清之助はぼそりと言って口調を変えた。

「蕎麦でも食ってゆこう」

昼餉《ひるげ》の時刻はとうに過ぎている。なじみの店があるというので小降りのなかを早足で歩き、仕舞屋《しもたや》ふうの蕎麦屋へ駆け込んだ。

「おや旦那、お珍しゅうございますねえ」

恰幅のよい女将《おかみ》が出迎えた。清之助のいでたちに目を丸くする。

「今日は非番にございますか」

言ったところで後ろにいる江与に気づいて、小腰を折って辞儀《じぎ》をした。

「お連れさまとは存じませず、ご無礼をいたしました」

雨を払っていると小女《こおんな》が水桶と手拭を持ってきた。手拭で濡れた着物を拭き、代わる代わる汚れた足を濯いでもらう。

女将は二人を二階の小部屋へ案内した。あらためて挨拶をした上で、窓側の障子を細く開けて出て行く。

欄干越しに、雨に煙る池が見えた。

いざこうして向き合ってみるとなにやら気恥ずかしい。清之助も同じなのか、二人は目を合わせず、黙したまま雨景色を眺めた。

ほどなく女将が燗酒《かんざけ》と肴《さかな》を運んできた。

「お体が冷えましたでしょう。蕎麦が茹で上がるまでのお口汚しにどうぞ。ささ、お嬢さまも一献」

お嬢さまと呼ばれる歳ではない。といって、人妻にも見えない。女将は他に呼び方が見つからなかったのだろう。

江与は形ばかり口をつけた。

客あしらいに馴れた女将はよけいな詮索をせず、二、三あたりさわりのない雑談をして引き下がった。

「よいから飲め」

今度は清之助が勧めた。

思い切って飲み干す。家では父の相手をすることもあるので、多少なら飲める。

早朝から歩き通した。井関家では、妻の秘密を夫に打ち明けるという辛い役を担った。雨にも濡れた。酒のぬくもりが臓腑にしみる。

志津も兵庫とこうして酒を飲んだのだろうかと、ふっと考えた。もしそうなら蕎麦屋ではなく料理茶屋だろう。この界隈には男女の逢い引き用の料理茶屋が軒を連ねている。

「わたくしはまちがっておりました。なんとしても旦那さまに打ち明けるようにと、志津さまに申しあげるべきでした」

夫に知られれば離縁される、されないまでも夫婦の間に亀裂が入るのではないかと案じて、考えをひるがえしてしまった。彦十郎がふところの大きな男だとわかってさえいれば……。

清之助も江与が言わんとすることに気づいたようだ。

「あいつは昔からああいう奴なのだ。愛想を言うのは苦手だが心根はやさしい。いったん守ると決めた者は命がけで守り通す」

眉根を寄せ、酒を口中へ放り込む。

「そのようなお方がおられたのに、わざわざ危い道を勧めてしまうとは。悔やまれてなりません」

「江与どののせいではない。志津どのの持って生まれた宿命《さだめ》だ」

「宿命は自分でつくるものだと、わたくしは思います」

「それならなおさらだ。志津どのは死のうとまで思い詰めていたのだ。もし江与どのに逢わぬまま自害していたら、真相はわからずじまいだった。彦十郎は生涯苦悶しつづけ、兵庫は平然と生き延びて似たような悪事をくり返す。たとえ本人は気づかずとも、心のどこかにそうはさせまいという思いがあって、それで志津どのは江与どののもとを訪ねたのだとおれは思う」

お高祖頭巾をかぶった志津の姿がよみがえる。

自害するより殺されたほうがよかったとは言えないが、清之助の言葉は江与の心をわずかながら軽くした。

「井関さまはこれからどうなさるおつもりでしょう」

せっかくのお役も辞退してしまったという。

「悪事の証《あかし》を見つけて、兵庫にお上の裁きを受けさせる。それがだめなら……」清之助は虚空を見据えた。「果たし合いをすることになるやもしれぬ」

江与は息を呑んだ。

果たし合いとは死を賭して闘うことである。お上の許可があればともかく、勝手に果たし合いをすれば、生き延びた者も厳しいお咎《とが》めを受ける。

「無謀にございます」

「いたしかたあるまい」

清之助は窓の外を見た。雨足が激しくなっている。池の辺の葦がいっせいになびき、水面にぷつぷつと水輪が立っていた。

「彦十郎が志津どのの仇をとるなら、おれも加勢する。おれがあいつなら、たぶんそうするだろう。かけがえのないものを奪われ、黙って見過ごすわけにはゆかぬ」

清之助の双眸には怒りが燃えていた。

自分が男だったらどうかと江与は考えた。清之助なら……。やはり同じことを考えたにちがいない。

ため息をもらしたとき、女将が蕎麦を運んで来た。

「ごゆっくりなすってくださいまし。のちほど麦湯をお持ちいたします」

如才なく挨拶をして出てゆく。

「腹が減った。食おう」

清之助は表情を和らげた。うながされて江与も箸を取る。茹で具合も、ていねいに出汁《だし》を取ったつゆの味も絶妙だった。清之助と一緒だということが、蕎麦の味まで特別なものにしているのかもしれない。

箸を置いたあとは、あえて話題を変えた。

「六月にお上へ報告書を提出されたとうかがいました。梅蔵親分の話では、津田さまは女医者御法度に反対してくださったとか」

礼を述べると、清之助は苦笑した。

「口の減らぬ親父め、よけいなことを。喧嘩相手がおらぬと張り合いがないゆえ、しかたなく反対したのだ」

「うれしゅうございました。子堕ろしは罪悪だと仰せでしたから、女医者をさげすんでおられるとばかり思っていたのですよ」

「各々事情があるのだ。ひとつの物差しでは計れぬ。産めぬ子を孕むこともあろう。惚れてはならぬ人に惚れることもある」

清之助がじっと見つめているので、江与はどぎまぎして目を伏せた。今頃になって急に酔いがまわってきたようだ。

頬に手を当てたとき足音が聞こえた。

「雨足が少し弱まったようにございます」

女将は膳を片づけながら、窓の外をうかがった。

茶菓を運んできた小女に膳を下げさせ、二人の膝元へ湯飲みと菓子の器を押しやって、女将はその場に腰を据えた。

「こちらの旦那にはご厄介をかけたのですよ」
七、八年前に界隈で泥棒騒ぎがあった。それ以来のつき合いで、数年前、やくざ者の客に手を焼いていたときも、清之助が追い払ってくれたのだと女将は笑みを浮かべた。
「恩義がたんとございますから、わたくしにできますことなら、なんなりと仰せくださいまし」

ちらりと江与を見たのは、清之助と江与の間に、ただの知り合いという以上のなにかを嗅ぎ取ったからか。

「小降りになりましたし、そろそろ帰りませんと」

江与は暇《いとま》を述べた。こうしているのが気詰まりになっている。

清之助も腰を上げた。

女将に傘を借りて表へ出る。傘を広げようとして、入口の行灯《あんどん》に気づいた。蕎麦屋にしては粋な屋号が火影《ほかげ》に浮き上がっている。

「香水苑《こうすいえん》というのですね。さっきは行灯に火が入っていなかったので、うっかり見落としてしまいました」

「女将の名が香也《かや》というのだ。昔は大きな料亭の女将だったが、亭主に死なれ、番頭に店を乗っ取られた。苦労したあげく女手ひとつで蕎麦屋をはじめたそうな」

「女将にも、余人にはわからぬご苦労がおありなのですね」

江与は我が身に降りかかった不運を思った。昔の出来事がまぶたをよぎる。

雨足が弱まったとはいえ晩秋の雨、すぐには止みそうにない。

小袖と袴の裾を濡らし、草履《ぞうり》や足先に泥を跳ねあげて家路をたどった。濡れようが凍《こご》えようが気にならないのは二人で歩いているからだろう。

清之助は田原町の角まで江与を送って来た。同道の礼を述べ、足早に去ってゆく。

後ろ姿が消えたあとも、江与はしばらく雨景色を見つめていた。

## 【六】

翌朝、雨が止んだ。

「昨日の今日です、中たんぼはぬかるみだらけで難儀にござりますよ」

弥助に言われ、江与は新吉原行きを翌日に延期した。

喜蝶の風邪は口実で、江与に話があるらしい。それなら一日を争う必要はない。

朝餉《あさげ》も終わらぬうちに、両国から札差《ふださし》の母娘《おやこ》が訪ねて来た。縁談が決まったあとになって娘の妊娠に気づいたという。ややこの父親は手代。母親は血相を変え、いやがる娘の手をひっつかんで連れて来た、というわけだ。

娘を大店《おおだな》に嫁がせたいと願う親と、惚れ合った男と添い遂げたいと泣く娘。こんなとき娘の味方をすれば、親はへそを曲げ、ちがう医者のもとへ連れてゆこうとするだろう。女医者は掃いて捨てるほどいる。弱みにつけこんで莫大な銭を取られたり、知識も技もない医者に娘を傷物にされたりする例は数知れない。

「お母さまのお考えはもっともです。子堕ろしの薬をさしあげましょう」

江与は母親の味方をした。

「ただし、妊婦の体調によって薬の種類も量も異なります。診察をいたしませんと」

診察のあとは一転して憂慮の色を浮かべる。

「どうも気にかかります。ややこを水にすれば、お嬢さまのお命もどうなるか。そのお覚悟がおありでしたら、わたくしはいっこうにかまいませんが……」

先日、似たような娘が死んだ話を語り聞かせ、紙と筆を取り出して、なにがあっても文句は言わぬと誓約書を書いてくれと迫る。さんざん脅して母娘がふるえ上がったところで「お産みになるほうがよろしいのではありませんか」と持ち出してみた。銭はあるのだ。隠れ家を借りて産ませればよい。

「里子の口なら探しましょう」

子が生まれるまでに、縁談が立ち消えになるかもしれない。孫がかわいくなって、両親は手代との仲を許すかもしれない。必ずしもうまくゆくとは限らないが、少なくともその頃になれば、今より冷静に対処ができるはずである。

落胆した母親と安堵した娘を見送って、江与は愁眉を開いた。

「命をひとつ、お助けになられましたね」

おときも笑顔になる。

午後は父の手伝いをした。こちらは古医方、いつもながら患者があふれている。

「おいら、条の兄ちゃんと張り込みってやつをやったんだぜ」

夕方、平吉がやって来て自慢した。

「おやまァ、こんな子供に」

おときは眉をひそめた。

「子供のほうがいいんだ。めっかったってごまかせる」

夕餉《ゆうげ》は平吉も一緒だった。相変わらず旺盛な食欲を見せ、弟妹や裏長屋の子供たちのために腕いっぱい土産を抱えて意気揚々と帰って行った。

真弓が二階の自室へ引きあげ、弥助おとき夫婦も台所脇の小部屋へ引っ込んでしまったあと、江与は父と二人、月夜の庭を眺めた。

「世の中は思うようにならぬことばかりですね」

思わず口をついて出たのは、志津の一件が頭にあったからだ。淡い月光に照らし出された庭は、志津の寂しげな微笑を想わせる。

「灸花がしぼんでしまいました、わたしのせいで」

「生老病死、草花の命も人の宿命も、わしらの手には負えぬ」

廃屋は狐狸の棲《す》み処《か》か草紅葉《もみじ》——六左衛門は低くつぶやいた。

他になにを話すでもないのに、じっと座っているだけで心が安らいでゆく。

どれほどそうしていたか。

「冷えてきました。そろそろ寝《やす》みましょう」

六左衛門のくしゃみをしおに、父娘は各々の寝所へ引きあげた。


「待ちかねておりんした。せんせのお耳に入れておきたいことがありんす」

大文字屋の二階のいつもの小部屋で、喜蝶は思わせぶりに目配せをした。

相変わらず痩せている。囚われの身なので青白い肌も変わりようがない。それでも初夏の頃の、今にも消え入りそうな様子とはちがって、いくらか生気が感じられた。双眸にも生彩がある。

　喜蝶は心中事件を引き起こした綾瀬川とちがって、なにごとにも執着しない。男に惚れ込むこともないし、ややこを水にしても涙ひとつ見せたことがない。流れに身をまかせてただよう木の葉のような……。それが喜蝶の強みなのか。深く考えなければ深く傷つくこともないのだろう。

「風邪はもうよいのですか」

　案じ顔で訊ねると、喜蝶はくすくす笑った。

「いけすかない客に移してやりんした」

「体調は？　先だっては指を動かすのさえ辛そうでしたよ」

「だるいのは変わりんせん。けどせんせ、綾瀬川さんが死なんしたら、わっちは気丈になりんした」

　綾瀬川は健康で気だてもよく、客にも人気があった。ところがろくでなしの与太者を間《ま》夫《ぶ》にして、あっけなく命を絶ってしまった。心中した遊女の末路は悲惨だ。裸身を晒《さら》される辱めだけはまぬがれたものの、荒薦《あらこも》にくるまれて無縁墓に投げ込まれたと聞く。

　年若い喜蝶は同僚の死になにを思ったか。一粒くらいは涙を絞りだしたかもしれない。我が事のように悔やみ、唇を噛んだかもしれない。そうして、わっちはごめんだ、あんな死にざまだけは――と、肩をそびやかした。

「それを聞いて安心しました。気休めを言うつもりはありませんが、気丈に生きぬくことです。死んだら負けですよ」

ついつい力んでしまったのは、綾瀬川の死にざまもさることながら、志津の無惨な死が頭にこびりついていたせいだった。

喜蝶もいつになく生真面目な顔でうなずく。

江与はくこの実の煎じ薬と、秋の麒麟草《きりんそう》を天日で乾燥させた煎じ薬を処方した。秋の麒麟草は平吉が摘んできたものだ。前者は強壮剤、後者は軽い風邪に効果がある。

ひと息ついたところで、喜蝶はおもむろに身を乗り出した。

「さァ、わっちの話、聞いておくんなまし」

喜蝶の話は、にわかには信じがたいものだった。

御典医の某《なにがし》が数人の女医者と結託して悪事を働いているという。大名家や旗本の家でいわくのある子――つまりお家騒動の原因となりかねない側室の子や身分柄好ましくない妾の子、不義密通による子など――ができたと聞くや、女医者を送り込んで堕胎をさせる。今のところ中條は合法だが、子堕ろしはあくまで御法度である。ことに武家においては、お上に背く行為は慎まなければならない。御典医は親切ごかしに女医者を紹介して暴利を貪《むさぼ》り、女医者も相手の弱みにつけこんで銭をせびっているという。

「わっちの相方のお武家さまが寝物語に言いなんした。そのお武家さまもひどい目にあいんしたそうでありんす」

心中した遊女の話から綾瀬川が孕んでいた話になり、それから子堕ろしの話になって、憤懣《ふんまん》やるかたない武士の口から思わず愚痴がもれた。

遊女の前でわざわざ嘘をつく理由もないから、作り話ではなさそうだ。

江与は眉をひそめた。もし武家の間でこうした事件が頻繁に起こっているなら、女医者の悪評が高まるのもむりはない。いや、そもそも女医者を御法度にしようという話は、迷惑をこうむっても公には訴えられず、怒り心頭に発している武士たちが言い出したことかもしれない。

「そのお客さまですが、御典医の名を仰せになられたのですか」

喜蝶は首を横に振った。

「お武家さまのお名は……」

「堪忍しておくんなまし」

遊女は客の素性を明かさないのが鉄則である。

「手がかりがないのではどうしようもありませんね」

江与はため息をついた。

すると、喜蝶はにこりと笑った。

「女医者の名なら聞いておりんす」

「え？」

「龍芳《りゅうほう》先生」

「まさか……」

「言いにくうはありんしたが、せんせもお知り合い、話しておこうと思いんした」

龍芳の父親で、今は亡き老医者・龍庵《りゅうあん》は、小山傳内の俳諧仲間だった。江与に中條の手ほどきをしてくれた恩師でもある。息子の龍芳とは面識がある程度だが、数年前、当時新吉原の女医者をしていた龍芳に代診を頼まれた。それが今、こうして吉原の医者でもないのに江与が大文字屋へ呼ばれるきっかけになったのである。

龍芳は小石川に家を構えていた。行き来が絶えているので詳しいことは知らないが、たいそう羽振りがよいと評判である。

あの龍芳が、御典医の悪事に加担して、私腹を肥やしているというのか。

江与は龍芳の抜け目のなさそうな顔を思い描いた。同時にその父、龍庵の飄々《ひょうひょう》としたたたずまいが目に浮かぶ。

父子ともに醜男《ぶおとこ》で、ずんぐりした体つきは似ているが、龍庵の顔には息子にはない慈味が感じられた。龍芳はいつか、中條の子ゆえ虐《いじ》められた幼い頃の思い出を腹立たしげに話したことがある。父の無欲を嘲笑《あざわら》ってもいた。

「喜蝶さんは龍芳先生に診《み》てもらったことがあるのでしたね」

「いっぺんこっきり。わっちは虫酸《むしず》が走りんした」

喜蝶は薄い肩をふるわせた。

恩義ある龍庵の息子が悪徳医者のひとりだとは思いたくなかった。が、言われてみれば、ありそうなことにも思える。

この件に龍芳がからんでいるなら、真相を探る糸口になるはずだ。清之助に逢ったら真っ先に話してみようと江与は思った。もしかしたら、清之助が以前話していた武家にかかわる大事件ともつながりがあるかもしれない。

「よう話してくれました。お手柄ですよ」

褒めてやると、喜蝶は子供のような笑顔を見せた。

江与は胸を衝かれた。

平吉もときおりこんなふうに笑う。元かっぱらいの悪たれ小僧と、十代で四度も子を水にした遊女。二人とも極貧の生まれで、辛酸をなめて育った。他人に心を許さない二人が、褒められて得意げに笑っている――。

平吉はかっぱらいを返上して、今や梅蔵の下っ引までつとめるまっとうな暮らしぶりだ。

喜蝶はどうか。万にひとつ、幸運をつかんで落籍《ひか》されればともかく、でなければ生涯身をひさいで生きるしかない。大文字屋の次は下級の廓、さらにその次は最下級の廓、そして最後はお歯黒どぶの河岸にある女郎屋。酷使された体がそこまで持ちこたえられるかどうかも危うい。

「また参ります。話があるときは遠慮なく呼んでください」

それだけ言うのがやっとだった。

喜蝶は自分の不幸などとんじゃくなしといった顔で、ひらひら片手を振っている。

「待たせましたね。帰りましょう」

階下へ下り、台所脇の小部屋でうたたねをしている弥助に声をかけた。

「おっといけねえ。うっかり眠っちまった」

あわてて身を起こした拍子に、肩から女物の派手な半纏《はんてん》がすべり落ちた。気のいい遊女が風邪をひかぬようにとかけてくれたものか。白粉の匂いがした。

「情けのうござります。歳をとると吉原も我が家も代わりばえがいたしやせん。あと十も若けりゃあ、これだけで舞い上がって、衣の主《ぬし》に懸想でもしていたかもしれやせんが」

老爺が半纏を四角にたたむのを見て、江与は忍び笑いをもらした。あるじに挨拶をして裏口から表へ出る。

大文字屋は京町にあった。主従は仲の町の大通りをぬけて大門へ向かう。

途中、江与は江戸町二丁目の角で足を止めた。

竹村伊勢のあんころ餅「最中の月」は吉原名物である。

「傳内先生にも買ってゆきましょう。それから梅蔵親分にも」

傳内の妻女、登志江からは先日も蕎麦が届いたばかりだ。傳内は甘いものが好物、梅蔵もあんころ餅に目がない。

「傳内先生はともかく、親分とこはどうですかね。あのおまささんだ、吉原の名物なんか毛嫌いするんじゃありやせんか」

梅蔵の女房はとっつきのわるい無愛想な女である。

江与は眸を躍らせた。

「喜んで食べますとも。おまささんもおときと同じ。吉原と聞いただけで目をつりあげたりはしませんよ。ご亭主のことならわきまえておりますもの」

「うちの嬶《かかあ》はいい顔をしませんよ、吉原へ行ったというだけで」

「それは焼き餅ではありません。浦島太郎になりはしないかと案じているのです。なにしろ廓の台所で眠りこけるご亭主ですから」

「お嬢さまにははかないません」

二人は笑いながら菓子屋の店内へ入って行った。

# 章ノ四　寒雀

寒雀寄るな止まるな射て食うぞ（孤鶴）

【一】


十月に入ると、庭先に紅葉《もみじ》が舞い込むようになった。

手焙《てあぶ》りがほしい季節である。

「お父さまも好きにするようにと仰《おお》せです。あとはあなたの気持ちひとつですよ」

江与《えよ》は運針の手を動かしながら、妹に話しかけた。

六左衛門《ろくざえもん》の綿入れを縫っている。

傍《かたわ》らでは真弓《まゆみ》が縞木綿の着物に黒繻子《くろじゅす》の衿をかけていた。掛け衿はもともと汚れ除けだが、今やないと野暮ったく見えるほど大流行で、町家の女は猫も杓子《しゃくし》も普段着に黒繻子の衿をつけている。

真弓はため息をもらした。

「わたしには過ぎたお話ですけれど……」

「気が進まぬようならむりすることはありません」

「すみません。お断りしてください」

真弓の縁談は、六左衛門の俳諧仲間がぜひ息子の嫁に、というのから、患者の口利《くちき》き、薬種問屋の紹介などさまざまだが、なかには艶《あで》やかな美貌に目をつけてどこそこのお武家の奥向きに、というものまで、このところ立てつづけだった。

真弓はそのたびに首を横に振る。

といって、心に想う人がいる様子もなかった。先日、巣鴨《すがも》へ菊を観に出かけたが、そのときも、おときと平吉《へいきち》、山下幸三郎《やましたこうざぶろう》と一緒だった。

「幸三郎どのはさぞやほっとされることでしょう。あなたに気があるようですから」

「そんなことはありません」

真弓は鼻の頭にしわを寄せた。

「純朴な若者ではありませんか」

「礼儀知らずの田舎者です」

真弓はぴしゃりと決めつけた。

江与は幸三郎を礼儀知らずとも田舎者とも思わない。なにごとも派手好きな真弓の目には物足りなく見えるのか。幸三郎に好感を抱いている江与には歯がゆかったが、

「なにもあわてて嫁ぐことはありません。お父さまも本心ではあなたを手放したくないの

ですよ」

その場は穏やかに話をおさめた。

真弓は縫いかけの着物を取りあげた。手仕事に戻るのかと思ったらそうではなく、手を止めたまま姉の横顔を見つめている。

「どうしたのです」

けげんに思って訊ねると真摯《しんし》な目を向けてきた。

「姉さまはどうなのですか。お嫁にゆくおつもりはないのですか」

「ありません」

「ぜひにと望まれても」

「そんな歳《とし》ではありませんよ」

「あら。まだ二十四ではありませんか」

「わたしは今のままでけっこう。他人《ひと》のことよりあなたは自分のことをお考えなさい」

真弓はついと目をそらせた。

「亡きお人が忘れられぬのですね」

江与は妹の顔を見返した。

昨年の今頃なら、いや、今年の春先までなら、うなずいていたかもしれない。今はためらいがあった。忘れたのではない。七年の歳月をかけて、生々しさが薄れ、過去が思い出の位置にすんなりおさまったと言うべきだろう。

「昔の恋を忘れたわけではありませんが、長持の底にしまい込んだお母さまの形見のように、蓋を開けて取り出さなければ思い出さぬようになりました。そういうものですよ、歳月が流れるというのは」

「でしたらどうして、お嫁にゆきたくない、などと言われるのですか」

江与は笑みを浮かべた。

「こうしていたいのです。お父さまのおそばで、女医者をつづけながら」

「なにもあわてて嫁ぐことはありません、そうですよね、姉さま」

姉の口まねをして、真弓は首をすくめた。

姉妹は仕事に戻る。

針を進めながら、江与は清之助《せいのすけ》を思った。惚れてどうなる相手ではない。清之助には妻子がいる。なにより身分がちがう。かつての自分ならそのことで苦しんだかもしれないが。今は報われなくてもいい、密かに想っているだけでいいと思う。そんなふうに思えるのは、数多《あまた》の女たちの不幸を見てきたからだろう。自らも不幸を経て、心の持ちようが変わったせいかもしれない。

「できました」

真弓がはずんだ声をあげた。

「上達しましたね」

はねっかえりの妹が、近頃はお針の腕を上げ、家事まで率先して手伝うようになった。

「お茶をいれて参ります。姉さま、少し休みましょう」

真弓はいそいそと出て行く。

妹を見送り、江与はあらためて時の流れを思った。


【二】


粂次《くめじ》が清之助の文《ふみ》を届けてきたのは、数日後の午後だった。

わざわざ文をよこすとは、危急の事態が生じたのか。

ふるえる指で開く。

「明朝卯《う》の刻《こく》、浄閑寺裏の荒れ地にて果たし合いと相なり候」

と、走り書きがあった。

卯の刻とは明け六つ（午前六時）、荒れ地は雑木林に囲まれた、閑散とした場所である。

脳天に一撃を食らったような気がした。

清之助は中沢兵庫《なかざわひょうご》の悪事を探って、お上《かみ》に訴えようとしていた。では断念したのか。訴えたところでもみ消されると判断したにちがいない。

兵庫がすんなり果たし合いに応じたのも意外だった。腕に自信があるのだろう。なにか企みがあるのかもしれない。

清之助も加勢するつもりでいるようだが、立会人はだれか、文だけではなにもわからない。

「伝言はないのですか」

「へい。こいつを届けるようにとおっしゃっただけで」

粂次は貧乏ゆすりをしている。

「津田《つだ》さまはどこにおられるのですか」

「そろそろ御番所へ戻っておられる頃じゃねえかと」

粂次を帰し、江与は手早く身仕度をした。おときに声をかけて、あわただしく家を出る。

浅草から下谷、神田を通って北町奉行所のある呉服橋御門内まで、女の足では一刻（二時間）近くかかった。奉行所の門が見えたときは太陽が西にかたむいている。

日本橋には薬種問屋があるので、ときおり買い物に来ていた。が、日本橋の西隣、呉服橋御門の内側には足を踏み入れたことがない。

二千五百余坪もあると聞く北町奉行所は、黒渋塗りの下見板張りの長屋門を持つ広大な建物だった。門前に立っただけで身がすくむ。

表門の門番に津田清之助の名を告げると、しばらく待つようにと言われた。同心詰所は表長屋にあるという。しばらくすると引き返して来て、

「本日はもうお帰りになられたそうじゃ」

と教えた。

江与は途方にくれた。

「だれぞ、他の者を呼んで参ろうか」

「いえ。津田さまでなければおわかりにならぬことなのです。どこに行けばお目にかかれましょうか」

「家のほうへ行ってみたらどうじゃ。八丁堀ならここからさほどかからぬ」

門番は同心組屋敷の場所を教えてくれた。名を言えば、家はすぐにわかるという。礼を述べて呉服橋まで引き返した。八丁堀は日本橋をはさんで東隣にあたる。呉服橋を渡り、日本橋通を突っ切って海賊橋を渡ればすぐに八丁堀である。

江与は思案した。

津田家を訪ねるはめになるとは考えてもいなかった。清之助に魅《ひ》かれてはいたが、それはあくまで奉行所の定廻《じょうまわ》り同心としての清之助で、私的な場所へ踏み込むつもりはない。これまで自分にそう言い聞かせてきたのである。

といって、このままでは今宵一睡もできそうになかった。心配でいてもたってもいられない。

思いあぐねた末、ともかく家の近くまで行ってみることにした。

八丁堀へ急ぐ。

組屋敷には似たような家が並んでいた。いずれも百坪ほどで、簡素な木戸門に板塀、形ばかり前庭を設《しつら》えた平屋である。

通りすがりの老人に訊ねると、津田家はすぐにわかった。

奉行所の同心は一代限りと定められているが、実際は世襲だ。他のお役に転ずることがないので家の入れ代わりもめったになく、家名を言っただけでわかるのだろう。

津田家の木戸門は閉まっていた。塀越しに庭木の梢が見える。

あたりは薄暗くなっていた。

門をくぐる決心がつかぬまま塀の前を行ったり来たりしていると、なかから子供の声が聞こえた。五つか六つか、きかん気の強そうな女児の声である。追いかけるように子を叱る声がした。女にしては低い、落ち着いた声だ。

江与は棒立ちになった。考える間もなくその場を離れる。小走りで組屋敷をぬけ、海賊橋を渡った。

歩みをゆるめても、動悸は鎮まらない。

行くべきではなかった、ばかなことをしてしまった——。

悔やんだそのとき、はっと思いついた。

清之助は果たし合いの時刻と場所を知らせてきた。なぜか。江与にも来いと言うのだ。来るなら来い、いや、来てほしい……と。

なにも訊かず、なにも考えず、教えられた場所へゆけばよいのだ。どうしてそのことにもっと早く気づかなかったのだろう。

我が家へ帰り着いたときは、とっぷり日が暮れていた。

「お帰りが遅いので案じておりました」

江与の顔を見て、おときは安堵の息をついた。小山傳内《こやまでんない》の家へゆくとごまかして出かけたので、もし弥助《やすけ》が迎えにでも行っていたら大騒ぎになるところだった。

「傳内先生のお宅へいらっしゃるのなら、お声をかけてくだされればよかったのに」

茶の間へ入ってゆくと、真弓が不服そうに頰をふくらませた。

「おや。いつもは誘っても断るくせに」

年寄り夫婦の家へ行ってもつまらないと言っていたはずだ。

「御禁令ばかりで退屈ですもの」

芝居見物も音曲の稽古もできない。奢侈《しゃし》禁止令でお上の目が光っているので、買い物の楽しみも半減している。

「では明日にでも行っておあげなさい。お喜びになられますよ」

よけいなことを訊かれぬよう、江与は早々に話を切りあげた。六左衛門もなにか言いたそうに口を開きかけたが、思い直したのか、なにも言わない。

夕餉《ゆうげ》を済ませ、寝所にしている治療部屋へ引きこもった。

明朝、果たし合いの場所へ明け六つまでに着くためには、七つ半（午前五時）に家を出なければならない。家人が寝静まっているうちに出かけることになる。

行き先を言えば引き止められる怖れがあった。といって黙ってゆけば心配をさせる。

「急な往診で出かける」と置き文をすることにした。ちょうどよい。薬箱を持ってゆこう。

怪我人が出たとき役に立つ。

あらかたの仕度をして床についた。

案の定、眠れなかった。心配のためというより、心が昂ぶっているためだ。いつしか江与は、清之助や彦十郎《ひこじゅうろう》と共に志津《しづ》の仇討ちをするような錯覚に陥っていた。

「志津さま。ご無念はわたくしが晴らしてさしあげます」

虚空を見据えてつぶやく。

闇のなかで両手を握りしめた。

うとうとしていたらしい。

目覚めると、闇の底に朝の気配があった。薄暗いが、かろうじて物は見分けられる。

飛び起きて身仕度をした。手甲《てっこう》と脚絆《きゃはん》をつけたのは護身のためだ。お陰で心がひきしまる。足拵《あしごしら》えは甲掛草鞋《こうがけわらじ》と決めていた。草鞋に長い紐がついていて、足の甲で紐を固定させて足首で結わえる。草履《ぞうり》のように脱げないので動きやすい。

ふところには襷《たすき》掛けをするための紐と懐剣を忍ばせた。薬箱に傷薬と止血用の晒布《さらしぬの》を詰める。

おときと弥助夫婦は台所の隣の納戸《なんど》を寝所にしていた。起こさぬよう、忍び足で台所の土間へ下りた。水瓶《みずがめ》から水を汲んで竹筒を満たし、腰に結わえ付ける。ついでにひとくち、柄杓《ひしゃく》で水を飲んだ。

裏口から表へ出ようとしたときだった。人の気配がした。おどろいて振り向く。

六左衛門が廊下に立っていた。

厠《かわや》へ起きたのか、水を飲みに起きたのか、帷子《かたびら》姿で江与を見つめている。

江与は狼狽《ろうばい》した。

「浄閑寺の裏で、津田さまの幼なじみが果たし合いをなさるのです。医者が必要となるやもしれません。わたくしも立ち会いに参ります」

一気に言う。置き文には偽りを書いた。が、父の目を見た以上、嘘は言えない。

六左衛門はなにも言わなかった。

張りつめた沈黙が父娘《おやこ》を包んでいる。

「お願いです。ゆかせてください」

江与は両手を合わせた。

「おまえが決めることだ」六左衛門は白い息を吐いた。「ただし、無謀なまねはするな」

江与は辞儀《じぎ》をした。

裏口を飛び出し、足早に路地をぬける。

道々、父はなぜ引き止めなかったのかと考えた。

清之助はこの夏、子さらいがあったとき、真弓の命を救ってくれた。その恩があるからか。そうではない。江与の目のなかに清之助への思いを読みとったからではないか。娘がなぜ清之助のために出かけてゆくか、父にはわかっているのだ。

胸のうちで、江与は父に詫びた。

十七のとき身分ちがいの恋をした。駆け落ちをしようとしてしくじり、むりやり引き離された。江与の腹には子がいた。男はひとり長崎へ旅立ち、身ふたつになったらあとを追いかけるつもりでいた江与は、男の家から送り込まれた医者のせいで流産してしまった。泣く泣く身を退《ひ》いたのは、このとき、二度と子は産めぬと言われたからである。彼の地で男が死んだと知ったのは二年後だった。

娘の悲運に、六左衛門はどれほど胸を痛めたか。口ではなにも言わなかった。過ちを責めたこともない。だがいちどきに白髪が増えた。湯島から浅草へ住み替えたのも、娘が後ろ指を差されぬようにと案じたからである。

さんざん苦労をかけた。今また娘が身分ちがいの恋をしていると感づいた。父はどのような思いでいるのか、それを思うとやりきれない。

沈みがちな心を引き立てて、足早に歩いた。あたりはまだ暗いが、家々にはすでに人のうごめく気配がある。路地にも仕事に出かける人の姿があった。

畦道《あぜみち》に差しかかる頃には、白々と夜が明けてきた。薄っすらと霧がかかって、行く手はかすんでいる。

あと少しというところで明け六つの鐘の音が聞こえた。間に合いますようにと祈りながら懸命に歩く。日光街道へ出て橋を渡り、浄閑寺の裏手へまわり込んだ。

木立の合間から、抜刀した刀を構えて対峙するふたつの人影が見えた。霧は晴れ、仄白い曙光が二人を包んでいる。

江与は雑木林へ飛び込み、荒れ地の見渡せる場所を探した。

刀を正眼に構え、斬り込む隙をうかがっているのは井関《いぜき》彦十郎だ。全身に激しい気迫がたちこめている。

対する相手は長身で痩せていた。色白細面《ほそおもて》の優男《やさおとこ》である。双眸がぎらついていなければ人好きのする男に見えたかもしれない。薄い唇が人を小馬鹿にしたようにゆがみ、朝っぱらからこんなことにつき合うのはくだらぬとでも言いたげな、投げやりな表情である。

それでいて、八双の構えに隙はない。

清之助はどこにいるのか。

そう思ったとたん、背後で、

「江与どの」

と、声がした。

傍らの木立の陰に清之助がいた。同心のいでたちではなく、先日と同じ野袴姿、襷を掛けて白鉢巻をしめている。

「遅うなりました」

軽く目を合わせただけで、二人は荒れ地に視線を戻した。

兵庫はすり足で体の位置を替え、東側に立とうとしている。太陽が昇った瞬間に、相手の目を眩《くら》まして斬り込もうというのだろう。

「あやつ、恐ろしい男だ」

清之助は低い声でつぶやいた。焦りと苛立《いらだ》ちがにじんでいる。

彦十郎も少年時代は剣術が得手だったというが、兵庫は腕っ節の強さが身上の御小人目《おこびとめ》付《つけ》である。互角以上の腕を持っていると見たほうがいい。

「助太刀をされるおつもりですか」

かすれた声で訊ねた。

「詳しいいきさつを話しておる暇はないが、彦十郎は独断で果たし状を送りつけた。相打ちを覚悟の上だろう。兵庫も受けて立った。ただし助太刀、立ち会いは無用と言ったそうでの、当事者同士の取り決めゆえ手が出せぬ」

ささやき合っている間にも人影は少しずつ間合いを狭めていた。二人の一挙手一投足に、清之助の目も江与の目も釘付けになっている。

と、そのとき、

「兵庫、志津の仇だ」

彦十郎が刀を大上段に振りかざした。気合と共に打ち込む。兵庫は難なくかわし、返す刀で斬りつけた。火花が散り、鋭い音がして刃がぶつかる。鍔迫《つばぜ》り合《あ》いになった。

「彦十郎は死ぬ気だ」

清之助はうめいた。

「骨を拾ってくれと伝言があった。後先を考える余裕もなく、粂次に江与どのへの文を託し、あわてて湯島へ飛んで行った」

それなら昨夕、江与が訪ねたときは、奉行所にも家にもいなかったのだ。

「お留めすることはできなかったのですね」

「男子の意地を遂げさせてくれと両手をつかれた」

たあっと気合が聞こえた。兵庫が下段から切りあげた。彦十郎はかろうじて身を避けた。体が大きくゆれる。

再びにらみ合いになったとき、兵庫は東を背に立っていた。

「ううぬ……兵庫め」

清之助は鯉口《こいぐち》を切った。

太陽が昇る。切っ先がきらめく。

それはあっという間だった。ふたつの影が重なり、交叉して離れた。うつぶせに倒れた男に背中を向けたまま、長身の男が虚脱したように突っ立っている。

斬られたのは彦十郎だ。悪夢は現実になった。

「江与どの、立ち去れ。これは命令だ。なにも見なかったことにするのだ」

言うなり清之助は抜刀した。同時に駆け出している。

江与は呆然と清之助の後ろ姿を見つめた。

足音を聞いて、兵庫が振り向いた。

清之助は足を止めた。

「彦十郎の仇。お手合い召され」

「ほう。類は友を呼ぶというが、まだ物好きがおったか。共にあの世へ行きたいというなら、やむをえぬ、お相手つかまつろう」

兵庫は唇をゆがめた。血ぶるいをした刀を八双に構える。

「おやめください」

江与は叫んだ。が、殺気だった二人には届かない。

立ち去れと命じられたことなど聞き捨て、素早く襷を掛ける。懐剣を引きぬいた。

恐怖は感じなかった。清之助をひとりで死なせてはならぬ――その一念だけが頭のなかを渦巻いている。

飛び出そうとしたときだ。

長い影がゆらりとかしいだ。伐採された樹木のように、兵庫は砂埃《すなぼこり》をたてて倒れた。清之助は刀の届かぬ場所にいる。いったいなにが起こったのか。息を呑んだそのとき、江与の眼前を閃光がよぎった。清之助の左腕に矢が突き刺さる。

「清之助さまッ」

江与は絶叫した。「来るな」と叫び返す声が聞こえたような気がしたが、無我夢中で飛び出した。

清之助は地面に膝をついていた。もう一歩で手が届くというところまで来たとき、耳元で「危ないッ」という声がした。江与はひき倒された。砂が舞い上がる。その砂を突きぬけるように、三本目の矢が頭上をかすめた。

清之助の膝元に半ば突っ伏したまま、江与は首をまわして背後を見た。

木立の合間に、弓をつがえた男がいた。なおも矢を放ってくるかと思ったが、見たと思った瞬間にその姿は消えていた。

「怪我はないか」

「わたくしは大丈夫です。津田さまこそ手当をしなければ」

身を起こすなり、息を呑んだ。

矢はすでに引きぬいてあったが、左腕から血がしたたっていた。青ざめた顔を見れば、激痛をこらえているのがわかる。

江与は薬箱を取って来て止血をした。

「手を貸してくれ」

清之助は江与にすがって起き上がった。

目の先に兵庫の骸《むくろ》があった。胸に矢を突き立てたまま、大きく見開いた目で天をにらみつけている。江与は思わず顔をそむけた。

そのまた先に、彦十郎がうつぶせに倒れていた。微動だにしない体と、そこから流れ出て地面を広く濡らしている血を見れば、もはや手の施しようがないことは一目瞭然である。

二人は頭をたれ、両手を合わせた。

「彦十郎。喜べ。兵庫は死んだぞ」

「井関さまも志津さまのもとへゆかれたのですね。勝っても負けても、生きてはおられぬお覚悟だったのですね」

それがわかっていたから、清之助は友の無謀な仇討ちを黙認した。負けたら、自分が代わりに仇討ちをしてやるつもりでいたのだ。

兵庫を射殺したのはだれか。なぜ、清之助や江与にまで矢を射かけたのか。今はそれを論じているときではなかった。

仇討ちは御法度《ごはっと》である。

「近くに知人の別宅があります。ともあれそこへ」

江与は清之助の鉢巻と襷をほどき、自分の襷と一緒に薬箱へ入れた。

骸を置き去りにするのは不本意だが、この際いたしかたない。

人目を避け、朝陽から顔をそむけて、二人は傳内の別宅へ急いだ。

## 【三】

小山傳内の別宅は木立のなかにある。

玄関はつっかい棒がしてあったが、勝手口は押しただけで開いた。

江与は井戸から水を汲んできて二人の手足の泥を落とし、清之助を客間へ案内した。句会のときに使っている広々とした座敷である。

雨戸を開け放つと、明るい陽射しが差し込んだ。黴臭《かびくさ》い空気が一掃されて、爽《さわ》やかな涼風が流れる。

「傳内先生は蘭方《らんぽう》のお医者さまで、身内のようにおつき合いいただいております。ここでしたら気兼ねはいりません」

昔、仮寓していたことがあるので、勝手はわかっていた。竈《かまど》に火をいれて湯を沸かし、火桶を運び込み、襖を閉ざして部屋を暖める。

「傷口が化膿しては一大事です。先生に診《み》ていただきましょう」

江与は紙と筆、硯《すずり》を借りて傳内宛に文を認《したた》めた。父もさぞや案じているはずである。もう一通、六左衛門宛に無事を知らせる文を書いた。

「梅蔵《うめぞう》親分にも知らせたほうがようございますね」

心ならずも彦十郎と兵庫の亡骸《なきがら》を荒れ地へ置き捨ててきた。どうなったのだろう。通りすがりの農夫が見つけ、今頃は役人が駆けつけて大騒ぎになっているかもしれない。それとも人目につきにくい場所だから、まだ野ざらしになっているのか。

彦十郎の亡骸を一刻も早く安置してやりたい。清之助もそのことがなにより気になっているようだった。

「おれが書こう」

清之助は梅蔵に事の次第を認めた。呑み込みの早い梅蔵なら、万事心得て、清之助や江与の名を出さずに後の始末をつけてくれるはずである。

「矢を射かけてきたのは何者でしょう」

「わからぬ。が、志津どのを手込めにしたという重臣の手先やもしれぬ。己の身にとばっちりが降りかかるのを怖れて、兵庫の口を封じたのではないか。事件が公になってはなにかと差しさわりがあるのだろう」

兵庫が彦十郎と果たし合いをすると聞き、おそらくその男はしめたと思ったはずだ。人目につかぬ場所で、立会人なしに闘うよう勧めたのは、その男ではなかったか。兵庫は――彦十郎も同じく――勝とうが負けようが殺される宿命《さだめ》だったのだ。

「それで終わるはずが筋書きが狂った。突然、抜刀した男があらわれたので、曲者《くせもの》は仰天した。しかもそこへ、今度は襷掛けをして懐剣を握りしめた女が躍り出た」

動転したお陰で、兵庫を一矢で仕留めた手練《てだれ》が清之助と江与を仕留めそこねた。いや、はじめから威嚇が目的だったのかもしれない。これ以上、深入りするな、手をひけ、という……。

「矢を射た者、というよりあやつっていた者ですが、探し出せましょうか」

「むりだろう。そもそも武家の事件だ、われらは手出しができぬ。彦十郎は命を賭して志津どのの仇討ちを果たした。無念だが、それでよしとするよりあるまい」

「でも井関さまは負けました。仇討ちを果たしたと知らぬまま亡くなられたのです」

「それゆえおれに知らせたのだ。遺書がある。彦十郎が負けても、兵庫は逃げ切れぬ。兵庫は首尾よく逃げおおせる気でいたかもしれぬが、許可のない果たし合いは御法度だ。果たし合いを承知させたことで、すでに仇討ちは成っておったのだ」

清之助の言葉に、江与は戦慄した。もしあのまま清之助が兵庫と闘っていたらどうなったか。負ければ死、勝っても厳しいお咎《とが》めを受けたはずである。

「津田さまが飛び出してゆかれたときは、生きた心地がしませんでした」

「おれこそ肝を冷やした。まさか江与どのが懐剣を手に駆けて来るとは思わなんだ」

二人は目を合わせた。

笑おうとした声が喉にからまり、思わず目を伏せる。

「隣家へ行って参ります。作男が文を届けてくれましょう」

腰を上げようとすると、清之助は怪我を負っていない方の手で江与の手をつかんだ。

「人を呼ぶ前に、今しばらくこうしていてくれ」

「清之助さま……」

抱き寄せられた。片腕に大怪我をした男である。抗《あらが》うのは簡単だった。それをしなかったのは、心のどこかで、江与もそれを望んでいたからだろう。

清之助は土の匂いがした。それにかすかな汗の匂いと、遠い昔なじんだことのある男の匂い。体の深いところをざわめかせる匂いだ。

右腕で江与の体を抱え込み、髪に顔を寄せているだけで、清之助はそれ以上なにもしようとしなかった。たとえ腕の怪我がなかったとしても、同心と女医者という立場では、しかもたったいま不義密通の果ての悲惨な結末を見届けたばかりでは、昂ぶりにじっと耐えるしかない。

江与は目を上げた。

清之助は眉を寄せていた。傷が痛むのか、友の死を悼《いた》んでいるのか、それとも、進展しようのない恋に呻吟《しんぎん》しているのか。

胸に抱かれている喜びと、どうにもならない切なさが、いちどきに押し寄せた。

江与は指で清之助の頬にふれた。清之助は左手で江与の指をとらえようとした。うっと顔をしかめ、それでも指をとらえ、唇を寄せてくる。

長い熱い接吻。

唇を離したとき、二人とも息をはずませていた。今度は自分から頬を寄せて、江与ははっと顔色を変えた。

「ひどいお熱です」

「おれも死ぬはずだった。それが江与どのとこうしていられる。熱などどうでもよい」

「そうはゆきません。津田さまになんぞあっては、わたくしも生きてはおれませんもの」

江与は身を離した。

清之助はなおも引き寄せようとした。が、もう力が残っていなかった。

「ずっとおそばについております。どうか、しばらくお休みくださいまし」

布団をのべて清之助を寝かせる。夜着《よぎ》を掛け、濡れ手拭を額にのせ、火桶の火をかきたてた。

腕の傷が痛むのだろう。清之助は苦しげに眉をひそめている。

江与は隣の農家へ文を届けた。隣家といっても見える距離に家はなく、いったん雑木林を出て、畦道をぬけてゆかなければならない。

戻ってみると、清之助は軽い寝息をたてていた。昨夜は彦十郎と語り明かしたと言っていたから、ろくに寝ていないのだろう。友の決意が固いと知り、今さら止めるすべがないとわかって、それならばと後始末を買って出た。武士に二言はないとはいえ、急な事の成り行きに、胸の内ではさまざまな葛藤があったはずである。

清之助は精も根も尽き果てて眠っている。無防備な寝顔が愛《いと》おしい。

いつまでもこうしていられたら――。

江与は何度も濡れ手拭を取り替え、汗ばんだ顔や首筋を拭いてやった。

真っ先に駆けつけたのは傳内である。

諏訪町から駕籠《かご》を仕立ててやって来た。

「さすがは江与どの。津田さまは江与どのの手当で救われたようなものじゃ」

治療を終えた傳内は言った。

「傷口を洗って、止血をしただけにございます」

「それゆえ助かったのだ。これなら化膿せずに済むじゃろう」

怪我と疲労で高熱が出ているが、命に別状はないという。江与はほっと息をついた。あらためて礼を述べる。

「勝手に上がり込んだ上に、遠いところをお呼びたていたしました。なんとお詫びを申しあげたらよいか……」

「なにを他人行儀な。以前にも言うたが、江与どのは我が娘も同然。我が家と思うて、好きに使うてくれればよいのじゃ」

「ありがとうございます」

二人が話しているところへ、弥助が食料と着替えを運んできた。

「津田さまがしばらくご養生なさるようなら、お嬢さまについていてさしあげるようにと六左先生からのご伝言です」

弥助は台所で粥《かゆ》の仕度をはじめた。午刻《ひるどき》をだいぶ過ぎている。

梅蔵はちょうど粥が炊きあがった頃にやって来た。粂次ともうひとり、金太郎という下っ引を従えている。名前とは裏腹に、子供相手に相撲をとってもあっけなく投げ飛ばされそうな、ひ弱な子分である。

「女先生にはすっかり出しぬかれましたぜ」

台所の一隅で二人きりになると、梅蔵はうらめしげに言った。

「話したくても話せぬことがあるのです。悪気はなかったのですよ。それより、表の様子はどうでしたか」

「骸についちゃあご安心を。お武士《さむらい》同士の喧嘩ってェことで、お目付さまが事をおさめましたそうで」

江与は首をかしげた。

「胸に突き刺さった矢についてはなんと……」

斬殺された彦十郎はともかくとして、兵庫の命を奪った矢は喧嘩では説明がつかない。

「矢？　そんなもんの話は聞きやせん」梅蔵は首をかしげた。「お役人が駆けつけたときは、お二人とも相打ちの様《さま》にて前方より袈裟懸けに斬られていたと聞きやした」

それでは、清之助と江与が現場を離れたあと、だれかが兵庫の胸から矢を引き抜き、あらためて死体を斬り裂いたということになる。まちがいない。矢を放った者だ。立ち去ると見せて物陰で見守っていたのだ。その場面を想像すると背筋が冷えた。

「旦那の具合はどうですかい」

「出血は止まりました。まだ高熱がおありですが、お熱はお疲れのせいで心配はいらぬそうです。しばらく安静にしていれば大事ないと傳内先生はおっしゃいました」

「そいつを聞いてひと安心でさァ」

梅蔵は太い息を吐いた。

「津田さまは朝からなにも食べておられぬのですよ。今、粥をお持ちするところです。親分もどうぞいらしてください」

二人はそろって客間へゆく。

清之助は天井を見つめていた。江与を見ると照れたように目を瞬《しばたた》く。梅蔵が一緒と気づいてあわてて身を起こし、表情をひきしめた。

「佐伯《さえき》さまには伝えたか」

「へい。知らせをいただいてすぐ金太郎を荒れ地へ走らせ、粂次はお宅のほうへ、佐伯さまにはあっしがお目にかかって事情をお話しいたしやした」

「なんと仰せになられた」

「深追いはするな。十分に養生するようにと」

「深追いはするな……か」

佐伯は上役の与力の名だ。清之助の顔に複雑な表情が浮かんでいる。

「粥を召しあがってくださいまし。お力をつけねば、治るものも治りません」

江与は盆を引き寄せ、清之助の傍らに進み出た。木匙《きさじ》を手渡し、粥の入った椀を自らかかげて、甲斐甲斐しく粥を食べさせる。

梅蔵はしばらくぼんやり眺めていたが、そのうちに当てられたように腰を浮かせた。

「そいじゃあ、あっしはこれで。粂の野郎を残して参りやす。使い走りでもなんでもさせておくんなせえまし」

出てゆこうとするのを見て、江与は手を止めた。

「今の今までお話しする機会がありませんでしたが、お二人がおいでのところで、聞いていただきたいことがございます」

志津の一件が差し迫っていたので後まわしになってしまったが、こちらも見過ごしにはできない大事である。

過日、喜蝶《きちょう》から聞いた話を伝えると、二人は顔を見合わせた。

「もしや、以前お訊ねになられた、お武家さまにかかわる由々《ゆゆ》しい事件とも、かかわりがあるのではありませんか」

この春、素人女《しろうとおんな》を使った大がかりな淫売組織がお縄になった。事件は落着したものの、捕らわれた者の口から、武家に取り入って暴利を貪《むさぼ》る女医者の話がもれた。折しも女医者御法度の是非について奉行所の意見を取りまとめている最中である。女医者の悪事を暴《あば》きたい。が、武家は町奉行所の管轄外である。実態を知る糸口がつかめぬまま、清之助は江与に、不審な誘いがあったら知らせるようにと言い置いていった。

「かかわりがあるどころか、それこそ探っていた事件にちがいない。龍芳《りゅうほう》という女医者を締めあげれば首謀者の名もわかるはずだ」

清之助は身を乗り出した。

「お父上の龍庵《りゅうあん》さまは腕もすぐれ、お人柄もよい中條でした。わたくしの恩師でもあります。息子の龍芳さまはお父上の無欲な生き方を嫌い、ことあるたびにいがみ合っておりました。今は小石川におられますが、たいそうな羽振りだそうです」

「そういうことなら、あっしは早速、藤右衛門《とうえもん》親分に頼んで、龍芳の身辺を洗ってもらいやしょう」

岡っ引には縄張りがある。梅蔵は田原町一丁目の親分、藤右衛門は小石川界隈の親分である。

梅蔵は飛び出そうとした。

「待て。深入りするなと言われたばかりだ。あわてるな」

「なんでェ旦那。お怪我をなすったんで、気弱になっちまったんですかい」

「そうではない」

「だったらどうして……」

清之助はちらりと江与に目を向けた。

「わたくしにお気遣《きづか》いはいりません。はじめから承知の上でお話ししたのです」

「しかし、女医者がまたもや悪事に加担していたとあれば、それこそ御法度はまぬかれぬ」

「だからといって悪事を見逃すわけにはゆきません。それはそれ、これはこれ。どうぞご存分になさってくださいまし」

梅蔵は二人の顔を見比べて、にやりと笑った。

「いざとなれば女先生のほうが肝が据わってまさァ。へへ、男ってェのは存外、だらしのねえもんでごぜェますね」

「うるさい。とっとと行って来い」

清之助ににらまれ、梅蔵は飛び上がった。勇んで出てゆく。表で粂次と金太郎を呼びつける声が聞こえた。

江与と清之助は急に落ち着かなくなった。つい今しがた、この場で抱き合い、唇を吸い合ったのだと思うと、まともに顔が見られない。

「粥が冷めてしまいました。温めて参ります」

江与は腰を上げた。

「いや、それでよい。食わせてくれ」

はいと応えて、江与は枕元ににじり寄った。木匙で粥をすくい、こぼれても膝を汚さないよう下に左手を添えて、清之助の口元に運ぶ。

ひとくち食べると、清之助のまなざしが和らいだ。

「これも怪我をしたお陰だ。江与どのに粥を食わせてもらえるとは」

「志津さまも、今頃は彼岸《ひがん》で、旦那さまと寄り添うておられますよ」

貴重なひとときを惜しむように、江与はゆっくり匙を運び、清之助はことさら時間をかけて粥を噛み下した。

## 【四】

「むりは禁物じゃ。ゆるりとご養生をなさるがよい」

日暮れになって、傳内は帰って行った。駕籠を呼んできた粂次が、脇に付き添って送り届ける。

江与は弥助と一緒に夕餉の仕度をした。しじみのみそ汁に大根の煮付け、香の物という簡素な食事に、隣家から分けてもらった卵を添えた。

「江与どのに給仕をしてもらうせいか格別うまい」

清之助は白い歯を見せて笑った。同心の顔ではない。のびのびした若者のような笑顔である。

思いもよらぬ事の成り行きに、江与も胸をときめかせていた。

弥助が運んでくれた着物に着替えたのも、髪を結い直して紅白粉《べにおしろい》をつけたのも、清之助と共に過ごす夜のためである。路考茶《ろこうちゃ》の小袖に黒繻子の帯は、おときが気を利かせて選んでくれたものだ。地味な色合いが江与の顔立ちを引き立てている。

清之助の給仕をしたあと、江与も台所で弥助と食事を済ませた。

弥助は泊まり込むつもりでいるらしい。

「ここはよいからお帰りなさい」

声をかけると、弥助は気の毒なほどうろたえた。

「こいつァ気の利かねえこって。いえ、耄碌《もうろく》するとつい出過ぎたことを。へい。それでは明朝、嬶《かかあ》をよこします」

「その必要はありません。このご様子でしたら、明日はもうお帰りになられましょう」

多少熱が残っていても、清之助は帰って行くにちがいない。多忙の身だ。のんびり休んではいられない。

「ご心配はいりませんと、お父さまに伝えておくれ」

江与は弥助を送り出した。

六左衛門は今朝、娘を見送った。果たし合いに駆けつけると聞いても、引き止めようとしなかった。かつて恋人と引き裂かれ、辛酸をなめた娘に、せめてこれからは心のままに生きよと言いたかったのではないか。

十七で恋をしたとき、江与は、我が身のことしか考えなかった。ただ一途に恋い慕い、なにも目に入らなかった。行く手に夢を思い描いていたからだ。

今は、明日のことなど、なにひとつ頭になかった。たとえひと夜でもいい、二人でいられさえすれば十分である。

あるものをあるがままに受け入れるすべを学んだのは、大人になって賢くなったからか。二度と傷つくまいと身構えているからか。夢を描けないのは哀しいけれど、そのぶん心は平穏である。

江与は客間へ行き、雨戸を閉めた。行灯《あんどん》に油を足し、火桶の火をかきたてる。火桶に置いた鉄瓶《てつびん》が湯気を立て、部屋の隅で行灯の火が生き物のようにゆらいだ。家を取り囲む木々が風にざわめいて、人里離れた山のなかにでもいるような気分である。

「この世ならざるところにおるのやもしれぬ」

江与が傍らに膝をそろえると、清之助もつぶやいた。

二人は寄り添って、風の音に耳をかたむけた。

日暮れになって急速に冷え込んでいる。が、火桶のそばにいるので、いや、互いの体温が伝わってくるので寒さは感じない。

「果たし合いが遠い昔のことのように思える」

清之助はぽつりとつぶやいた。

「まことにあったのでしょうか。わたくしも現《うつつ》のこととは思えません」

果たし合い、勝敗を分けた一瞬、きらめく矢、舞い上がる砂埃、したたる鮮血……彦十郎の無念の形相《ぎょうそう》も、志津の白い顔も、もしや幻ではなかったか。

こうして寄り添っているひとときだけがたしかなものに思える。

「昔、恋をしました」

江与は静かに言った。

清之助は江与を見た。穏やかな目の色である。

「お旗本のご次男で、傳内先生の私塾に通っておられました。恋仲になりましたが、他家のご養子に決まり……。もともと身分ちがいの恋ゆえ許されるはずがありません。駆け落ちをしようとして連れ戻されました」

清之助は表情を変えなかった。

「辛いことがあったのだろうと思っていた。でなければ江与どののような女子《おなご》が、嫁にもゆかず、女医者をしているはずがない」

駆け落ちとは江与どのらしいと、清之助は笑みを浮かべる。

「わたくしはみごもっておりました」

「子を水にした。それで女医者になったのか」

「いえ、旗本家の差し向けた医者に薬を吞まされ、ややこが流れてしまいました。そのあとの処置をしてくださったのが龍庵先生です。先生から、ややこを産むことが女子の体にとってどれほど大切か教えられました。子を産めずに苦しむ妊婦や、いいかげんな治療で命を落とす妊婦がいかに多いかということも。真弓の母親もそうでした。わたくしは心を決め、龍庵先生に中条流の医術を教えていただくことにいたしました」

長い沈黙が流れた。

風が強まっている。

「子さらいがあった夜だ。ほおずき市で広小路はにぎわっていた。鉢を抱えて帰る娘たちを見て、江与どのは哀しそうな顔をした」

「わたくしはほおずきの根っこを煎じて、子堕ろしの薬を作っています」

幼い頃、笑い転げながらきゅっきゅと鳴らしたほおずきの実。紙風船のような萼《がく》をつけた紅く愛らしい姿。地中の根を掘り起こせば、別の顔があらわれる。

恋も、似たようなものかもしれない――。

「ふわふわした夢は夢、現を見据えねば生きてはゆけません」

惚れ合った男女がはじめて二人きりで過ごす夜である。だが、出会いからして特異な二人は、子堕ろしの話題を抜きには恋を語れなかった。

「だったら、おれは夢も現も一緒に呑もう」

ややあって、清之助は言った。

江与はけげんな顔をした。

「つまり、今宵、おれは江与どのを抱く。至福だけではない、苦悶をもたらすというなら、それも覚悟の上だ」

きっぱり言われて、江与は耳たぶまで真っ赤になった。

「わたくしは……」

「子ができたらそれもよい。逃げる気はない」

清之助は江与を抱き寄せた。

「お待ちください。でしたらわたくしもひとつだけ」

清之助に抱かれたい。が、恋に溺れたくはなかった。昔の自分には戻りたくない。

「ひと夜かぎりの夢にいたしとうございます。わたくしどもはいまだ敵味方。決着がついてはおりません。それゆえこれは戦場で見るつかの間の……」

言い終わらぬうちに唇をふさがれた。

決着など、つくのだろうか。

風の音が遠ざかり、火影《ほかげ》が闇に溶ける。

やがて、二人の息づかいだけが部屋を満たし、それ以外のことごとくは幻となった。

## 【五】

十一月に入ると寒さが一段と厳しくなった。

裏口へ駆け込んで、江与は両手に白い息を吐きかけた。

「おや、ずいぶんとにぎやかにござります」

弥助は首を伸ばして聞き耳をたてる。薬箱を下ろすなり、くしゃみをした。

主従はたった今、往診から帰ったところだ。

「梅蔵親分がいらしているのでしょう。きっとまた俳諧談義ですよ」

「ちっ。嬶のやつまで一緒になって。爺《じい》めには俳諧などおもしろうもござりません」

おときを呼びたてようとするのをやめさせて、江与は弥助に水桶を運ばせた。手早く足を濯《すす》いで茶の間へ向かう。

茶の間では六左衛門、梅蔵、それにおときが話し込んでいた。

「あれまァ、お嬢さま、お帰りも気づきませんで」

腰を浮かせようとしたおときに、

「よいから座っておいでなさい」

と声をかけて、江与は耳を澄ませた。隣室から薬研《やげん》をひく音が聞こえている。

「平吉ですね」

「幸三郎どのと一緒じゃ。蘭方は閑《ひま》だから手伝いに来たというが……」

「おおかた真弓嬢さまのお顔を見にいらしたのでしょうよ」

六左衛門の言葉を引き取って、おときは忍び笑いをもらした。

「真弓は出かけているのですか」

「お針の稽古です。そろそろお戻りになる頃ですよ」

おときは帰って来た亭主が気になるのか、しきりに裏口をうかがっている。

「うちの人は寒けりゃ寒いなり。ちっとは気働きってもんがあるといいんですがねえ。どれ、火桶の案配を見て来ましょうかね」

いそいそと出てゆく。

「ああ見えて亭主にぞっこんてやつで。うちの嬶にも爪の垢を呑ませてェもんでさ」

後ろ姿に梅蔵が嘆息して、六左衛門と江与は声をたてて笑った。

「ところで今日はどんな句ができたのですか」

火桶に両手をかざしながら、江与は二人の顔を見比べた。

「芭蕉《ばしょう》の句を論じておったところじゃ」

「芭蕉……」

「うむ。冬牡丹《ぼたん》千鳥よ雪のほととぎす、という句じゃよ」

牡丹の花は五月に咲く。ところがこの花はずいぶん遅れて、秋や冬に紅い花を咲かせることがある。冬牡丹を見て、冬の千鳥を春のほととぎすと詠《よ》んだのである。

「こいつをもとに、あっしらもちょいとひねってみようってなことになりましたんで。凍《いて》鶴《づる》先生は牡丹、あっしは鳥」

梅蔵が小鼻をうごめかす。

「聞かせてくださいな」

江与がせがむと、六左衛門は空咳《からぜき》をした。

「わしのはの、寒牡丹うだつあがらぬ家ひとつ、というんじゃ。往診に出かけたら、寂れた家の庭に見事な牡丹が咲いていた。ま、人生はわからぬものだ。遅い出世ということもある」

江与はうなずいた。なるほど六左衛門ならではの句である。

「親分は鳥ですね」

「へい。あっしも芭蕉先生のまねをして冬の鳥を詠んでみやした。えへん。寒雀《かんすずめ》寄るな止まるな射て食うぞ、ってんでさ」

江与は目を丸くした。

「冬の雀は餌を求めて軒先までやって来る。丸々と肥えていて、めっぽう美味《うま》い」

六左衛門が笑いをこらえながら言うと、梅蔵は大真面目な顔でうなずいた。

「つい焼いて食っちまいたくなるから、あっしは雀を見るとしッしッと追っ払うんでさ。芭蕉先生にはちょいとばかしかなわねえが……」

「いえ、芭蕉先生も兜《かぶと》を脱ぎますよ」

江与は腹を抱えて笑った。お陰で冷え切った体が温まってくる。

ひとしきり談笑したのち、表玄関に客が来たのをしおに三人はそろって腰を上げた。

茶の間を出ようとすると、梅蔵が江与の袖を引っぱった。

「例の龍芳ですがね……」

廊下の隅で向き合ったときはもう岡っ引の顔になっている。

「とっつかまったそうですぜ。そっから芋蔓《いもづる》式に、数人の女医者と御典医の名が上がり、ちょうど今、詮議の最中だそうで」

「では一件落着したのですね」

「御典医についちゃあ、こいつは町奉行所では手が出ねえ。それに公にされちゃあ困るお大名やお旗本が大勢おりますんで、事件そのものは闇から闇へってェことになるかもしれやせんがね。それなりのお咎めはあるはずでさァ」

梅蔵は「因果応報」とつぶやいて、江与の目をじっと見つめた。

「小耳にはさんだとこじゃあ、どうもそいつァ、女先生を酷《ひど》い目にあわせた野郎じゃあねえかと……」

棒立ちになった江与を残して、梅蔵は帰ってゆく。

江与は放心していた。

薬を呑まされ、激痛にのたうったあげく腹の子を失い、おまけに二度と子は産めぬと言い渡された。旗本家の遣わした医者を当座はどれほど怨んだことか。だが、ひとりの人間を怨むことで残りの人生を無駄にしてはならぬと、苦悶の果てに悟った。世人に後ろ指を差されてもいい、女医者になろうと決めたのは、傳内の別宅で養生をしていたときだ。

女医者になったお陰で喜蝶と知り合った。喜蝶のお陰で思いもよらぬ仇討ちができた。

梅蔵は因果応報と言ったが、江与はそうは思わなかった。天に唾を吐けば己が身に返ってくる。物事はあるべきところへ自然に流れてゆくのだと思う。長い歳月を費やしたとしても、いつか本来の場所へたどりつくのではないか。

「女先生。なに突っ立ってるんだよォ」

平吉が江与の顔を見あげていた。患者が来たので治療部屋から追い出されたのだ。

江与は笑顔になった。

「幸三郎どのは……」

「知らねえや。そわそわして出てっちゃった」

通りへ出て、真弓の帰りを待とうというのだろう。この寒いのにご苦労なことである。

「ほおずきの根っこ、掘ってやろうか」

「およしなさい。風邪を引きますよ」

「寒くなんかねえよ」

「それよりこの前のつづきはどうですか。読み書きをみてあげましょう」

平吉は目をかがやかせた。幸三郎にも字を教えてもらっている。梅蔵の家では、梅蔵の女房のおまさに算盤《そろばん》の手ほどきを受けているという。

「小母《おば》ちゃん、おっかねえんだ。この前も算盤でひっぱたかれた」

それでも楽しそうに言うところをみると、おまさとも気が合っているらしい。無愛想なおまさと元かっぱらいの平吉が並んで算盤の珠《たま》をはじいている光景を想像して、江与は思わず声をたてて笑った。

「さ、いらっしゃい。勉強が済んだら、お芋を蒸かしてあげますよ」

二人は連れだって江与の治療部屋へ入って行った。

【六】

天保十三年（一八四二）十一月二十四日、「男女密通ならびに夫婦相談の上、みだりに堕胎いたし候もの御仕置きの儀」として、

その身の勝手でみだりに堕胎したものは男女ともに江戸十里四方追放
右を知りながら手を貸した医師は江戸追放

という罰則が発布された。子堕ろしはとうの昔より禁止されていたが、罰則が定められたのははじめてだった。

つづいて十一月晦日に、女医者取り締まり強化の触れが出された。

以下のような文面である。

市中にて女医師と唱え候もの、血の道の療治正《まさし》くいたし候儀は苦しからず候ところ、中にはひととおり胎身の者を頼みに応じ預かり置き、堕胎いたさせ候類もこれ有るや

に相《あい》聞こえ、不届きの至りに候、向後《こうご》右様の儀相聞こえ候においては、頼み人迄も逐一穿鑿《せんさく》を遂げ、急度《きっと》申し付くべく候。

つまり、「女医者は血の道の治療をしているだけなら問題はないが、頼まれるままに堕胎をする者があるのはけしからぬ、これからはそうした噂が聞こえたなら、頼んだ者まで徹底して調べ、必ず罰を与えることにする」というのだ。

取り締まりがよりいっそう厳しくなるのはたしかだが、女医者、すなわち中條が全面的に御法度になったわけではなかった。幕府はよほど苦慮してこの文面を作成したにちがいない。女医者の実状を調べれば調べるほど、建前やきれい事では解決できない問題があると思い知らされたのではないか。

取り締まり令が発布された翌朝、江与は裏口にかかげたのれんを下ろした。「中條流婦人療治」と染め抜かれた藍のれんである。

「御法度とは書かれておりやせんがね、油断はなりやせん。こんなもんを掛けてちゃあ、お役人に目ェつけられますぜ。しばらくなりをひそめて様子を見ちゃあどうですか」

梅蔵に忠告されたからではない。

「かえって罪ですよ。藁《わら》にもすがる思いでやって来た女を追い返すのも酷《こく》ですし、かといって、薬を渡してお縄になっちゃあそれこそ目も当てられません。ここはやはりご自重なさるほうがよろしゅうございます」

おときが泣きそうな顔で意見をしたからでもなかった。

以前、清之助は言った。子堕ろしは命の芽を摘み取ることだと。そう言いながらも、やむをえぬ場合もあると知り、頑《かたくな》な態度をあらためた。

では、自分は今、子堕ろしの善悪についてどう思っているのか。この機会にじっくり考えてみたい。

以前もう子は産めぬと言われた。もしその診断がまちがいだったらどうだろう。ひと夜の契りで、万にひとつ、ややこができたとしたら――。

清之助は子ができてもよいと言った。が、子は庶子である。どう産み育ててゆけばよいのか、口で言うほど容易《たやす》くはないはずだ。他人事ではない。我が事として真剣に考えてみたい。

おきくというお店者《たなもの》の娘がいた。禁じられた恋の末に子を孕《はら》み、産むことも水にすることもできぬまま、追いつめられて首をくってしまった。奥女中の勝代《かつよ》や蔦江《つたえ》は子を堕ろすことで自らの暮らしを守り通し、おひさという女は子を堕ろした罪悪感から気がふれて他人の子を殺《あや》めた。遊女の綾瀬川《あやせがわ》は腹の子もろとも心中してしまったし、志津は子ができたと密通相手に打ち明けたために殺された。

何人もの哀しい女たちを見てきた。子を堕ろす理由は千差万別である。女医者として逡巡《しゅんじゅん》したこと悩んだことを、今一度思い返してみたい。

立ち止まって考える時が来たのだと、江与は思った。

「のれんを下ろして、お姉さま、これからどうなさるおつもりですか」

真弓からは問いただされた。

「女の身で蘭方医になれるとは思いませんが、傳内先生に知識を授けていただこうと思います。それにお父さまには弟子が必要ですし、おときもひとりで手がまわりかねています。これからは古医方《こいほう》の治療も家事も手伝うつもりです」

「でしたらもう、ややこのことで苦しんでいる女人《にょにん》は見捨ててしまわれるのですか。わたしのお母さまのような……」

真弓の言葉には棘《とげ》があった。勝ち気な娘は、姉がお上の沙汰に易々《やすやす》と従うのが不服なのだろう。

のれんを下ろしたからといって、白旗をかかげるつもりはなかった。

「わたしはね、真弓、どうすればややこを産みたくても産めない母親のためになるのか、あらためて考えてみようと思うのですよ」

## 【七】

「墓参に同道願いたい」

清之助から伝言が届いたのは、師走《しわす》に入って間もない朝だった。

粂次によると、ようやくこの日、清之助は井関夫婦の墓に詣《もう》でる時間ができたとのこと。

腕の傷も癒《い》えて忙しく駆けまわっている話は梅蔵から聞いていたが、清之助に逢うのは傳内の別宅でひと夜を過ごして以来である。

江与はあわただしく家を出た。

師走にしては暖かな日だ。数日前に積もった雪が冬の陽射しを浴びてきらめいている。

清之助は浅草寺の門前で待っていた。

「呼びたててすまぬ」

律儀に言って、眩しそうに目を瞬いた。

熱い夜がよみがえる。江与はまっすぐに顔が見られなかった。

「お怪我が癒えてようございました」

他人行儀に応えた。

「もっと早う逢いたかったのだが……」

「ご多忙とうかがいました。ごむりをなさることはありません」

「そうではない。江与どのに言われたことがひっかかっておったのだ」

「わたくしが、なにか申しましたか」

「ひと夜の夢と思うて忘れてくれ、と言った」

そういえばたしかに言った。清之助に、というよりむしろ自分に言い聞かせたつもりだった。

清之助を想う気持ちに偽りはない。だが、深入りをするつもりはなかった。

それではなぜあの夜、清之助に抱かれたのか。志津の悲劇や彦十郎の果たし合いを目の当たりにして心が昂ぶっていたのか。それは言い訳に過ぎない。

清之助と二人で、ひととき夢を見たかったのだ。この先どうなろうと悔いはないと、覚悟を定めたからこそできたことだ。

「夢と思えばこそ、こうしてまたお逢いできるのです。それ以上はおっしゃらないでくださいまし」

江与は目を伏せた。頬が薄紅色に染まる。

「わかった。が、これだけは言っておく。おれは夢とは思っていない。これからも逃げるつもりはないし、己の気持ちを偽るつもりもない」

「津田さま……」

寺門は人の往来がひっきりなしである。ちらちらと二人を横目で眺めて通り過ぎる者もいる。

清之助は先に立って歩きはじめた。

「二人の墓参には、なんとしても江与どのと一緒に行こうと思っていた」

「誘ってくださってうれしゅうございます」

江与はささやくように言って、あとにつづいた。

寺は谷中のはずれにあるという。わざわざ辺鄙《へんぴ》な寺の墓所に葬ったのは、井関家の意向らしい。

「尋常ならざる死に方だったゆえ、世間の目をはばかったのやもしれぬ。葬儀もせず、あわただしく埋葬されたそうだ」

「お気の毒に」

「かえって喜んでおるやもしれぬぞ。彦十郎は人づき合いが不得手だった。おざなりの葬儀など迷惑と思っておるはずだ」

雪まじりのぬかるんだ道を半刻（一時間）ほど西へ歩くと谷中。さらに北西へしばらく歩いて小ぢんまりとした寺に出た。

寺門をくぐり、清之助は閼伽桶《あかおけ》を、江与は家から持参した香華《こうげ》を、それぞれ携えて墓所へ向かう。

真新しい墓は苔もひび割れもないかわり、線香の燃《も》え滓《かす》ひとつなく、早くも人々から忘れられているように見えた。もともとが見落としてしまいそうな小さな墓である。表に井関家、裏に二人の名前と没年月日が彫ってあるだけで、墓碑銘もそっけないほど簡素だ。

「志津どのと二人、水入らずで眠っておるのだ。彦十郎は本望だろう」

「ここでしたら世俗のざわめきにも煩《わずら》わされずに済みますね」

清之助が怪我をした左腕を庇《かば》いながら墓を清めるのを待って、江与は花を供えた。季節がら紅い実をつけた南天に灸花《やいとばな》の蔓という取り合わせである。

灸花は、井関家が近々取り壊されると聞き、持ち帰って庭に植え替えた。今朝でかける前に切ってきたものだ。

「たった一度お逢いしただけでしたが、志津さまは灸花のようなお人でした」

楚々とした白い小花の奥に暗紫色の花芯を隠している。燃え立つ心を人目にさらけ出すこともなく……。

灰色にくすんだ冬景色のなかで、南天の紅がひときわ鮮やかだった。天真爛漫な南天より、胸の奥に秘め事を抱いた灸花のほうが、今の自分には似合っているような気がする。

清之助に抱かれた夜を江与は思った。そっと清之助を見る。

清之助は墓石を見つめていた。眉間に深いしわを刻んでいる。

友人夫婦の死を悼んでいるのだ。我が手で彦十郎の仇を討てなかったことを悔やんでいるのか。矢を射かけた者を見逃してしまった無念を思い起こしているのかもしれない。

香をたむけ、並んで両手を合わせた。

「ずっと気にかかっていた。これでようやく心が鎮まった」

清之助は深々と息をついた。

帰り道では二人、物思いに沈みながら歩いた。互いのことだけを思い、それでいてどちらも話の糸口がつかめずにいる。

浅草寺が見えて来たところで、申し合わせたように足を止めた。

「江与どのはのれんを下ろしたと梅蔵が言っていた」

清之助が先に口を開いた。

「女医者をやめるのか」

江与は冬枯れの野に目を向けた。

「まだ決めたわけではありません。やめたくはないのです。ですが、お咎めを受ければ父や妹に迷惑がかかります。しばらく古医方の手伝いをしながら考えてみるつもりです」

「それがよかろう。正直に言えば、江与どのが女医者でなくなるとおれもなにやら寂しいが……」

「争う相手がいなくなるからにございましょう」

「それもある」

清之助は江与の眸《ひとみ》を見つめた。

江与は小首をかしげた。

「結局、どちらが勝ったのでしょうね」

「女医者は御法度にはならなんだ。が、取り締まりが厳しゅうなって江与どのはのれんを下ろした。勝負は五分五分といったところか」

「城の明け渡しはなし、切腹もなし、そのかわり功名も報奨もなしというわけですね」

二人は同時に頰をゆるめた。

「報奨はないが、ひとつ儲けた。江与どののお陰で、この世には善悪では計れぬものがあるとわかった」

「わたくしも津田さまのお陰で、どんなことにも目をそむけてはならぬと教えられました。

たとえ答えが出なくても、迷いが迷いのままに終わったとしても、真摯に心に問うてみなければなりません」

寒烏《かんがらす》の鳴き声が聞こえた。鳴き声だけで姿は見えない。

再び歩きはじめた。

「それにしてもぬかるみだらけだ」

「平坦な道などありませんね、どこもかしこも」

「尻餅をつこうが泥まみれになろうが、肚《はら》を据えれば怖るるに足らず。二人のことも、おれはそう思っている。江与どのも心に留めておいてもらいたい」

浅草寺の門前で別れた。

田原町三丁目に用事があるという清之助は、紋付着流し姿で颯爽《さっそう》と消えてゆく。またなにか事件があったのだろう。定廻り同心に心の休まる閑《ひま》はない。

寺門にたたずんで、江与は往来を眺めた。

浅草観音の年の市が立つ十七、十八の両日をはさんで、浅草寺の界隈は人波でごったがえす。御神酒《おみき》徳利、鏡餅、門松、羽子板、凧《たこ》……正月の品々から、帚《ほうき》、桶、暦、火箸、雪かき等々、ありとあらゆる品が売られ、植木屋が並び、見世物興行の小屋が建つ。

去年は真弓とおときと三人で買い物にくり出した。おときは巾着切《きんちゃくきり》にあって大騒ぎをしたものだ。

今年は平吉も一緒に連れてゆこう。山下幸三郎も同行したいと言うかもしれない。

一年前は平吉も幸三郎も知らなかったのに――。そう思うと不思議な気がした。それを言うなら、清之助も赤の他人だったのだ。

一年の重みが胸に迫る。

早くも広小路は年の瀬のにぎわいを見せていた。人混みをかき分けて通りを渡り、並木町を抜けて西仲町の角を折れる。

田原町一丁目の我が家の前まで来ると、患者たちの話し声が聞こえてきた。

路地へまわり込む。

裏口に長のれんがないので、自分の家のような気がしなかった。おきくや勝代や志津や、思い詰めた顔でのれんの前を行ったり来たりしていた女たちの姿が目に浮かぶ。

もしかしたら、あれはわたしの姿だったのかもしれないと、江与は思った。

呆然とたたずんでいると、小さな手で背中を叩かれた。

「今日は親分のお伴をしたんだぜ」

平吉は胸を反らせた。

「どこへ行ったのですか」

「材木町。泥棒とっつかまえたんだ。おいら、ちっこいから窓から忍び込んで、そいから大悪党どもを片っ端からやっつけて……」

自分がかっぱらいだったことなど、忘れたような口ぶりである。

「さ、なかへ入りましょう」

押しやろうとすると、平吉は口をとがらせた。

「よお、どうしてほおずきの根っこ、掘っちゃだめなのさ。つまんねえや」

このところ申し出るたびに断られている。

江与は平吉に笑顔を向け、それから穏やかな冬空を見あげた。

「ほおずきをね、薬にするのはやめたのですよ」

「だって腹痛の薬だろ。腹が痛くなったらどうするのさ」

腹痛は腹痛でも治療薬ではない。子堕ろしの薬だ。

「ほおずきの根っこの煎じ薬を呑まなければ、腹痛にはならぬのです。腹痛にならなければ、煎じ薬もいらないでしょう」

なぞなぞのような答えに、平吉は目を丸くしている。

と、そのとき、目の先を烏ならぬ雀がよぎった。

「寒雀……」

江与がつぶやくと、

「……寄るな止まるな射て食うぞ」

平吉もすかさず声を合わせる。

二人は笑いながら家のなかへ入って行った。

# 章ノ五　春の蠅

生き過ぎと思ふは不遜春の蠅（凍鶴）

## 【一】

玄関の引き戸を開けようとして、江与《えよ》は手を止めた。

目元に笑みをにじませる。

「おや、なにかと思ったら……おまえも越年したのですね」

戸の桟のところに小指の先ほどの黒いものがはりついていた。泥跳ねかと思ったが、よく見れば蠅《はえ》。脅かさぬよう静かに戸を開け、表に「古医方《こいほう》」の看板を掲げてまた中へ入ると、動きが鈍くなっているのか、蠅はまだ同じところにじっとしていた。

「思わず笑ってしまいました。親分の俳諧《はいかい》を思い出して……」

治療部屋へ戻った江与は、父の六左衛門《ろくざえもん》に蠅の話をした。

六左衛門も頰をゆるめる。

「先だっての句会の俳諧か。よう覚えておったのう」

「覚えていますとも。弱腰か弱法師かとさんざん言い合っていましたもの」

「そうか。うむ、そうだったの。孤鶴《こづる》はどうも即物的でいかん」

師走《しわす》の句会のために孤鶴――岡《おか》っ引《ぴき》の梅蔵《うめぞう》――がつくってきたのは、〈弱腰で叩かずにゐる冬小蠅〉という俳諧だった。先輩の凍鶴《いてづる》こと六左衛門はまず弱腰にケチをつけた。

「弱法師に替えてはどうじゃ」

「よろぼしってのはなんですかい。ええと、干物かなんかで……」

「弱法師も知らぬのか。世阿弥《ぜあみ》の作にあろうが」

「ぜあみ……ぜあみ、ねえ。そいつは蟬《せみ》のお仲間かなにかで……」

そんな頓珍漢《とんちんかん》なやりとりのあと、〈弱法師の叩けずにゐる冬小蠅〉に落ち着き、推敲した甲斐《かい》があって句会ではたいそう褒められたと聞いている。

「相変わらず親分は小さな生き物がお好きですね」

「まあ、叩くの叩かぬのと、似たようなものばかりではあるがの」

そんな話をしながら、六左衛門は薬研《やげん》を挽《ひ》き、江与は挽いた薬を小分けして油紙につつんでゆく。

昨年の十一月に女医師の取締令が発布されたので、江与は裏の戸口に掲げた「中條《ちゅうじょう》流《りゅう》婦人療治」ののれんを下ろした。それからは父の古医方の治療を手伝いながら、三日にあげず諏訪町の小山傳内《こやまでんない》の家へ通って蘭方《らんぽう》を学んでいる。

江与が十代後半だったころ、当時湯島《ゆしま》にあった傳内の私塾は蘭方を学ぼうという若者たちであふれていた。天保改革で異国の学問が目の敵にされ、私塾どころか傳内は隠居同然、今では金創《きんそう》医《い》の看板を掲げて細々と治療をつづけているありさまだが、江与はこの機会に知識と技を伝授してもらい、いつの日か婦人治療に役立てたいと考えるようになっていた。お上《かみ》の意に沿ってのれんを下ろしているからといって、志を棄てたわけではない。

「さあ、お茶をどうぞ」

おときが湯飲みをのせた盆を掲げて入って来た。そろそろ患者がやって来る時刻だ。治療がはじまれば休む間もなくなる。

「真弓《まゆみ》は？」

「お針に精を出しておられますよ」

遊び歩いていたころが嘘のようだ。が、それもこのご時世、倹約倹約で娘たちも委縮せざるをえない。

「真弓にはあとで使いを……」

頼まなければと言いかけたとき、玄関で人が駆け込む気配がした。

「急病やもしれんぞ」

「見て来ます」

江与は玄関へ出て行く。

傳内の弟子の山下幸三郎《やましたこうざぶろう》が、三和土《たたき》で息を弾ませていた。

「傳内先生になにかッ」

「い、いえ。先生が、江与どのを、お呼びして参るようにと」

会わせたい客人がいるという。それも諏訪町の本宅ではなく、下谷三ノ輪町の別宅で待っているそうで、そう言いながらも幸三郎は心なしか眉をひそめているように見えた。

「わたくしの知っているお人ですか」

幸三郎の表情が気になって、江与は訊《き》いてみた。

「それはどうでしょう。私塾をしていたころの弟子だそうです。遥々《はるばる》、長崎から参ったそうで……」

「長崎ッ」

江与は息を呑んだ。思いもよらない地名が耳に飛び込んできたので、一瞬、頭が真っ白になる。

長崎は、かつて想い想われ、駆け落ちまでしようとした人が没した地だ。その人も江戸にいたころは傳内の私塾に通っていた。江与ともそこで知り合っている。おそらく客人は、長崎でその人から江与の話を聞いていたのだろう。それで事情を知っている傳内は、江与を呼んで来るよう、幸三郎を使いに出した。そうにちがいない。

かつて、江与は身分ちがいの恋をした。が、むりやり引き裂かれ、その人は長崎へ旅立った。江与は訃報を耳にするまでのあいだ、文のやりとりさえ禁じられた。だからその人が長崎でなにを想い、どんな暮らしをしていたかはわからずじまいだ。そのため江与がこれまで苦しんできたことを、傳内は承知している。

「なにゆえ別宅に……いえ、急いでいるのでしたね」

「はい。できれば、すぐにも」

幸三郎が動転しているのは一目瞭然だった。礼儀正しい若者だから、いつもなら真っ先に六左衛門に挨拶《あいさつ》をするはずだ。それになにより、ここへ来て真弓の顔を見ないで帰るなど尋常ではない。

「よほどのご事情が……」

「くわしいことは道々お話しいたします」

「わかりました。少しだけお待ちください。父に行先を告げて参ります」

## 【二】

浅草田原町から下谷三ノ輪町までは、女の足でも四半刻《しはんとき》ほどだ。

江与と幸三郎は寺町をぬけ、下谷の大通りを北方へ急いだ。

「では、その熊野田《くまのだ》さまと仰るお人は、ご公儀に目をつけられているのですね」

「そのようです。長崎の事情はわかりませんが、彼の地でも蘭書《らんじょ》の取り締まりはことのほか厳しいそうですから」

熊野田省吾《しょうご》は長崎で——本人の話によれば——蘭書の翻訳をしていたという。水野忠《みずのただ》邦《くに》が老中になった四、五年前から、徐々に締め付けが厳しくなり、昨今は身の危険さえ感じるようになったため江戸へ帰ることにした。といっても捕縛される恐れがあるので実家や身内の家へは行けない。そこで傳内の私塾を頼ろうとしたが、私塾はもうなかった。あちこち訪ね歩いて、ようやく諏訪町の傳内宅を探し当てたという。

「先生はああいうお人ですからね、むろん親身に話を聞き、人目を避けるのであれば別宅のほうがよかろうということになりました」

「ご病気なのですか。それともお怪我でも？」

「食うや食わずで逃げてきたそうで衰弱しきっています。背中には酷《ひど》い火傷《やけど》の跡もあって……」

「火傷……」

「道中で火事に遭遇したそうです」

独りで別宅へ置いておくわけにもいかないので、回復するまでは幸三郎が世話をすることになった。

「大変ですね。わたくしたちもお手伝いをいたしますよ」

老夫婦と弟子一人の小山家に比べれば、多少なりとも人手がある。

「いや、それはよいのですが……実は……」

幸三郎はなにか言いたそうだった。が、江与が「なんでしょう」とたずねても逡巡《しゅんじゅん》している。

「今はそんなことより江与どののご自身のことです。先生は、江与どののお心が少しは慰められるかもしれぬと仰せでした」

「ありがたいことです。傳内先生には昔からお世話になってばかりで……」

「江与どのを娘のように愛《いと》おしんでおられるのです。さ、もう少しです、急ぎましょう。別宅なら安心とは思いますが、もしや面倒なことになれば……」

「追手が別宅まで？」

「万が一、そんな気配があれば、どこか他に安全なところを探さねばなりません」

二人は一段と歩みを速める。

畦道《あぜみち》の先に雑木林が見えてきた。傳内の別宅は雑木林の中にある。

「傳内先生もおいでなのですね」

「いや。そのおつもりだったのですが、出がけになって怪しい輩《やから》が路地をうろついていると奥様が仰せで……。もしや公儀のお手先やもしれぬ、用心にこしたことはないということに……」

傳内は本宅に残り、幸三郎が熊野田を連れて裏木戸からぬけだした。つまり、それほど切羽詰まっていたわけで、そういうことなら幸三郎の動転ぶりにも納得がゆく。

「本宅が知られているのなら、いずれにしても長養生はできませんね」

「そうなのです。危ういところへ江与どのをお呼びしてよいものかと、先生は迷うておられました。しかし、危急の刻なればこそ、今を逃せば機会は無《の》うなる。それはそれで後悔するのではないかと……」

「先生はわたくしをようご存じです。呼んでくださったのは正しいご判断でした」

あれから長い年月が経った。今は心魅《ひ》かれる人もいる。それでもまだ気持ちの整理がつけられずにいるのは、中途半端に断ち切られてしまった恋の結末が曖昧なまま胸にわだかまっているからだ。長崎での最期の日々が多少とも明らかになれば、江与にしても現実をまっすぐに受け止めて、新たな一歩を踏み出せそうな気がする。

二人は別宅の入り口へ来ていた。木立《こだち》に囲まれた茅葺《かやぶ》きの家はしんと静まりかえっている。逃亡だ追手だ火傷だと、そんな物騒な客人を匿《かくま》っているようには見えない。が、一歩足を踏み入れただけで、江与は早くもいつもとは異なる雰囲気を感じていた。早春の冷気のせいか。句会のとき以外は空き家になっているので、戸を開け放つまでは黴《かび》と湿気の臭いがかすかにこもっている。それが今は全く感じられないせいかもしれない。

「こちらです」

幸三郎は句会をする客間ではなく、奥まった小座敷へ江与を導いた。

熊野田省吾は、肩肘をついて体の重みを支えるような格好で文机に向かっていた。着物の上からでも尖《とが》った肩がわかるほど痩せている。傳内の浴衣を借用しているのか、いでたちはこざっぱりとしているものの、うなじでひとつに括った総髪は白茶けてごわつき、道中が容易ではなかったことが察せられる。

「熊野田どの。寝ていなくてよいのか」

幸三郎が声をかけると、熊野田は不意を衝かれたように振り向いた。とうに人の気配を感じていたはずで、江与にはその仕草が少しばかり大仰に見えた。とはいえ江与に向けられた視線は怖《こわ》いほど澄んでいて、蘭学に邁進してきた男の一途さが見てとれる。無精髭や日焼けした肌を差し引けば、白皙の学者と言えそうだ。

「こちらが江与どのだ」

　幸三郎が江与を引き合わせた。

「ほう……なるほど」熊野田は江与の顔をじっと見てうなずく。「悠次郎《ゆうじろう》が自慢しておったが、今、合点《がてん》したわ」

　江与はあッと声をもらした。鳩尾《みぞおち》に手を当て、思わず身を乗りだしたのは、熊野田に褒められたからではなく、熊野田が〈悠次郎〉と言ったからだ。江与がかつて恋仲になった人は樋口《ひぐち》悠次郎という名だった。旗本の次男なので私塾では〈樋口さま〉か〈樋口の若殿〉と呼ばれていて、傳内をはじめ親しい何人かだけが通称の〈悠次郎〉と呼んでいた。

「熊野田さまは、長崎で、悠次郎さまとお親しくしておられたのですね」

　警戒心は解け、熊野田に親しみすら感じはじめている。

「湯島の塾ではほんの短いあいだであったゆえ顔見知り程度だったが、長崎で共通の知り合いに引き合わされての、あいつが江戸を離れて一年ほど経ったころか、それからはひんぱんに行き来するようになった」

悠次郎は長崎でほとぼりを冷ましたら江戸へ戻り、かねてより定められていた家へ婿養子にゆくことになっていたという。ところが帰るのを拒否し、熊野田やその仲間たちの蘭書の翻訳を手伝うようになった。

「江与どのの話をようしていた。いつかは親も諦めるだろうから、そうしたら江与どのを呼び寄せ、共に暮らすのだと言っていた」

「まあ、悠次郎さまがさようなことを……」

「文を出しても返事がないと案じておったぞ」

「いただいておりません。長崎というだけでお住まいもわからず、わたくしはどうすることもできないまま……」

そのころ江与は授かったややこを流産してしまい――おそらくは樋口家の息のかかった医師のせいで――絶望の淵に沈んでいた。父や傳内も江与を案じて樋口家へ談判に出かけたが、その都度、追い返された。江与が悠次郎の訃報を知らされたのはだいぶ時が経ってからで、詳細もわからずじまいだった。

「悠次郎は親の言うなりにはならぬと決めていた。それには長崎で身を立てるしかない。帰らぬ息子に親も腹を立てたのだろう、そのころは仕送りも無《の》うなり、食うにも困って寝ずに働いていた。翻訳はむろん、できることはなんでも」

江与を長崎へ迎えるためだったと聞けば、嬉しさと同時に痛ましさが胸に迫る。

「あいつはなにもわるくなかった。だが焦るあまり、それと知らず密貿易に加担した。捕縛されはしたが、そのときにはもう胸を病んでいて……」

処分が決まる前に死んだと聞いて、江与は驚愕した。が、同時に納得もした。だから樋口家では悠次郎の死について多くを語らなかったのだ。長崎で死去した事実以外はひた隠しにして、江戸の報恩寺《ほうおんじ》に墓を建立した。そうするためには裏でかなりの金子《きんす》が動いたにちがいない。

「悠次郎は、江与どのにすまぬと、口癖のように詫びていた。そのことだけは、なんとしても伝えようと思っていた」

「ありがとう存じます。熊野田さまのおかげで様々なことが腑に落ちました」

悠次郎は、江与を忘れたわけではなかった。江与が江戸で悲嘆にくれていたとき、悠次郎も長崎で苦悶していた。それは胸の痛む事実ではあったが、最後まで共に闘ったとわかったことは、江与の心の中でひとつの恋が成就したのだという充足感をも高めていた。悠次郎が密貿易にかかわってしまったのは、一刻も早く江与といっしょに暮らしたいと願ったゆえだ。その気持ちさえわかれば、胎児を喪《うしな》い、独り苦しんだ日々も報われる。

長居は無用だと幸三郎に急《せ》かされて、江与は腰を浮かせた。

「お文でしたら、わたくしがお届けしましょうか」

文机に目をやったのは、隣家まで距離があることがわかっていたからだ。幸三郎一人でなにもかもこなすのはさぞや骨が折れるだろうと気づかったのである。

「そうだ。ご実家に知らせるなら、江与どのにお頼みするのがいちばん」

幸三郎も言葉を添えた。

熊野田はいったんうなずきかけたものの、不自然なほどはっきり首を横に振った。書きかけの文をたたんでふところへ納める。

「やめておこう。親に余計な心配はさせとうないゆえ」

江与は今一度、礼を述べ、席を立った。大通りまで送ってゆくという幸三郎と共に別宅をあとにする。

「明日にも諏訪町へうかがい、先生にお礼を申し上げます」

江与が言うと、幸三郎は考え込む目になった。

「ここ数日は行かぬほうがよいでしょう」

「見張られているやもしれぬ、ということですか」

「それもありますが……この一件に江与どのやご家族を巻き込みとうありません。それがしは、江与どのをお引き合わせするのも反対でした」

幸三郎はなにか思うところがあるらしい。

「わかりました。なれど、わたくしはお会いしてよかったと思うています。そのことは、幸三郎どのから傳内先生にお伝えください」

「わかりました。いずれにしても、何事も同じというわけにはいきません。熊野田どののこともそうですが、それがしも、いろいろと……」

追手に気づかれなくても、いつまでも別宅に匿うわけにはいかない。見たところ衰弱も火傷もさほど酷くはなさそうだから、熊野田は早々に出て行くことになるはずだ。

うなずこうとして、江与は首をかしげた。今、幸三郎は〈それがしも〉と言わなかったか。どういうことだろう。

「わたくしになにか、話があるのではありませんか」

畦道の途上で足を止め、江与は幸三郎の眸《ひとみ》を見つめた。

幸三郎ははっとしたように目を逸らし、しばらく足元に視線を落としていたが、やがてふーっと息をもらした。

「郷里へ、帰らねばなりません」

幸三郎は下総国《しもうさのくに》小《お》見川《みがわ》内田家の藩医の三男で、山下家の家督は嫡男が継いでいる。この嫡男の体調が近ごろ思わしくなかった。次男は他家へ養子に出されているため、幸三郎に帰って来るよう、親や親戚縁者から催促されているという。

「まあ、下総へ……」

江与は落胆を隠せなかった。

幸三郎が真弓に心を奪われているのはとうにわかっていた。真弓のほうはまだそんな気はなさそうだが、かといって嫌っているわけではない。むしろ好意を感じているようにも見える。真弓がその気になって、この純朴な若者と結ばれてくれればと、江与は密かに願っていたのだ。

「真弓ががっかりします」

思わずため息をつく。幸三郎はちょっと驚いたようだった。

「真弓どのは、それがしのことなど眼中にありませんよ」

「どうしてそんなふうに決めつけるのですか」

「それは……ありえません。いや、万にひとつ、そうであったとしても……六左先生や江与どのから大事な妹御を奪うわけにはいきません」

幸三郎はこのところずっと悩んでいたと打ち明けた。自分が願っていたとおり江戸で町医者の看板を掲げられれば、真弓と夫婦になる夢も叶うかもしれない。叶うように、焦らず、けれど精一杯、真弓の心をつかもうと努力をしたはずだ。

ところが下総へ帰るとなると——。六左衛門、江与、真弓……父と娘たちの絆の深さを知っているだけに、諦めるしかないとけんめいに己の心に言い聞かせているという。

「幸三郎どのは諦められるのですか」

「諦められるなら、こんなに苦しみはしません」

江与は悠次郎との切ない恋を思い出していた。何度、諦めようと思ったか。それでも諦めきれず、駆け落ちという無謀なことをしてしまった……。

「ひとつ、うかがいます。幸三郎どのに許嫁《いいなずけ》は？」

「まさか。なぜ、そんなことを？」

「わたくしは真弓の気持ちを知りません。ですから妹のことではなく、ただ、訊いておきたいのです。郷里のご両親は、幸三郎どのが江戸から花嫁を連れて帰られたらなんと仰せになられるかと……」

「びっくり仰天しますよ。それがしのような朴念仁《ぼくねんじん》では女子に声をかけることすらできぬと思っていますから。しかし、大喜びするはずです。藩医といってもほんの小禄で名家でもない我が家に、江戸から嫁御が来てくれるとなれば」

悠次郎の家は旗本だった。次男を他家の婿養子にするには、それなりの事情があったのだろう。が、幸三郎は藩医の息子で、真弓も元藩医の娘だ。つり合いはとれる。

「わたくしはね、幸三郎どの、真弓にだけはわたくしのような辛い思いをさせたくないのです。それだけは、なんとしても」

歓迎され愛おしんでもらえる家へ嫁がせたい。

「ようわかります。それがしの両親は、昔気質《むかしかたぎ》の田舎者ですが心根はやさしく、倅の選んだ嫁を歓迎こそすれ、決して辛く当たるような人たちではありません。ただ……」

「ただ？」

「問題は真弓どのです。江戸のように華やかな暮らしは望めませんから」

今はつつましくしているが、ひところの真弓は派手好きで遊び歩いてばかりいた。それを知っている幸三郎が逡巡するのはむりもない。

「ともあれ、ご帰国なさる前に、真弓と話し合《お》うてください」

父や自分のことなら心配はいらない、真弓の幸せがいちばんだからと江与は言ってやったが、幸三郎はまだ心を決めかねているようだった。下手なことを言いだして真弓に嫌われるのが怖いのかもしれない。

「曖昧にしたまま別れては後々《あとあと》悔いを残します。ご自分の気持ちをきちんと伝えるべきです。それだけは約束してくださいね。黙って行ってしまうことだけはしないと」

自分たちがそうだった。悠次郎のせいではなかったが、別れの言葉もないままにぷつりと断ち切られてしまったがゆえに、長い歳月、苦しみつづけることになったのだ。

「約束します。真弓どのには必ず伝えます。どのみち熊野田どのの件が片づかなければ、先生を放って帰るわけにはいきません」

大通りに出たところで二人は別れた。

真弓は、幸三郎をどう思っているのか――。

家路をたどる江与の頭は、妹のことでいっぱいだった。

## 【三】

翌々日の朝のことである。朝餉《あさげ》を終えた六左衛門と江与、それに真弓の三人が茶の間でくつろいでいると、おときが庭から入ってきた。竹箒《たけぼうき》を手にしているのは裏の路地を掃いていたのだろう。けげんな顔をしている。

「どうしたのですか。裏にお客でも？」

中条流の婦人治療は、人づてに評判を聞いて訪ねてくる者が大半だ。のれんを下ろしていても診療を請う者はあとを絶たない。緊急でない場合はもちろん事情を話してお引き取り願うが、切羽詰まっている場合は追い返すわけにもいかず、江与はこっそり診療をしてやることにしていた。

「いいえ、女子ではありません。なにやら目つきの鋭い、いわくありげな輩が家のまわりをうろついております」

おときは声をひそめた。江与ははっと目をみはる。

するとすかさず、真弓がつづけた。

「あら、わたしも見ましたよ。夕べ、お針の稽古から帰ったときに」

「まあ、なぜ黙っていたのですか」

「だって、物陰からこちらを見ていただけで、なにかしらと目を凝らしたときにはいなくなっていたんですもの」

「ふむ。妙だのう。なんぞ心当たりはないか」

六左衛門が江与にたずねた。のれんを下ろす前は、中條流ということで探りを入れられることがままあった。

「いいえ」と答えたところで、江与は「そうそう」と言い直した。

「一昨日、幸三郎どのが呼びに来てくださって傳内先生の別宅へうかがったとき、長崎からいらしたお人にお会いしました」

「熊野田某と言うたの。別宅で養生しておるとか」

「はい。実はそのお人、追手から逃げているそうで……」

長崎にいたころの悠次郎の知り合いだと、父には教えていた。が、心配させてはいけないと気をまわして、熊野田の素性については話さなかった。やはり話しておいたほうがよかったかもしれない。

「諏訪町の家のまわりにも怪しげな男たちがうろついていたそうです。きっと熊野田どのを捜しているのでしょう」

六左衛門は顔をしかめた。

「傳内どのも厄介なものを背負い込んだのう。それでのうても、お上ににらまれておるというに」

「といって知らぬ顔もできません。湯島の私塾のお弟子ですもの」

衰弱した体が回復して火傷が癒えるまでは別宅に匿って幸三郎が世話をすることになったと教えると、真弓は案じ顔になった。

「でもそのお人は、悪事を働いて、お上に追われているのでしょう？」

「蘭書の翻訳をしているのを見つかったとうかがいました」

「それもご法度《はっと》破りやもしれぬが、それだけで江戸まで追いかけてくるものかの。熊野田という男、よほどのお尋ね者やもしれぬぞ」

「だいいち、そのお人は、なんで江戸へお帰りになったんですかねえ。ご実家へも帰れず、逃げまわっているだけなら、なにも江戸へ帰らなくたって……」

六左衛門とおときの言葉に、真弓は首をかしげる。

「幸三郎さまは大丈夫かしら。姉さま。熊野田とはどういうお人でしたか」

「それは……真面目そうで、とても悪人のようには……」

言いながら江与も不安になってきた。自分への接し方からして、悠次郎と熊野田は信頼し合っていたようだ。けれど、悠次郎の知己というだけで買いかぶってはいなかったか。熊野田とはいったい何者だろう。

たしかめなければ、と思ったそのとき、裏手で「おーい」と平吉《へいきち》の声がした。

「あ、平吉だわ。いいとこへ来た」

江与は腰を上げた。

「表にもお客が来ているようですよ。真弓、案内しておあげなさい」

言いおいて席を立つ。裏口へ行ってみると、平吉はもう井戸端へ出ていて、弥助《やすけ》が水を汲《く》むのを手伝っていた。昨年の今ごろは名うての悪たれ小僧だったことを思うと、一年の成長ぶりが頼もしい。とはいえ——。

「よう、女先生。使いなら安くしとくぜ」

乱暴な言葉遣いは相変わらずだし、片手を突き出す厚かましさも以前のままだ。子だくさんの貧家の倅は、今や一家の大黒柱でもある。

「駄賃ならはずみます。文を書きますから、大急ぎで届けてはもらえませんか。届ける先は……」

「津田《つだ》のおっちゃんだろ。わかってらい」

江与は平吉を待たせて文を認《したた》めた。津田清之助《せいのすけ》は北町《きたまち》奉行所の同心だから、武家の騒動には手を出せない。そうはいってもなにか伝手《つて》があるはずだ。熊野田省吾は十年近く前、湯島にあった傳内の私塾へ通っていた。長崎では蘭書にかかわる仕事をしていた。公儀に目をつけられて江戸へ舞い戻ってきたとなれば、素性を調べるくらい朝飯前だろう。

「いいわね。急いでね」

「合点承知ッ」

駄賃をふところへ納めて、平吉は駆けだした。

江与はふっと息をつく。ついさっきまではのんびりかまえていた。熊野田はたしかに謎めいた男だが、元気になれば出て行くはずで、それ以上、詮索する必要はないと思っていたのだ。匿っているあいださえ何事もなければよい、傳内夫婦にも幸三郎にも災いはふりかからないだろう、と。

けれど、おときが怪しい人影を見たと言ったとき背筋がぞくっとした。真弓の不安そうな顔を見て胸騒ぎを覚えた。真弓のその表情に、幸三郎のくったくを抱え込んでいるような表情が重なる。

なにか見過ごしているのではないかしら——。

にわかに焦燥が込み上げた。と同時に、清之助の顔が浮かんだ。清之助に相談しようと思った瞬間に平吉の声が聞こえたのは、ふしぎな偶然としか言いようがない。

清之助はいつもながら機敏だった。

翌日の夕刻には、江与は清之助と清水稲荷の境内で向き合っていた。吾妻橋からほど近い清水稲荷は二人がはじめて出会った場所で、人目を避けて逢《あ》うには都合がよい。

「では、蘭書の翻訳で目をつけられた、というのはでたらめなのですね」

事の真相を聞かされて、江与は顔色を変えた。

清之助も憂慮の色を浮かべている。

「いや、はじめはそうだったのだろう。熊野田省吾は評判の秀才で、湯島でも人一倍熱心に蘭方を学んでいたそうだ。聡明で真面目《まじめ》で、だれの目にも志のある若者に見えた。意気に燃えて長崎へ出かけたが、留守のあいだに悲劇が起こった」

息子を長崎へ遊学させるような父親だから、おそらく学問好きな心の広い男にちがいない。それが異国を忌み嫌う町奉行の鳥居《とりい》忠耀《ただてる》や目付の榊原忠義《さかきばらただよし》から目の敵にされたのかもしれない。同僚のだれかに讒訴《ざんそ》されて不良御家人の烙印を押され、突然、罷免されてしまった。一昨年のことだという。

「では、ご実家は改易されているのですね」

「父親は武士を棄て、谷中の長屋で近所の子らに読み書きを教えている」

天保改革がはじまり、世の中は激変した。長崎も蘭学への締めつけが厳しくなった。

「自棄《やけ》になったのやもしれぬの。実家の没落を知ってからというもの、人が変わったように公儀に盾突くようになったと聞く。悪事にも手を染めた。結局は捕まって牢へぶち込まれたが、官吏を殺《あや》め、放火して逃亡した」

江与は茫然と清之助の顔を見返している。

「背中に、火傷の跡があると、聞きました」

「そのときの火傷だろう。いや、道中でも似たようなことをしたやもしれぬ」

熊野田は逃亡中にも人を殺めているらしい。

「脱獄はともあれ、なぜ、江戸へ戻ってきたのでしょう？」

実家は改易となった。江戸は長崎以上に取り締まりが厳しい。生きのびるためなら、江戸より安全な場所があるのではないか。

清之助はうなずいた。

「これはおれの憶測にすぎないが、熊野田省吾には、なにか江戸で為さねばならぬことがあるのではないか」

「為さねばならぬこと……」

「たとえば、父親を陥れた者に復讐をするとか」

あッと江与は息を呑む。

熊野田が、生きのびるためではなく、怨《うら》みを晴らすために江戸へ帰ってきたとしたら……。己の命など端《はな》から棄てているとしたら……。長崎からここまで、邪魔者を次々に殺めてきたことも腑に落ちる。

幸三郎は熊野田に、なにか尋常ならざるものを感じているようだった。かといって直感やあやふやな疑いだけでは傳内に告げ口もできず、それで悩んでいるのかもしれない。

「幸三郎どのはお独りで看病しておられます」

周囲には隣家のない雑木林の中の一軒家である。江与が不安を口にすると、清之助も眉根を寄せた。

「手を打たねばならぬの」

「熊野田省吾が真にさような男なら……」

「わかっている。驚かしたり怯《おび》えさせたりするのは危険だ。慎重に事を運ぶ」

「お願いいたします」

傳内にはまだ話さぬほうがよいと言われて、江与はうなずいた。

「あとの事はおれにまかせて、清之助は江与どのも、三ノ輪の別宅には近づかぬよう……」

約束だぞ、と呟《つぶや》いて、清之助は江与の手を握った。江与も握り返した。ほんの一瞬で二人の手は離れたが、離れてからも、江与の掌《てのひら》には清之助の掌の温かく頼もしい感触がはっきりと残っていた。

「清之助さま。こんなときですがひと言だけ……。どのような悪事をしてきたか知りませんが、熊野田というお人はわたくしの憂いを取り去ってくれました」

それだけで清之助には伝わったようだ。

「なればよかった。熊野田も、江与どのの大事なお人が存命していたころは学問の志に燃え、互いに良き友だったということだ。生まれながらの悪人などおらぬ」

「はい。人は変わります」

江与は会釈をしてきびすを返した。

かつて悠次郎に恋焦がれていた自分は、今、清之助に想いを寄せている。同じように見えても、心のありようはちがっていた。どんなに惚れていても、今なら駆け落ちはしないだろう。逢えない日々がつづいても、深く、静かに、想いつづけることができるとわかっているからだ。

わたくしも変わった——。

江与は妹を思った。真弓も今、変わろうとしているのではないか。

## 【四】

熊野田の一件を清之助に託して、江与は肩の荷を下ろした。あとはなりゆきを見守るのみ。

ところが、家に帰ると状況は一変していた。

家の前の路地に梅蔵の子分たちがたむろしている。

「なにごとですか」

「へい。これから三ノ輪へ駆けつけるとこで」

子分の粂次《くめじ》が言うには、梅蔵親分を呼んだのは六左衛門で、今、中で詳しい事情を聞いているところだという。江与はあわてて中へ入る。

梅蔵は六左衛門と話していた。六左衛門のかたわらにいるのは傳内だ。その後ろにはおときも膝をそろえている。

「おう、江与か」

「少なくとも女先生は無事ってこって」

「親分。なにか、あったのですか」

いっせいに話しだそうとするのを制して、六左衛門が説明をした。

諏訪町の傳内の本宅に、別宅にいる幸三郎から文が届いた。そこには、郷里で危急な用ができたのでただちに帰国する——と記されていた。幸三郎の兄が病だという話を聞いていたため、傳内も一度は納得した。が、なぜ郷里からの知らせが諏訪町ではなく三ノ輪町のほうへ届いたのかと疑問がわいてきた。どうにも気になるので別宅へ行ってみることにした。

「三ノ輪へ行くならここは通り道。もしや、なにか聞いてはおらぬかと……」

幸三郎が真弓に気があることは傳内も薄々察していた。それでふっと思いついて立ち寄ってみたのだが……。

「真弓はどこだ？」「真弓嬢さまは三ノ輪へ縫い上げた着物を届けると仰って、弥助と出かけましたよ」「江与どのは？」「さあて、わしはなにも聞いておらんが……」「そういえば平吉が呼びに来ましたっけ。へへ大捕り物になるぞ、などと大はしゃぎで……」

そんなやりとりをしているうちに、皆、不安になってきた。梅蔵を呼んだのは、傳内を独りで別宅へ行かせたくなかったのと、別宅にいる幸三郎と真弓の身になにかあったとき助けが必要になると考えたからだ。

六左衛門の話を聞いて、江与は蒼白になった。文机に向かっていた熊野田の痩せた背中が目に浮かぶ。

「幸三郎どのの文は偽物です」

「わしも、わざわざ文を寄越すより説明に来たほうが早いと思うたが……しかし、筆跡はたしかに……」

「いいえ。上手く真似たか、むりやり書かせたか。幸三郎どのはわたくしに約束しました。黙って帰国はしない、と。真弓にお気持ちを打ち明けると仰せでした」

六左衛門と傳内は顔を見合わせた。

「こうしちゃあ、いられねえ。あっしらはすぐに出かけますサ」

梅蔵は飛び出そうとする。

「待てッ、わしもゆく」

「おう、わしも」

六左衛門と傳内が同時に腰を上げた。

「お二人はここに。わたくしが参ります。親分、津田さまももうご存じです。急ぎ手を打つと仰せでしたから今ごろは……」

「そいつはありがてえ。おーい。てめえら。ゆくぞーッ」

梅蔵と子分たちは一目散に走り出す。

居ても立ってもいられず、江与も小走りにあとを追いかけた。


もし、駆けつけるのがほんの少しでも遅れていたら、幸三郎と真弓は傳内の別宅ともども灰になっていたかもしれない。たとえ焼け跡から遺体が発見されたとしても、それは当初、熊野田省吾のものだと思われたはずだ。のちに人違いと判明したとしても、そのころにはもう、熊野田は己の命と引き換えに父親を讒訴しただれかを襲い、成功してもしなくても、この世の者ではなくなっていたにちがいない。

畦道を駆けぬけたところで、梅蔵も子分たちも、江与も、口々に驚きの声をあげた。雑木のあいだから焔が見える。

「大変だッ、燃えてるッ」「火事だッ」「傳内先生の家だぞッ」

妹の名を絶叫しながら駆けつけようとする江与を、子分のだれかが抱きとめた。

「ここはあっしらにお任せを」

梅蔵と子分たちは果敢にも火焔の中へ飛び込んでゆく。

「真弓ッ、真弓ッ、ああ、真弓を助けてッ」

真弓の命が助かるなら自分の命を捧げてもいい。血のつながりがあるかないかなど、いっさい関係なかった。自分がどんなに妹を愛おしく思っているか、江与は今、あらためて思い知った。

地面にうずくまって懊悩する江与のかたわらで、いたたまれず追いかけて来たのか、傳内も両手を合わせている。

息詰まるようなひととき――。

「女先生。あとを頼むぞ」

煙をかきわけて、梅蔵が出て来た。真弓を抱えている。

この瞬間、江与はずんぐりした岡っ引の親分――毎度のようにおかしな俳諧をひねりだしては皆を笑わせてくれる孤鶴――が神か仏のように神々《こうごう》しく見えた。

「真弓ッ。ああ、よかったッ。怪我はありませんか」

姉に抱き留められても、真弓は体を反り返して別宅のほうへ顔を向けていた。両手を振りまわして鬼気迫る形相である。

「助けてッ。幸三郎さまを助けてッ。わたしのために、わたしさえ行かなければこんなことには……」

落ち着いて、とも、大丈夫ですよ、とも江与は言えなかった。ついさっきまで自分も身も世もなく取り乱していたのだから。江与が妹を喪うまいと抱きしめているように、真弓も幸三郎を喪う恐ろしさに動転している。

「おう、生きとったかッ」

そのとき傳内が歓喜の声をあげた。梅蔵と粂次に両側から抱えられて、幸三郎がこちらへやって来る。すると真弓は姉の腕を振り払って、傳内より先に幸三郎のもとへ駆け寄った。しがみついて号泣する娘を、だれも、なにも言わずに眺めている。

幸三郎は、火傷だけでなく硬いもので殴られたか、こめかみから多量の出血をしていた。脇腹を押さえ、足を引きずっているところを見ると、壮絶な制裁を課されたようだ。両手首の痣は縄で縛られていた跡だろう。

これはあとでわかったことだが、数日共に暮らすうちに熊野田に疑惑を抱くようになっていた幸三郎は、密かに熊野田の行動を見張っていた。隣の農家へ文を届けたことがわかったので宛先を聞き出したところ、諏訪町の傳内宅だという。これはなにかが起こる前兆だと用心していたおかげで、熊野田の急襲を既《すんで》のところでかわすことができた。闘うには手ごわい相手だが、この分なら逃げおおせそうだ。御番所へ駆け込めば一件落着……そう思ったのも束の間だった。

真弓がやって来た。予想外だったので幸三郎は狼狽した。「来るなッ。逃げろッ」と叫んだもののわずかに後れをとり、熊野田は真弓を羽交い絞めにして刃物を首に当てた。となれば、勝敗は逆転だ。熊野田の命じるままに着物と袴《はかま》を取り換えた。真弓だけは助けてくれと懇願したものの、当て身をうけて真弓は昏倒、幸三郎も突き棒で殴りつけられた。腹を蹴り飛ばされてうずくまったところまでしか幸三郎は覚えていなかった。

一方の真弓は意識を取り戻したものの、すでに手足を縛られ猿轡をはめられていた。熊野田は家に火を付ける前に幸三郎の顔を叩き潰《つぶ》そうとしたそうだが、悲嘆に満ちた真弓のまなざしを見て思いとどまったという。熊野田にも人間らしい心が残っていたのか。娘のまなざしになにか、胸に刻まれた思い出を呼び覚ますものがあったのかもしれない。

ともあれ、幸三郎と真弓は無事に救出された。

「熊野田省吾に疑念を抱いたきっかけはなんだったのですか」

江与は幸三郎にたずねた。

幸三郎は「文」だと答えた。

「でも、そのときはもう……」

「いや、先生に宛てた文、つまりそれがしの筆跡を真似て書いたものではありません。もう一通の文です」

「他にも文があったのですか」

「父親に宛てた文です。見るつもりはなかったが、ちらりと見えてしまった。不肖の倅がいなくなっても嘆かないでくれ……というような、むろんそれだけではなんとも言えませんが、遺書とも思えるものでした」

傳内の別宅で自死したように思わせたかったのか、それとも、父の仇を討ったあとの遺言のつもりだったのか、それは熊野田に訊いてみなければわからない。ただ、熊野田が死を覚悟して長崎から江戸へ帰って来たことだけはまちがいない。

「熊野田省吾は今、どこにいるのでしょう？」

悠次郎の知己であった男の果てしない心の闇を想って、江与は眉を曇らせた。

## 【五】

早春の陽射しを浴びながら、江与は清之助と谷中へつづく道を歩いていた。

秋には菊花が咲き誇るこの界隈《かいわい》も、今は連翹《れんぎょう》や辛夷《こぶし》がちらほら、甘い香に誘われて目を向けると、生垣の沈丁花《じんちょうげ》も小さな花をつけている。

「幸三郎どのの怪我は癒えたか」

「まだあちこち痛むようですが、真弓が甲斐《かい》甲斐《がい》しく看病しております」

二人は笑みを交わし合った。

「江与どのも寂しゅうなるの」

「ええ。でも想うお人と添い遂げるのがいちばん。わたくしのことを見ていますから、父も反対はできぬと……いえ、それどころか、嫁がせる前に一度、真弓を連れて幸三郎どののご両親に会いにゆくとはりきっております」

幸三郎がいつ、どんなふうに自分の気持ちを真弓に話したのかはわからない。真弓がそれにどんな言葉で応えたのかも。

二人はそろって六左衛門と江与の前で両手をつき、夫婦になる許しを請うた。むろん六左衛門も江与も心から祝福した。

「めでたしめでたしか」

「真弓が質素な暮らしになじんでくれればよいのですが……」

「人は変わると言ったのは江与どのだぞ」

「さようでした。ええ。今の真弓は幸せそうで、見違えるように頼もしゅうなりました。

幸三郎どのは早くも頭が上がらぬようです」

江与は声を立てて笑う。そんなおしゃべりも、谷中が近づくにつれて様相が一変してきた。二人がこれから訪ねようとしているのは、熊野田省吾の父親である省《しょう》太夫《だゆう》が住まいかたがた子供たちに読み書きを教えているという長屋である。

熊野田省吾は、三ノ輪の別宅からまんまと逃げはしたが、街道筋を固めていた町奉行所の捕《と》り方《かた》に見つかり追いつめられた。お縄になる寸前に毒を呑んで果てたのは、いずれその刻が来ることを覚悟して南蛮渡来の毒薬を携帯していたものらしい。清之助は江与に不手際を詫びたが、江与はかえってそれでよかったと安堵《あんど》した。何人もの命を奪っている熊野田が打ち首・獄門になることはまちがいないからだ。

「お父上はどの程度ご存じなのでしょう？」

「長崎で牢破りをして江戸へ舞い戻り、捕縛されそうになって自害した……と、まあ、そんなとこか」

下手人が死んでしまった今、道中で犯した罪をひとつひとつあげつらうのは徒労だ。傳内や幸三郎、それに真弓が訴え出なければ、それ以上の詮索は行われないと清之助は説明した。いずれにしても熊野田省吾はお尋ね者だった。省太夫はさぞや悲嘆にくれているにちがいない。そもそも省太夫自身も、同僚の讒訴によって罷免された不運な男である。

長屋のそばまで来ると、子供たちの元気な声が聞こえてきた。「こらこら」と叱りながらも野太い声がなにか言うと、子供たちはきゃらきゃらと笑う。

江与と清之助は顔を見合わせた。

みすぼらしい長屋だ。どぶの臭いと後架の臭い、湿気た黴の臭いもかすかにただよっている。それでも、長屋のその一軒だけは家全体が愉しげに弾んでいた。

開け放たれた戸口から中を覗いた二人は、もう一度、意外そうに顔を見合わせる。

熊野田省太夫は、丸顔の小柄な男だった。すでに初老と言っていい。それとも度重なる不幸のせいで実際の年齢より老けてしまったのか。白髪まじりの無精髭に身なりも粗末だが、双眸は明るく、この世のいっさいを笑い飛ばそうとしているようにも見えた。

「不良御家人というので、強面《こわもて》の陰気なお人かと思いました」

「お心の内はどうあれ、今は子らに学問を教えることが生き甲斐なのだろう」

「お慰めしようなどと、お門違いやもしれませんね」

今さら非業の死を遂げた息子のことを話題にして、なんになるのか。

「会わずに帰ろう」

「はい。あ、お待ちください」

江与はふところから折りたたんだ紙を出して、戸口のところへ置いた。

「なにが書いてあるのだ？」

「父の俳諧です。先日の句会でつくったそうで……」

三ノ輪の別宅が焼けてしまったので、今回は江与の家で開催された。といっても、傳内と六左衛門、梅蔵、それに薬種屋の隠居と書肆の親父といったいつもながらの顔ぶれだった。

別宅が焼けてしまったことは、江与にとっても胸の痛む出来事だった。なぜなら清之助との熱い夜の思い出が刻まれた場所だったからだ。けれどまた、そこには悠次郎との悲恋の苦しみもしみこんでいた。別宅が焼失して悠次郎ゆかりの熊野田がこの世から姿を消した今は、いっそ清々して、新たな一歩を踏み出せそうな気もしている。

清之助は、長屋の木戸の手前で、再度訊いてきた。

「六左先生は、なにゆえ江与どのに俳諧を託したのだ？」

「さあ、よくはわかりませんが……父とて、昨今の政には思うところが多々あるはずです。それでも弱き庶民は、黙々と、生きていかねばなりません。少しでも熊野田どののお父上のお慰めになればと思うたのでしょう」

「そういわれると、なおさら知りとうなるの」

どのような俳諧かと訊かれて、江与は真顔で答えた。

「孤鶴を真似て……春の蝿」

「蝿？」

清之助は目を泳がせる。

「春の蝿は大きくて動きが鈍いそうですよ。障子の桟や縁側でゆったりとくつろいでいるところは、存外肝が据わっていて、そう、大物の風格やもしれません。熊野田どののお父上のように……」

清之助はますますけげんな顔。

江与は笑いながら、ひと足先に木戸をくぐって路地へ出た。

了

本書は、『恋ほおずき』（二〇〇三年七月、中央公論新社刊／二〇〇六年七月、中公文庫）に、「章ノ五　春の蠅」を新たに書き下ろしたものです。

中公文庫

恋《こい》ほおずき
——完全版《かんぜんばん》

2021年12月25日　初版発行
2022年 1 月25日　再版発行

著　者　諸《もろ》田《た》玲《れい》子《こ》

発行者　松田陽三

発行所　中央公論新社
〒100-8152　東京都千代田区大手町1-7-1
電話　販売 03-5299-1730　編集 03-5299-1890
URL https://www.chuko.co.jp/

ＤＴＰ　ハンズ・ミケ
印　刷　大日本印刷
製　本　大日本印刷


Published by CHUOKORON-SHINSHA, INC.
Printed in Japan　ISBN978-4-12-207158-2 C1193

# 中公文庫既刊より

も-26-2
## 美女いくさ
諸田 玲子

信長の気性をうけつぎ「女弾正忠」と称された小督は、愛する夫と引き裂かれながらも、将軍家御台所として、戦国の世を逞しく生き抜く。〈解説〉中江有里

205360-1

も-26-3
## 花見ぬひまの
諸田 玲子

幕末の嵐の中で、赤穂浪士討ち入りの陰で、女たちは生命を燃やした。高杉晋作の愛人おうの、二人を匿った野村望東尼……儚くも激しく、時代の流れに咲いた七つの恋。

206190-3

も-26-4
## 元禄お犬姫
諸田 玲子

「生類憐みの令」のもと、犬をめぐる悪事・怪異が相次ぐ江戸の町。野犬猛犬狂犬、なんでもござれの「お犬姫」が、難事件に立ち向かう。〈解説〉安藤優一郎

207071-4

あ-32-5
## 真砂屋《まなごや》お峰
有吉佐和子

ひっそりと家訓を守って育った材木問屋の娘お峰はある日炎の女に変貌する。享楽と頽廃の渦巻く文化文政期の江戸を舞台に、鮮烈な愛の姿を描く長篇。

200366-8

あ-32-10
## ふるあめりかに袖はぬらさじ
有吉佐和子

世は文久から慶応。場所は横浜の遊里岩亀楼。尊皇攘夷の風が吹きあれた幕末にあって、女性たちはどう生き抜いたか。ドラマの面白さを満喫させる傑作。

205692-3

あ-32-11
## 出雲の阿国《おくに》（上）
有吉佐和子

歌舞伎の創始者として不滅の名を謳われる出雲の阿国《おくに》だが、その一生は謎に包まれている。日本芸能史の一頁を活写し、阿国に躍動する生命を与えた渾身の大河巨篇。

205966-5

あ-32-12
## 出雲の阿国（下）
有吉佐和子

数奇な運命の綾に身もだえながらも、阿国は踊り続ける。歓喜も悲哀も慟哭もすべてをこめて。桃山の大輪の華を描き、息もつかせぬ感動のうちに完結する長篇ロマン。

205967-2

各書目の下段の数字はＩＳＢＮコードです。978-4-12が省略してあります。

あ-59-4
**一路（上）** 浅田次郎
父の死により江戸から国元に帰参した小野寺一路は、参勤道中御供頭のお役目を仰せつかる。家伝の行軍録を唯一の手がかりに、いざ江戸見参の道中へ！
206100-2

あ-59-5
**一路（下）** 浅田次郎
蒔坂左京大夫一行の前に、中山道の難所、御家乗っ取りの企てなど難題が降りかかる。果たして、行列は期日通りに江戸へ到着できるのか――。〈解説〉檀 ふみ
206101-9

あ-59-6
**浅田次郎と歩く中山道** 『一路』の舞台をたずねて 浅田次郎
中山道の古き良き街道風景や旅籠の情緒、豊かな食文化などを時代小説『一路』の世界とともに紹介します。いざ、浅田次郎を唸らせた中山道の旅へ！
206138-5

あ-59-7
**新装版 お腹召しませ** 浅田次郎
幕末期、変革の波に翻弄される武士の悲哀を描く傑作時代短編集。書き下ろしエッセイを特別収録。司馬遼太郎賞・中央公論文芸賞受賞作。〈解説〉橋本五郎
206916-9

あ-59-8
**新装版 五郎治殿御始末** 浅田次郎
武士という職業が消えた明治維新期、行き場を失った老武士が下した、己の身の始末とは。表題作ほか全六篇に書き下ろしエッセイを収録。〈解説〉磯田道史
207054-7

あ-83-1
**闇医者おゑん秘録帖** あさのあつこ
「闇医者」おゑんが住む、竹林のしもた屋。江戸の女たちにとって、そこは最後の駆け込み寺だった――。女たちの再生の物語。〈解説〉吉田伸子
206202-3

あ-83-2
**闇医者おゑん秘録帖 花冷えて** あさのあつこ
子堕ろしを請け負う「闇医者」おゑんのもとには、今日も事情を抱えた女たちがやってくる。「診察」は、やがて「事件」に発展し……。好評シリーズ第二弾。
206668-7

う-28-8
**新装版 御免状始末** 闕所物奉行 裏帳合㈠ 上田秀人
遊郭打ち壊し事件を発端に水戸藩の思惑と幕府の陰謀が渦巻く中を、著者史上最もダークな主人公・榊扇太郎が剣を振るい、謎を解く！ 待望の新装版。
206438-6

各書目の下段の数字はISBNコードです。978－4－12が省略してあります。

う-28-9
**新装版 蛮社始末 闕所物奉行 裏帳合㈡**
上田秀人
榊扇太郎は闕所となった蘭方医、高野長英の屋敷から、倒幕計画を示す書付を発見する。鳥居耀蔵の陰謀と幕府の思惑の狭間で真相究明に乗り出すが……。
206461-4

う-28-10
**新装版 赤猫始末 闕所物奉行 裏帳合㈢**
上田秀人
武家屋敷連続焼失事件を検分した扇太郎は改易された出火元の隠し財産に驚愕。闕所の処分に大目付が介入、大御所死後を見据えた権力争いに巻き込まれる。
206486-7

う-28-11
**新装版 旗本始末 闕所物奉行 裏帳合㈣**
上田秀人
失踪した旗本の行方を追う扇太郎は借金の形に娘を売る旗本が増えていることを知る。人身売買禁止を逆手にとり吉原乗っ取りを企む勢力との戦いが始まる。
206491-1

う-28-12
**新装版 娘始末 闕所物奉行 裏帳合㈤**
上田秀人
借金の形に売られた旗本の娘が自害。扇太郎の預かりの身となった元遊女の朱鷺にも魔の手がのびる。江戸闇社会の掌握を狙う一太郎との対決も山場に！
206509-3

う-28-13
**新装版 奉行始末 闕所物奉行 裏帳合㈥**
上田秀人
岡場所から一斉に火の手があがった。政権返り咲きを図る家斉派と江戸の闇の支配を企む一太郎が勝負に出たのだ。血みどろの最終決戦のゆくえは⁉
206561-1

う-28-14
**維新始末**
上田秀人
あの大人気シリーズが帰ってきた！　天保の改革から二十年、闕所物奉行を辞した扇太郎が見た幕末の闇。過去最大の激闘、その勝敗の行方は⁉
206608-3

う-28-15
**翻弄 盛親と秀忠**
上田秀人
偉大な父を持つ長宗我部盛親と徳川秀忠は、立場は違えどいずれも関ヶ原で屈辱を味わう。それから十余年、運命が二人を戦場に連れ戻す。〈解説〉本郷和人
206985-5

う-29-6
**志士の峠**
植松三十里
文久三年、公家の中山忠光は帝の行幸の先ぶれを命じられ挙兵したが、幕府方諸藩より討伐軍を差し向けられる。天誅組の光跡を描く歴史長篇。〈解説〉細谷正充
206497-3

う-34-3
**おらんだ忍者　医師了潤　秘めおくべし**　浮穴みみ

了潤が主命により張り込んでいた男が、一心不乱に書き上げた手記には「秘めおくべし」の表書きが。謎が謎を呼び、了潤たち忍び組は蝦夷地へと誘われてゆく。

206609-0

お-82-1
**時平《しへい》の桜、菅公の梅**　奥山景布子《きょうこ》

孤高の俊才・菅原道真と若き貴公子・藤原時平。身分も年齢も違う二人は互いに魅かれ合うも、残酷な因縁に辿り着く——国の頂を目指した男たちの熱き闘い！

205922-1

お-82-2
**恋衣　とはずがたり**　奥山景布子

後深草院の宮廷を舞台に、愛欲と乱倫、嫉妬の渦に翻弄される一人の女性。遺された日記を初めて繙いた娘の視点から、その奔放な人生を辿る。〈解説〉田中貴子

206381-5

お-82-3
**秀吉の能楽師**　奥山景布子

太閤秀吉を能に没頭させよ、との密命を帯び、天下人に近づいた能楽師・暮松新九郎。能に見せた秀吉の狂気はやがて新九郎を翻弄してゆく。〈解説〉縄田一男

206572-7

お-82-4
**江戸落語事始　たらふくつるてん**　奥山景布子

口下手の甲斐性なしが江戸落語の始祖⁉　殺人の濡れ衣や綱吉の圧制に抗いながら、決死で〝笑い〟を究めた咄家・鹿野武左衛門の一代記。〈解説〉松尾貴史

207014-1

き-37-1
**浮世女房洒落日記**　木内昇

お江戸は神田の小間物屋、女房・お葛は二十七。あっけらかんと可笑しくて、しみじみ愛しい、市井の女房が本音でつづる日々の記録。〈解説〉堀江敏幸

205560-5

き-37-2
**よこまち余話**　木内昇

ここは、「この世」の境が溶け出す場所——ある秘密を抱えた路地を舞台に、お針子の齣江と長屋の住人たちが繰り広げる、追憶とはじまりの物語。

206734-9

す-25-18
**手習重兵衛　母恋い**　鈴木英治

侍を捨てた興津重兵衛は、白金村で手習所を再開した。村名主の娘おそのを妻に迎えるはずだったのが、重兵衛を仇と思いこんだ女と同居する羽目に……。

205209-3

各書目の下段の数字はISBNコードです。978-4-12が省略してあります。

す-25-19　手習重兵衛　夕映え橋　鈴木英治

ついに重兵衛がおそのに求婚。その余韻も冷めぬまま、二人は堀井道場に左馬助を訪ね、そこで目にした一振りの刀に魅了される。風田宗則作の名刀だった。

205239-0

す-25-20　手習重兵衛　隠し子の宿　鈴木英治

おそのと婚約した重兵衛だったが、直後、朋友の作之助と吉原に行ったことが判明。さらに、品川の女郎宿に通っていると噂され……。許嫁の誤解はとけるのか？

205256-7

す-25-21　手習重兵衛　道連れの文《ふみ》　鈴木英治

婚約を母に報告するため、おそのを伴い諏訪へと旅立った重兵衛。道中知り合った一人旅の腰元ふうの女から、甲府勤番支配宛の密書を託される。文庫書き下ろし。

205337-3

す-25-22　手習重兵衛　黒い薬売り　鈴木英治

故郷の諏訪に帰った重兵衛。ところが、実家の興津家では当主・輔之進の妻と侍女が行方知れずに。一方江戸では、重兵衛の留守に、怪しい薬売りが住み着いていた。

205490-5

す-25-23　手習重兵衛　祝い酒　鈴木英治

甲州街道で狙撃された重兵衛。なぜ狙われたのか？　江戸の手習所に住み着いた薬売りとの関係は？　そして重兵衛の生死は？　シリーズ完結。〈解説〉細谷正充

205544-5

す-25-27　手習重兵衛　闇討ち斬　新装版　鈴木英治

江戸白金で行き倒れとなった重兵衛は、手習師匠・宗太夫に助けられ居候となったが……。凄腕で男前の快男児が謎を斬る時代小説シリーズ第一弾。

206312-9

す-25-28　手習重兵衛　梵鐘　新装版　鈴木英治

手習子のお美代が消えた⁉　行方を捜す重兵衛だったが……（「梵鐘」より）。趣向を凝らした四篇の連作が織りなす、人気シリーズ第二弾。

206331-0

す-25-29　手習重兵衛　暁闇　新装版　鈴木英治

旅姿の侍が内藤新宿で殺された。同心の河上が探索を進めると、重兵衛の住む白金村へ向かう途中だったらしいと分かったが……。人気シリーズ第三弾。

206359-4

す-25-30
**手習重兵衛 刃《やいば》舞《まい》 新装版**
鈴木英治
親友と弟の仇である妖剣の遣い手・遠藤恒之助を倒すため、新たな師のもとで〈人斬りの剣〉の稽古に励む重兵衛だったが……。人気シリーズ第四弾。
206394-5

す-25-31
**手習重兵衛 道中霧 新装版**
鈴木英治
親友殺しの嫌疑が晴れ、久方ぶりに故郷の諏訪へ帰れることとなった重兵衛。母との再会に胸高鳴らせる彼を、妖剣使いの仇敵・遠藤恒之助と忍びたちが追う。
206417-1

す-25-32
**手習重兵衛 天狗変 新装版**
鈴木英治
重兵衛を悩ませる諏訪忍びの背後には、三十年ごしの因縁が――家中を揺るがす事態に、重兵衛、左馬助、惣三郎らが立ち向かう。人気シリーズ、第一部完結。
206439-3

す-25-33
**江戸の雷神**
鈴木英治
その勇猛さで「江戸の雷神」と呼ばれる火付盗賊改役の伊香雷蔵は、府内を騒がす辻斬り、押し込み、盗賊らを追うが……。痛快時代小説シリーズ開幕！
206658-8

す-25-34
**幕末 暗殺！**
鈴木英治／早見俊／秋山香乃／神家正成／新美健／誉田龍一／谷津矢車
幕末の江戸や京で多くの命が闇に葬られた。暗殺――。彼らはなぜ殺されたのか。実力派によるオリジナル競作アンソロジー、待望の文庫化！〈解説〉末國善己
207004-2

な-12-3
**氷輪（上）**
永井路子
波濤を越えて渡来した鑑真と権謀術策に生きた藤原仲麻呂、孝謙女帝、道鏡たち――奈良の都の政争渦巻く狂瀾の日々を綴る歴史大作。女流文学賞受賞作。
201159-5

な-12-4
**氷輪（下）**
永井路子
藤原仲麻呂と孝謙女帝の抗争が続くうち女帝は病に。その平癒に心魂かたむける道鏡の愛に溺れる女帝。奈良の都の狂瀾の日々を綴る。〈解説〉佐伯彰一
201160-1

な-12-5
**波のかたみ 清盛の妻**
永井路子
政争と陰謀の渦中に栄華をきわめ、西海に消えた平家一門を、頭領の妻を軸に綴る。公家・乳母制度の側面から捉え直す新平家物語。〈解説〉清原康正
201585-2

各書目の下段の数字はISBNコードです。978-4-12が省略してあります。

な-12-15 **雲と風と** 伝教大師最澄の生涯　永井路子

苦悩する帝王桓武との魂の交わり、唐への求法の旅、空海との疎隔――。最澄の思想と人間像に迫った歴史長篇。吉川英治文学賞受賞作。〈解説〉末木文美士

207114-8

は-72-1 **常世《とこよ》の勇者** 信長の十一日間　早見俊

桶狭間から一年後。隣国・美濃との盟約に執着する織田信長。そのとき何が身に起こったのか。天下布武を決意するまでの十一日間を描く。〈解説〉縄田一男

206361-7

は-72-2 **最後の名裁き** 大岡越前ふたたび　早見俊

老境に達したかつての名奉行と、評定所の若き留役。かけ離れた境遇の二人が、藩主押し込めに端を発した、老中による御家乗っ取りの陰謀と対決。書き下ろし。

206638-0

は-72-3 **御蔵入改事件帳**　早見俊

元長崎奉行の荻生但馬は、幕府の新役である御蔵入改方頭取を拝命した。町奉行所や火付盗賊改が取り上げない訴えや未解決事件を探索するため、江戸を奔る！

206842-1

は-72-4 **魔王の黒幕** 信長と光秀　早見俊

一向一揆の撫で斬り、比叡山焼き討ち、荒木村重一族の皆殺し――魔王の如き織田信長の所業の陰には、明智光秀の存在が。彼の狙いは一体？〈解説〉細谷正充

206911-4

は-72-5 **御蔵入改事件帳** 見返り橋　早見俊

江戸の未解決事件はおれたちに任せろ！　訳あって長崎奉行を罷免された荻生但馬が、新役の御蔵入改方頭取に。個性豊かな五人組が悪を討つ。文庫書き下ろし。

206980-0

は-72-6 **御蔵入改事件帳** 世直し酒　早見俊

御蔵入改の紅一点・お紺は、大坂生まれのすり「猿寅のおっちゃん」から、曰く付きの財布をすってしまったと相談を受け……（表題作）。文庫書き下ろし。

207048-6

は-72-7 **御蔵入改事件帳** しくじり蕎麦　早見俊

南町奉行所元臨時廻り同心の大門武蔵は、御蔵入改の同僚である幇間・喜多八に唆され、蕎麦の大食い大会に出場したが……（表題作）。文庫書き下ろし。

207115-5